为作家精选
必读的精品散文
总策划

粽香在舌尖舞蹈

因为粽子在舌尖上的舞蹈，端午节就以曼妙的身姿在岁月的河流中斑斓，成为我无法排遣的记忆。

黄荣才◎著

知识出版社

图书在版编目(CIP)数据

粽香在舌尖舞蹈/黄荣才著. —北京:知识出版社,
2011.10

ISBN 978 - 7 - 5015 - 6305 - 0

Ⅰ.①粽…　Ⅱ.①黄…　Ⅲ.①散文集—中国—当代
Ⅳ.①I267

中国版本图书馆 CIP 数据核字(2011)第 206034 号

策　　划　刘　嘉
策划编辑　马　强
责任编辑　张　磬
责任印制　李宝丰
封面设计　青华视觉

知识出版社出版发行
地　　址　北京市西城区阜成门北大街 17 号
邮政编码　100037
电　　话　010 - 88390732
网　　址　http://www.ecph.com.cn
印　刷　厂　三河市兴达印务有限公司
开　　本　1/16
印　　张　14
字　　数　180 千字
印　　次　2011 年 10 月第 1 版　2024 年 6 月第 3 次印刷

ISBN 978 - 7 - 5015 - 6305 - 0　定价:58.00 元
本书如有印装质量问题,可与出版社联系调换。

目　录

第一辑　在乡村里迷路

第二辑　粽香在舌尖舞蹈

第三辑　乡音无改

第四辑　远古的呼唤

目　录

目　录

第一辑

在乡村里迷路

乡村的夜晚

乡村的夜晚在很早的时候就睡着了。

乡村的夜晚没有城市的霓虹灯和喧嚣的大排档，没有城市里呼啸来去的车辆。到了10点钟，乡村的灯光就灭了许多，没有夜生活从午夜开始的说法。偶尔有狗的叫声响起，已经进入梦乡或者即将进入梦乡的乡民就知道有谁晚归了，嘀咕了一句什么或者什么都没说，翻个身继续沉浸在温暖的被窝里。

乡村的夜晚却不是沉寂不动，甚至可以说是丰富多彩。有狗在乡村里逡巡，它们可以很随意散淡地在哪里对着夜空站立，也可以在哪根电线杆尿上一泡尿，不用担心哪里窜出一辆车。乡村的狗活得很自在，不用养狗证，也不必担心打杀野狗的棍棒，只有在乡村，狗才活得像狗，没有天堂地狱的差别。

在乡村，小虫子根据自己的声音在浅吟低唱，不用担心自己的歌唱引来捕杀之手，没有曲谱，也没有规定什么时候开始什么时候结束，只需要跟着感觉走就可以了。各种不同的声音组合成天籁般的夜曲，这是不可复制也永不重复的音乐会，让乡村的夜晚沉浸在梦幻的音乐声中，连梦也是香甜而富有韵律的变化。

有青蛙或者蛤蟆横穿乡村的道路，如果愿意，它们尽可以跳跳停停，没有一不小心会被汽车轮子辗得身首异处的灾难。乡村道路很少有什么动物血肉横飞的惨状，那不属于乡村的记忆。村头水渠的水很舒缓地流着，可以想象有小鱼在欢快地游动，却也不会发出什么泼啦啦的声响。小河里的水唱着欢歌向前，淙淙的流水声成了乡村夜曲中相对固定的声部。

乡村的夜晚是水气迷蒙的。漂浮的水气停留在哪里没有定规，也不知道什么时候露水生成了，偶尔在夜里行走，露水会慢慢浸湿衣衫，不过扑面而来的是清新的润湿。更多的时候，露水在没有人夜里解读的时候自成风景，湿了房前屋后。在小草或者树叶上停歇了，慢慢凝聚成一颗滑落，忽然"啪"的一声离开依附的地方在夜里绽开了。天亮的时候，可以看到村道的浮尘有水珠砸落的星星点点痕迹。

夜风轻柔吹过的时候，可以听到竹叶哗哗作响的声音，也许有竹枝轻摇，温柔地划破了夜的宁静。琯溪蜜柚花盛开的时候，柚花的香味在乡村里浮动，这是乡村夜晚盛装的时候，宛如小家碧玉的乡村女孩偶尔涂抹了香水。

小鸟大多随着乡村的夜晚一起睡着了，即使树枝轻摇的时候，它们也是在梦中随竹枝一起摇摆，似很入境界的起舞一样，但天明之后，它们没有夜里起舞的记忆。偶尔有不知名的夜鸟嘶叫几声，却也马上停歇，似乎自己成了乡村夜晚的入侵者，不敢再喋喋不休或者卖弄自己的歌喉。

乡村的夜晚是舒缓的轻音乐，没有激情悲歌，也没有慷慨激昂，平静的流水一般缓缓淌过，变化是在不动声色的时刻悄然进行。

午后的阳光

冬日午后的阳光给人的是暖意，没有咄咄逼人的炙烤；冬日午后的阳光剩下的就是温吞吞的，慢条斯理或者说懒散的样子，没有急匆匆的脚步。村里多数人已经出门干活了，很多人家的门闭着。阳光懒散地照射着已经泛白的春联，快到春节了，很快就要"新桃换旧符"了。不用防盗门，也少有锁头，简单的木门，把家和外面的世界简单地隔离。有哪只鸡或者狗稍微撞一下，木门就半开着，让路过的人轻易可以看到屋内的光景。

有几只母鸡在墙角下窝着，温暖的阳光让它们懒得觅食，也许它们出于本能觉得在阳光下眯着比东奔西跑来得惬意。即使有人经过，它们也不为所动，最多就是换个地方继续眯着。公鸡倒是站着，但也没有趾高气昂，甚至连讨取母鸡欢欣的动作都没有。狗没有奔忙，在地上摊开自己的躯体，舒展地享受阳光，脾气也显得特别温和，好像世界上没有什么东西值得奔跳撕咬。很宁静，完全没有鸡飞狗跳的景象。

老人搬张凳子，在墙角阳光下坐定。摩挲着自己的手掌，好像借助阳光让血管里的血液流得更欢畅一些。沉默其实是一道风景，老人好像无需借助语言来填充日子的什么，话语就有一搭没一搭的了。

有个老人，端着久违的簸箩出现在阳光下。她是村里有名的巧手，针线活让她赢得村人的尊敬。缝纫机让针线活远离了村人的生活之外，服装业和经济的发展又让缝纫机逐渐隐退，但终究有些东西无法完全消失，针线活就是如此。老人在为某个婴儿衣服的衣领上打"万"、"福"等字，美好的祝愿就在针线的环绕中蕴藏。尽管现在也有机绣的，但村人觉得那不地道，还是手工才传递真情。阳光下，上了年纪的老妇人戴着老花镜，在阳光下凝息屏气地绣着祝福，不时抿一下鬓边的白发，自成一道风景。

有老人在拍打着棉被，他把棉被在阳光下翻打着，口中不知道念叨着什么。也许有关棉被，也许有关阳光，也许就如老牛反刍一样把某段时光从记忆中拉扯出来。他不在意别人的反应，只是自己沉浸其中地嘀咕着。到了这把年纪，他已经无需掌声和关注的目光，无需在意别人的语言的态度，把自己活给自己。

有哪家趁阳光和暖的时候给出生几个月的婴儿洗澡。阳光下让婴儿脱光了放在澡盆里，把温水往孩子身上浇，婴儿咯咯的笑声打破了午后的宁静，成为目光关注的焦点。有人走过来夸孩子几句，或者把目光都投过来，婴儿的家人就很骄傲地炫耀婴儿的种种。婴儿被抱回家了，眼前又恢复了宁静，只有地上的水渍透露出刚才发生过的事情。

阳光西斜，不知道哪个先动了，好像在不动声色之中，阳光下狗走远了，鸡也不见了，人都回家了，空落落的。有微风吹过，浮尘在阳光下舞蹈，谁家堆在门前的茅草堆里有细小的茅草或者苇絮飘起。

日子过去了。

村口的老树

村口的老树老了，老得不知道自己的年龄。年轮或者叶绿叶黄只是别人判断岁月的依据，老树不知道岁月。老树从什么时候开始生长没有谁讲得清楚，只是用很久很久以前来描述老树的青年时代，老树不言。

老树的茂盛枝叶曾给人许多快乐和荫凉。老树也是鸟儿的天堂，不少鸟儿把家安在老树的头上，老树雍容大度地接受了鸟儿。冬天的时候，老树像抖尽一身烟尘一般让树叶飘离而去，就剩下一身枝干直斥蓝天，很有筋骨地刚强着。老树之所以在一片小树林中独享盛荣存活下来，其实缘于它树头的一炷香火。简单的几块石头搭在一起就成了最小和最为简陋的庙宇。不知道是谁的创意，也许因为村里有六畜死亡或者哪家流年不利，偏偏这个人觉得村里少了一个土地公把守，而建一个土地庙虽然不是浩大工程，但也有诸多不便或者一时无法解决的问题。就地取材就成为最佳选择，也许因为老树的根部不太平坦，也许是方向比较让人舒坦，随便搬几块石头，搭在一起，庙宇就成了。关键的是那炷清香，三根清香点燃之后，石头不再是石头，是庙，是神了，就有了神的力量和神秘。

也许有什么神秘的说辞或者小道消息流传，也许可能谁发现香火之后的跟风，土地公逐渐被人认可，香火逐渐旺盛，成为全村人共同的神。老树就不再是普通的树了，成了神树。逢年过节的时候，就有清香在老树的树荫下袅袅升起。有谁家小孩子不好带了，就有人把孩子过继给老树当干儿子干女儿，村里的不少孩子就有了树爸爸。隔三差五，老树下面就有清香升起。

成了神树之后，老树就独享了许多光荣，尽管也承载着许多希望和梦想。没有哪把刀斧敢再伸向老树的枝条，也没有谁家牛羊的缰绳在老树的枝干上留下痕迹。共同的宠护让老树枝叶茂盛地生长。

一炷清香闲置在谁家案头没有什么，但在特定的地方点燃之后，因为共同关注的目光，可以增加许多说法，可以改变许多东西。一棵树的命运就因为这样的一炷清香改变了。周边的树在刀斧相向之后一棵棵倒下，老树成为村头唯一的风景。

老树无言，老树不言，老树只是默默地生长直至衰老。老树的叶黄了又绿，绿了又黄，枝条断了，枝干已经有了洞了，洞里出现腐蚀土了，所有这些，疼痛着许多目光，焦虑着许多心灵，但老树不言。哪天老树轰然倒下或者站着枯死，老树也就是默默承受，没有生死轮回的感慨。有惊恐、焦虑的是心灵，人的心灵。

老树依然在村头生长着，在许多人的目光和心灵中长生不老，永远旺盛葳蕤。

柿　树

　　村口有一棵柿树，很大。树干要两个小孩子合抱才能抱得过来，枝叶茂盛的时候是天然的大伞，有许多人在树底下乘凉的。有哪个热心的搬几块石头放在树下，就有很惬意的感觉，人到了不用站着或者蹲着的时候，尽管是块石头垫屁股，到了可以坐上的时刻，是陡然提升了档次的，乘凉或者在树下谈些家长里短的人 也就日益增多。红柿树下也就成了村里的信息集散地。

　　小孩子对大人的话题不感兴趣，除了可以在树下吹吹风，逗弄逗弄蚂蚁之外，更关注的是树上的柿子。从柿子开始挂果的时候，牵挂的目光就常粘在树上，看着小小的柿子慢慢变大，有的柿子在树上自然红了，很诱人的口水。成熟的时候，心里毛毛的想法也日益膨胀了。在当年水果还很稀罕的时候，柿树的光阴可以共享，柿果却还不能共享的。有小孩子忍不住馋劲，趁柿树主人不注意的时候，拿根木棒捅几个下来，用衣服包了拿回家，拿碱在果蒂处点了，藏在破棉絮中，过个 5 天 7 天的就可以吃了，其中经常去摸了捏了看看是否变软了是常有的事情。

　　在捅柿子的时刻，颇有点儿警匪片中警察与小偷的惊心动魄，被柿子主人发现了，破口大骂是难免的，还常常被追得四处奔逃。告到家里，尽管有的家长认为几个柿子不是什么大问题，但为了不让柿子的主人认为家教不严，也只好言不由衷地责骂几句，甚至动手打了孩子。打过之后，夫妻俩在孩子的背后恨恨地说柿子主人的小气，有时候大人的关系就此僵了。

许多时候，柿子就是在这样防与被防之间到了采摘的时刻。大人们或者忙或者心里芥蒂或者担心被柿子主人认为想趁机揩油，大多忙自己的事情去，至多路过的时候站在那儿搭腔几句。小孩子可没有那么多的道道，自顾欢心雀跃地去了。个子大的爬到树上采摘，小的在树下拉口袋，捡拾掉到地上的柿果，忙得不亦乐乎。采摘完了，主人大多会每个孩子分上3个5个的柿子，小孩子也就高兴地捧回家去。没有小孩子去的家庭，主人也会自己用手捧着送几个上门，在大家客气的谦让中，因为小孩子曾经存在的芥蒂也烟消云散了，话题就从柿子延伸开来，笑声在庄稼人的庭院中爽朗干脆地回荡。

日子在柿子树的叶子绿了红了的时候慢慢流淌。小孩子慢慢长大了，曾几何时，树下没有了孩子的喧闹声，更没有主人斥骂孩子采摘柿子的声音。成熟的季节，柿子在树上红了不少，红红绿绿的很有阵势地挂在树上。主人经常招呼孩子或者大人"想吃的自个儿摘去"，却没有几个人真正动手。主人就选择阳光好的日子，采摘下来，用篮子装了，挨家发放。有的推让一番，主人就很大气地说"不值钱的东西，也不指望这换钱过日子，不用客气。"

主人一年一年老了，上不了树了，柿子成熟的时候就有不少没办法及时采下来，自然掉落在地上成了鸡鸭的食物了，有时候招惹了不少蚂蚁。

柿树一年一年老了，柿子一年一年地成熟，故事也一年一年地幽远漫长了。

悠闲的牛

牛很悠闲。忙碌的牛暂时隐藏在视线之后。牛在悠闲地吃草，没有慌张的感觉，在舌头的一伸一卷之间，草已经到了牛的嘴里，偶尔有绿色的汁液从牛的嘴角流出，但牛没有在意。尾巴有一搭没一搭地甩着，有苍蝇在牛尾巴的甩动飞起然后又另寻地方停落。牛偶尔会抬起头，看着天空或者远处，没有谁读懂老牛的目光，牛只是平静地看着，看完之后，牛或者甩甩头，从鼻孔喷出一口粗气，或者什么也没有，继续低头吃草，在它经过之后，有许多草只剩下草茬了。

也有牛不能随意走远的时候，缰绳倒是长了，牛被限定在某个范围之内。没有抗议或者吼叫，牛似乎很淡定平静地接受了这个现实，在规定的范围内慢慢把草吃进肚里。吃饱了，就站在那儿让山风把牛毛吹得飘动起来。角度好的时候，可以看到牛毛很有味道地拂动。

不吃草的时候，牛站着或者卧着，随着牛喘气，停歇在牛起伏的肚皮上的苍蝇如舞蹈一般，有着轻盈的动感。牛的嘴巴不得闲，牛可以长时间反刍，好像慢慢品尝岁月，但没有谁知道牛反刍的时候是否记起吃草的时光。毕竟人不是牛，牛也不是人，无从沟通。走动的时候，牛也很悠闲，飞奔而去不属于牛的性格，偶尔为之要么受惊吓要么是牛打架了，属于非正常反应。

牛不会全是主角，许多时候有牧童的存在。但牧童自有自己的欢乐，他们玩他们的，牛吃草或者休息。玩累了，牧童会仰面躺在草地上，看着天上的浮云，远处的青山，听不远处小河的淙淙流水。蓝天白云下，绿草地上，几头或低头吃草或抬头闲站的牛，几个嘴里衔着草茎舒坦地伸展肢体的牧童，还有风吹过，动感十足的山水画自然地张挂在天地间。

牛悠闲地走在夕阳下给人回家的温馨，大人挑着青草的担子，孩子跳跃着在牛前或者牛后，也有的骑在牛背上，牛踩着几乎匀速的步伐，把山道的尘土踏得扑扑作响，家的韵味就悠远绵长，在山道上弥漫回荡。

走近了，牛自然地走进牛栏，卧在墙角或者依然站立着。女人端出了饭菜，小孩子端着饭碗跑出家门，男人卸下肩头的担子，扔几把青草到牛栏里，然后也在牛目光注视之下端出饭碗，站在晚风中吃饭。有炊烟在晚霞中袅袅升起。

日子的味道浓郁而且芬芳。

老去的时光

时光已经老了。

村口的老树从小树长成大树，长成老树。曾经光滑溜直的树干已经有了皱纹，称得上虬枝百结，有哪段树干被时光掏空了，敲击之下有沉闷暗哑的空洞回响。树上有几个鸟窝，小鸟飞走了又飞回来，鸟窝依旧。当年爬树掏鸟窝或者拿竹竿捅鸟窝的人已经长大，已经老了，如今的小孩子对鸟窝尽管心生羡慕，却被大人严禁爬树或者自己已经没有爬树的本领，鸟窝在人类的某些技能退步之后得以幸存。

老树枝繁叶茂，从长成大树开始，树底下就有乘凉的人。村口的老树很容易成为村庄的议事活动中心，许多评论在这里诞生，许多信息在这里交流，许多快乐也在这里演绎。正是晌午时光，阳光从树叶的缝隙透过来，在树荫下形成大小不一的光圈。树底下的人不多，有个老人在闭目养神，在微眯中如老牛反刍岁月，但神情淡定，无法判断他脑中回旋的是快乐还是悲伤；几个小孩子快乐地追逐奔跑，他们的妈妈眼光一直追寻着他们，好几次可能发现哪里不对劲或者存在潜在的危险，都担心地叫出来或者站了起来要跑过去；有几个老人在专心地择菜，他们把手里的空心菜之类当成艺术品一样，专心致志而又小心翼翼的对付，对孩子的声响视若无睹，不闻不问，好像世界上只剩下自己手上的那把青菜，而挑去青菜的黄叶或者夹杂的青草是唯一的选择。

有哪个老人看到年轻妈妈急切担忧的目光，就咧开没有牙齿的嘴巴，徐缓地劝慰："不用急，小孩子都这样，没事的。"简单的话语是沧桑之后的小结，可以想象当年她们也曾担忧过，后来才发现许多担忧都是多余。只是年轻的妈妈依然担心，甚至有点儿坐着说话不腰疼的小小不满，看来不是所有的经验都容易让人接受。老人却是一脸听不听在你的平和，说过依然专心地去对付手里的青菜或者把目光闭上，让自己在老树的阴凉下小憩。

有几只鸡在树底下懒洋洋地趴着，就是人走近了也懒得动，小孩子突然把目标盯着它们，不时扔点小石子或者土坷垃，那些鸡见惯不怪的模样，依然趴在那里。有小孩子拿着树枝去捅那些鸡，鸡们才不甘愿地站起来，挪个位置又趴下了，一副"惹不起躲得起"的架势，小孩子很不甘心，跑过去追逐起来，鸡慌慌的跑开了，小孩子得意地尖叫，妈妈笑骂"调皮的小坏蛋"，有注意到的老人咧开嘴笑了，更多的是宠辱不惊，依然闭目或者择菜，似乎什么也都与自己无关的闲淡。微风吹过，有树叶从树上飘落下来，舒缓而又娉婷地优雅。

时光老了。

悠长的小巷

小巷也许不长，但因为记忆，小巷就悠远绵长，如同时光。

小巷在山村里常见，没有青色条石的豪华，大多是小河里就地取材的乱石铺就，没有图案和什么规则，质朴得如同农人抽着旱烟袋的话语，尽管粗砺，却温馨实用。

因为房屋的逼近，小巷大多时间是阴凉，阳光总是在距离之外。在许多时候，小巷是鸡鸭和狗歇息的"天堂"，或趴、或卧，或站，尽可随心所欲，没有什么规则。相安无事可能就是它们的"主旋律"了。有哪只鸡抬头张望，却不是因为穿巷而过的凉风。鸡鸭没有那么多的诗情画意。小巷只是宁静地守望岁月，任阳光舒缓地淌过。

　　小巷也是堆积柴火的地方，屋檐下是各家的"宝地"。柴火能在屋檐下躲避风雨已经是一种幸福。记忆中，小时候每每到了下雨前夕，总是急匆匆地把在阳光暴晒的柴火拢起，堆放到小巷屋檐下。某些时候，小巷成了各家的名片，柴火的多少映衬了各家勤快程度，而堆放的整洁程度又是考量各家人能干利索或者邋遢随意。后来不烧柴火，烧煤，烧液化气了，屋檐下空荡了，小巷就冷清了许多，不用进进出出，有的地方甚至长了青苔，小巷却没有寂寞之感。

　　有小孩子在的时候，小巷就很热闹。欢声笑语或者吵架打架，让小巷增添了许多生气。即使是打架，也不必着急，往往流淌在脸上的泪水未干又凑合在一起玩开了。小孩子玩闹的花样总是很多，玩泥巴、玩石子、打陀螺、扔贝壳、踢毽子等等许多童年的游戏在小巷里上演，有时候声音太大了，弄得路过的大人笑骂"把屋顶上的瓦片都吵飞了"。小孩子很善于察言观色，知道大人话语中的善意，不管不顾地玩自己的。

　　也有时候就在小巷里玩蚂蚁，各样的花招让蚂蚁惊慌失措，四散奔逃，换来的是脆亮的笑声。小巷里能够带来惊喜的还有抓蜗牛。潮湿的季节，屋檐下常可以抓到蜗牛，看着它缓慢但执着地爬动，小孩子显得特别有耐心，有时候恶作剧地把蜗牛放在合着的手掌心，使劲拍掌，把掌心中的蜗牛震晕，再把蜗牛放在地上，看多久蜗牛才缓过劲来，继续爬行。

　　玩累了，夏天时节，有小孩子就躺在小巷里吹风，有把衣服撩起来的，也有个把小孩子干脆把上衣脱了，让风抚摸着肚皮慢慢入梦。哪个调皮的孩子脱了上衣之后，趴在地上，让肚皮贴着石地面，把头和双脚都跷起来，来个"双头跷"。小巷也不全是欢笑。到了夜晚，沉寂的乡村陷入黑暗之中，小巷就有了莫名的震慑力。总是担心小巷里出来个传说中的恶鬼或者挂着舌头的女鬼。那种对黑暗中不可知的恐惧总让孩子们经过的时刻不敢随意张望，不自觉就加快了脚步。小巷就没有了温文尔雅，凭空变换成狰狞的嘴脸。

长大之后，知道那些恐惧完全是自己内心的张皇，但却没有洞察之后的喜悦。知道小巷不存在狰狞的同时，小巷也就没有盛满欢乐的向往。我们知道小巷没有鬼了，可是同时小巷再也没有吸引力让我们停留整天依然笑声不断。

小巷依然存在，许多事情却只能在悠长的记忆中咀嚼。

乡村的命脉

水井是乡村的命脉。

因为水，江南有了水乡的美誉和柔婉。而在乡村，那一口口的水井增添了许多乡村的灵气，再也没有影视作品中那些缺水乡村的干燥、焦渴、艰辛，甚至木讷和麻木的疲惫。乡村的水井大多在村口或者村庄中间，供应清凉井水的同时承担着乡村信息集散的功能，是乡村的热点地带之一。老家的水井却是在河边几块良田之间，有弯曲的田埂小道把水井和农家联系起来，因为经常行走，那条小道显得光溜平坦。井水是当年乡村众多泉眼出水最多的一处，距离也适宜。就有村民把泉眼周围杂物清理干净，挖一小池，池壁用河里的鹅卵石砌就，简朴实用。后来，也许是鸭子什么的经常侵占水池，容易弄脏池水，就正儿八经用鹅卵石砌就水井，水井也就如此长大了。

　　长大的水井天天有人去挑水，大多是晨曦微露的时刻是挑水的高峰，人们在打水的时刻也交流几句，谁先打满了顺手帮旁边的人打几桶水，好像是把水倒进自家的水桶一样，彼此是不用客套和推辞的，然后一前一后行走在小道上，继续聊天，自然、亲切，温馨。傍晚是另一个挑水高峰，水井旁再次热闹，但因为暮色的逼近，打水的节奏有了点匆忙，缺少了早晨的舒缓，连说话的频率都有点儿快了，或许还有了劳累之后的疲惫。农忙时节，挑水的事情往往落到半大孩子身上，因为体力不够，有的只挑半桶，有的是两个人抬水，这过程多少成了玩乐的过程，嘻嘻哈哈的笑声就在起伏的水稻上飘荡。

　　逢年过节，水井就成了女人的天下。洗涤或者杀鸡鸭，忙得不亦乐乎。手忙着，嘴也不闲。各种各样的话语内容错综交织，搅在一起，似乎颇为增添了节日的喜庆，少了平时的小肚鸡肠，变得豁达大度。小孩子也跟着凑热闹，简单单调的乡村生活，人多热闹的场所就是孩子最好的游乐场。帮着打水或者嬉戏追逐，有哪个小孩子不注意把水桶弄到水井了，只好找根竹竿来，三搅两搅，让水桶的绳子缠绕在竹竿上，捞起水桶。小孩子吊到半空中的心才落下来，躲着大人的目光小心翼翼地玩开，不一会儿就"好了伤疤忘了疼"，继续疯闹开了。也有玩出危险的时刻，曾经有邻家小姐姐在探头观看水井中游动的鱼儿时，幅度过猛倒栽进水井，扑通一声惊醒了在旁边忙碌的母亲，母亲第一个反应就是探手一抄，幸亏水面离井沿很近，母亲刚好抓到那小孩还在水面上的一只脚，赶快把她倒提上来。小孩子哇地哭出来时，她的母亲还颤抖着说不出话。多年过去了，邻家小姐姐还不时提起母亲的救命之恩，而母亲总是淡淡地说，谁遇到都会这样做的。话语质朴如同乡村的水井，简单而不事雕琢。

　　往往到了春节前，淘井是固定的节目。不用强制，只要吆喝一声，许多人都来了，打水，下井淘洗，清理水井旁边环境，各人自发忙碌着，很热闹。不一会儿水井就清清爽爽，增添了许多生机。如今多年过去了，因为家家户户都用上自来水，水井自然就不用了，水井掩藏在疯长的野草之中。走近了，发现井台已经长满了青苔，井台上有些鹅卵石已经掉落了，有点儿残缺的沧桑。而井水，不再是清凉的了，水井中多了许多杂物。就是通往水井的小道，因为乏人行走，也是杂草满径。

我知道，我只能在记忆中回味当年水井作为乡村命脉的风光和清凉，但我并没有太多伤感。有些东西只能注定停留在时光哪一段，注定将成为历史。岁月，无法携裹一切前行。

记忆草垛

草垛如今在乡村成为远去的风景，甚至是尘封的记忆。

大多诗意的叙述都是在过去之后，尤其是乡村的劳动。行走乡村，偶尔看到草垛，会激动凝视，甚至停下车辆拍照，把草垛当成乡村的风景。而在当年，草垛某种意义上是艰辛劳作的一种符号。

草垛大多有个架子，中间竖立一根长柱，那就是草垛的芯了，堆草垛就围绕这根芯进行。差不多离芯等距离的四个方向，各自再竖立一根柱，用于支撑草垛。在离地一人多高的地方，随便用什么木板把柱子和芯用"马钉"连起来，就成为草垛架子。草堆在架子上，避免草垛在雨天被雨水浸湿霉烂，同时也有回避调皮的小孩子把草垛当玩具点燃了。这马钉是铁打的，在当年的乡村很常见，大概一拃多长，两边各有90度的曲钉，是固定搭架的好工具。

草垛架子是为了草垛存在。水稻收割之后，稻草把子晒干之后被挑回来，就要堆草垛了。堆草垛大多是在傍晚时分，多少有点儿工余劳动的成分。草垛堆好了，就是牛的饲料了，冬天或者雨天的时候，用一根前端开叉的竹竿，插进草垛，左一绞右一缠，然后往回拉，就有稻草被绞下来，成为牛的粮食，填饱了牛的肚皮，也避免了雨天放牧或者冬天牛被饿瘦，影响来年的春耕。

别看一个个草垛好像很简单，其实堆草垛是一种技术活。堆草垛要围绕草垛芯铺放草把，同时慢慢往回收，形成一个层次分明的金字塔。即使下雨的时候，也仅仅是外露部分被淋湿，里面的草依旧新鲜干燥。草垛不能堆得太松，太松了一绞，整个草垛就是没有全部被拖下来也会轰然下来一大部分，太实了又绞不动。草垛堆放情况如何，也就成为农人公开的考题，容易引来村人的评点。

祖父是堆草垛的高手，往往是我们在下面递草把，他在上面堆放。随着草垛的升高，我们只能把稻草把从下面往上扔，在稻草把还在凌空飞扬的时候，他顺势一接，往脚下一放，一脚前一脚后一踩，前重后轻，力度拿捏得恰到好处。整个动作流程一气呵成，顺畅流利。到 80 岁高龄的时候，祖父还坚持上草架堆草垛，那头灰白的头发在夕阳下和飞扬的稻草把以及不断攀升的草垛成为我记忆中无法忘怀的风景。

草垛攀升到垛芯顶端的时候，基本上是五六个草把围绕一周，像给整个草垛戴上一顶帽子，草垛也就完工了。在架子底下，牛被拴在垛芯，尾巴甩着后背，吞食着稻草。或者是站立草垛底下，反刍稻草，双眼淡定地望着远方，很有哲人的风范。

没有拴牛的时候，草垛下也是孩子们的乐园，玩石子，绕着垛芯追逐，把简单的游戏玩出许多花样和快乐。暴雨突袭，往家里飞奔的农人跑到草垛下，也就找到了遮蔽风雨的地方，一种放松惬意在心头升腾。尽管他们无法用语言诗情地把这表述成幸福或者温馨，但现实有时候无法回避感觉的存在。

更多的农民离开田地，走出乡村。稻田越来越少了，牛也越来越少。草垛在乡村里越来越少，日渐成为风景。当一种农活成为被人感叹的风景，那么离消亡也就不远了。草垛注定成为乡村的记忆回旋。

曾经的竹林

竹林的记忆在老家。老家的屋后有一片小小的竹林，有绿竹，也有麻竹。最初的用意是用来把持水土，毕竟竹子的根系发达，能把松散的泥土兜住，避免下雨时把水土冲刷而下。这样的功能是大人的考虑，对于孩童的我们，竹林诱惑我们的是竹笋。春天的时候，我们喜欢到竹林转悠，一眼瞄过去，哪里有竹笋窜进眼帘，那份欣喜不言而喻。也有失落的时候，那就用脚踢踢满地的竹叶，期待有哪个捉迷藏的竹笋从竹叶下露出真容。或者就观察竹子根部的泥土，有哪里拱出裂缝或者小土堆，那就是呼之欲出的竹笋了，偶尔也干点拔苗助长的事，把竹笋旁的泥土扒开，渴望它长得快点。春天雨后，我们拿着锄头提着篮子赶往竹林，竹林一般不会让我们失望，"雨后春笋"让我们收获许多，回家后或炒或炖，尽管没有今天那么多讲究和佐料，但仅仅春笋炖咸菜就足够我们大快朵颐。自然在挖笋的时候我们也没有斩尽杀绝，每丛竹子总是要留一些春笋长成竹子，那是来年春天的希望。有时候我们也随大人到竹林里打麻雀，轻手轻脚靠近，拿三节电池的手电筒一照，麻雀在强光下傻呆呆地，气枪声音小，不会惊动麻雀，一枪一个，收获颇丰，就有味道甜美的鸟粥吃了。

填饱肚皮是物的满足，竹笋成为我们的游乐园则是精神的享受了。三五个朋友聚在竹林，追逐奔跑，或者站在高一点儿的地方，拉住竹子的上半部，把竹子弯下来，挽成一张弓的样子，然后突然松手，竹子弹回去，击打得旁边竹子的叶刷刷作响，我们纯真的笑容就应和着竹叶的声响传得很远。或者就把竹叶拢在一起，烤地瓜或者芋头吃，嘴巴黑了一圈，相互比画着嘿嘿地乐。吸引力最大的则是抓笋龟，小孩子拇指头大小的笋龟扒在春笋上吸取春笋的汁液，人走近了也不会跑，抓起来很简单，大有手到拿来的味道。笋龟肚子是黑色的，身体是红褐色的，嘴巴又尖又长，曾看到勇敢的孩子把笋龟用竹叶烧了来吃，据说味道很香，但我们大多是把笋龟当成玩具。把笋龟屁股后面的"甲尖"用针线穿过，拎在手上，笋龟就想飞走，我们拉着线，让它尽力飞翔。翅膀带出丝丝凉风，凑近脸庞很凉爽，我们就把它当成风扇。笋龟飞累了，就停下来，我们双手握住线，一搓，笋龟就继续飞翔了，大有扬鞭赶牛的样子。我们抓笋龟的时候，也体验到了"得失寸心知"的味道，因为笋龟有不同类别，有的在头部的硬甲上有饭勺模样的图形，我们称之为"扛饭勺"，有的则是斧头的图形，则是"扛斧头"，这两样笋龟"扛斧头"飞得勤快，"扛饭勺"的则懒多了，有时候任我们如何搓线，它也一动不动，死了一般，自然受欢迎的程度也不一样。

竹林也不全是欢乐，不时也有小小的摩擦，那是大人的事情。有时候谁把别家的竹子砍回家当晾衣服的竹竿了，或者是把竹枝砍回家当扫把了，或者挖笋的时候，把周边别家的竹笋也来个顺手牵羊，山村里就有指桑骂槐的骂声，或者针锋相对的吵架。小孩子赶快躲一边去，省得大人有气无处发后殃及池鱼。后来晾衣服少用竹竿了，扫把也大多用买的了，竹林渐渐退离生活，因为竹林吵架成为停留当年的记忆，那是物质缺乏年代的附生品，只是特定时间段的存在。

孩童时候，尽管竹叶沙沙作响，但没有郑板桥的"衙斋卧听萧萧竹，疑是民间疾苦声；些小吾曹州县吏，一枝一叶总关情"的忧虑感伤，也没有林语堂"竹叶飘飘打在船篷上"的诗情画意。如今，偶尔回到山村，听到竹叶的声响，亲切自然游走肺腑，但也看到竹林已经不再引人关注了，大有自生自灭的趋势。小孩子也不再去竹林玩了，他们可玩的东西太多，竹林已经不足以成为诱惑。

有些事情注定要成为过去，无法挽留。

乡村木桥

乡村里有水泥桥的历史不长，更早的要么是石桥，要么是木桥。或者单拱，或者双拱的石桥既是很阔绰的了，也有的就是"石跳"，就是每隔一步远放块石头，连接成桥，过河者跳着踩石头过河，故而得名。石跳之间，流水依然，多少给人不放心的担忧，而木桥，就是很温馨的跨越。

木桥往往不大，就跨在小小的山涧之间。修桥的手法往往粗略，有几块刨平的桥板就算是很好的了，应和着桥下的流水，张眼不远处升腾袅袅炊烟的村庄，小桥流水人家的意韵就在山村流淌。更多的是用几根松木或者杉木，削砍去树枝，或者把向上的一面略微刨平，或者就那么直接横跨山涧两旁，几根树木之间用"马钉"连接，就是桥了。更有简单者，把山上哪家起了祖先骨殖之后废弃的棺材板扛来一架，既是最为简单的木桥，也成为村民跨越山涧的工具。走在桥上，树木之间的河水不时可见，也许开始行走的时候是战战兢兢，久了，也就习惯了，所谓的熟能生巧或者习惯成自然就是这么回事。

当然也有出意外的时候，我曾经雨天走过这样的木桥，感觉那桥好像在动，后来知道是木头滑所产生的心理作用，不过在当时可是惊慌失措。呼喊对面的父亲，期盼他能回身把我拉过去或者背过去，父亲却是在鼓励再三之后，看我依然停滞不前，气冲冲地说：要么过来要么你就在那边等着吧。父亲转头前行，我只好蹲下身子，慢慢挪了几步，最后是爬过去了。放松地呼出一口气，看到父亲转身回来关切的目光，我哇地哭了。父亲拉拉我的手"这么小的桥都不敢过，以后更大的桥呢。"那时候我不明白，长大之后才清楚乡村木桥给我上了人生一课，其间滋味就如嚼橄榄，经过时间和经历的挤磨，才慢慢渗出藏在深处的味道。

乡村木桥成为村民行来走往的便道，少了不少的绕道而行。村民或者挑水浇菜或者上山砍柴，经过的时候熟视无睹地没有什么感慨或者赞誉之词，好像木桥的存在无关自己。哪天木桥被水冲了或者哪块桥板断了，也没有叽叽喳喳的议论或者轰轰烈烈的重修，要么三两个人砍一棵树重新架上，或者就哪个人又找到块废弃的棺材板铺上，悄无声息，木桥依然可以行走自如。

山上的树少了，光了。木桥也逐渐退出生活之外，许多石桥、水泥桥替代了曾经的木桥。曾经热闹的木桥就寂寞地让泥土积攒在桥面上，附生了青苔，野草也藉此生长起来，荒芜的感觉随野草生长在桥面上。不知道哪天，有根木头断了，有块桥板朽了，也没有人再去修，就让木桥这么支离破碎地存在，等待最后的消失。

走进乡村，看到木桥，有种温馨在远远的地方勾起记忆，淡淡的，却清晰地存在，无法抹去。有些东西注定无法水过无痕。

山路十八弯

山路是大山的褶皱，深浅不同，也没有什么排列规则，在大山的身上或紧凑或松垮地存在；有时候觉得已经是尽头了，"山重水复疑无路"，却峰回路转，"柳暗花明又一村"；有时候觉得已经是湮没在野草之中了，仔细辨认之下依然有路的痕迹存在。

山路的热闹属于过去。常有干农活的人从山路经过，或到山田或到山上，那时候，即使是崎岖的山路也如履平地，走得脚步很稳。更多的时候，是结伴到山上捡拾柴火。农闲季节，三五成群地去捡拾柴火，有男人结伴去的，往往是女人前来接站，提几碗稀饭，带几条腌萝卜或者几个咸菜疙瘩，半路上接了，先递过去。男人呼噜噜吃了，又解渴又充饥。在男人吃稀饭的空当儿，女人已经从男人的柴火担上解下部分柴火，自扎成一担，减轻男人的负担，所谓"远路无轻担"，女人把柔情掺杂在自己的行动中。女人去捡拾柴火的时候，接站的男人也是带点吃的，看着女人吃下，男人是一哈腰整担挑起，让女人拎着小物件跟在身后，把幸福的感觉挥霍在山路上，脚步特别轻盈。

当然也有小伙伴自己去捡拾柴火的时候，去时轻松，回来可就负重前行了。走走停停，山路在脚下特别漫长，没有丝毫的诗情画意，只是埋头赶路，渴望早点儿看到炊烟，看到自己的家。站在家门口，回首弯弯曲曲的山路，多有走过之后的如释重负。

没有活干的时候，到哪里小孩子都能找到玩场。小孩子在山路上追逐，惊起了蝴蝶什么的。欢乐的笑声在山野里回荡。有把陡峭山路当滑梯的，哧溜一声滑下去，尘土飞扬。放牛的时候，任牛慢慢行走，调皮的爬到牛背上，晃晃荡荡，虽然没有"牧童骑黄牛，歌声振林樾"的优雅，但那副自得的模样多年以后还是头脑中的水墨画，清晰如昨。

山路也有惊悚的时分。毕竟野草掩径。猛不丁窜出的山老鼠或者蛇，足以让心脏骤然收缩。因为曲折，没有一览无余的清晰，不可知的东西就有了神秘和某种恐惧感。深怕转过弯之后出现某些意料之外的事情。长大之后也就明白，敢置于阳光之下或者能看清楚的都不可怕，可怕的是不放在大庭广众之下的藏藏掖掖。

山路跟坟墓紧密相连。谁家的老人去世了，要么路上要么路下。他们最后的栖身之地总是如此的一成不变。每每村里有老人去世，女人或者小孩子总是能把山路走得慌张和匆忙。尤其是有凶死的死者，那个坟墓几乎就是山路所有恐惧的集散地。村里曾经有个产妇难产去世，在她坟墓的选择上，除了死者的家属，村民几乎同仇敌忾地要求远葬在离村子很远的地方，甚至不惜平时的村邻和睦。

下雨天的时候，山路就泥泞难走了。村民大多脱了鞋子，让脚趾头紧紧地抠进泥地，站稳之后才往前挪。小孩子总以为跑快一点儿就可无忧，快节奏之下是没走几步，一不小心就让屁股结实地和山路亲密接触。大人这时候总是宽厚地笑笑"没学会走就想跑"。经历沧桑的淡定从容在山路飘逸挥洒。

后来山路使用得少了，野草逐渐侵蚀了路面。不仔细辨认，就和大山融为一体了。恍惚大山在一夜之间整容了或者用厚厚的粉底掩饰了纵横起伏。水泥路在乡村里纵横交错地发展，方便的交通让山路退隐生活之外。哪天心血来潮想让脚底和山路接触，走在从前的山路上，野草缠足野刺扎人，大呼小叫的声音是探寻的刺激和记忆，山路已经成为道具和点缀，而不是当年的融入血液的亲切。

山路也就远了。

遥远的山村

山村在记忆里很绵长，就像醇厚的闽南功夫茶，尽管看起来淡了，但开水一冲泡下去，茶味就有了。山村就常常在不经意之中回旋在记忆之中。

山村不大，窝在山的肘弯里，曲曲的山路就是母亲温暖的环抱，山村就是甜美酣睡的小孩，有种淳朴的放松。路往往是泥土路，黄土，下雨的时候很黏脚，可能走不了多远，鞋子就重得提不起来了，说不定一抬脚，步伐是往前，鞋子却留在原地。常见到的是行人把鞋子脱了，提在手里，赤着脚走路。村民们没有亲近自然等文雅的说法，只是为了走路方便罢了。有调皮的小孩子，故意挑黄泥多的地方走，黏黏的湿泥从脚丫间"吱"的冒出来，凉凉的，有点儿酥酥的感觉。走着走着，黏脚的黄泥脱落下来，在路上留下鞋子的模样。

村口往往有几棵松柏，谓之为水口树，有呵护全村之责，神圣得没有人敢轻易去动的。记得村里有个冒失的青年，以为自己胆子奇大，不信邪，去砍了树枝，没想到触了众怒，后来被罚放映电影道歉才算了事。因为有特殊地位，树往往很茂盛，即使周边的山都秃了，这几棵树也自成风景。村里哪个孩子不好带了，就有老人带着或者抱着孩子来到树下，烧一炷香，磕三个响头，把孩子过继给大树，孩子是否就此平安顺利不得而知，只是树下常有树儿子树女儿祭拜的痕迹。

山村里的建筑常常是凌乱的，很随意地放置在不同的角落。房子大多是两层的瓦木结构，钢筋水泥的房子是后来才有的事情，那是另外的韵味了。文明是发展的必然，但并非所有的文明都是最具美感和令人心旷神怡的。古朴的房子对生活的质量而言也许是该淘汰的，我们不能住在牢固的房子里坐着说话不腰疼地要农民兄弟还呆在那些老房子里。但老房子绝对是更有美感的地方，只是美感有时候不能当饭吃而已。

许多人家门口都竖有留着枝杈的竹子竹架，一根竹竿横过，就是晾衣服的地方，花花绿绿的衣服迎风飘扬，完全不需要什么不锈钢管或者"好太太"升降晾衣架。甚至就把衣服搭在河边哪家的竹篱笆上，更为省却麻烦。哪家的猪很有大将风度地在村里漫步，倒是那些小狗飞奔而过，吓得鸡鸭迅速窜向路旁，颇有点儿鸡飞狗跳的味道，不过也给沉寂的山村带来不少波澜。

山村里大多有小河蜿蜒而过，常常有大嫂村姑在河里洗菜洗衣服，村里有什么事也就在忙活中完成发布。河水很清冽，城里满是漂白粉味的自来水是不可以与之相提并论的。没有人惊动的时候，可以看到小鱼儿自在地游过，常常馋得谁家小孩拿着畚箕捞鱼。

在城市里的水泥路行走惯了，看到的大多是火柴盒般的房子，遥远的山村常常入梦，醒来后清晰如在眼前。

在乡村里迷路

行走在乡村，有时候会有迷路的感觉，迷醉在山野乡村。

因为没有目的地，就没有了赶路的匆忙，只是散淡地走着。有阳光洒在天地之间，因为光照角度不同，树叶的厚此薄彼或者薄此厚彼就有了区别，厚重的体现营养的丰富日子的肥硕，薄的那处却是阳光透了过去，叶脉如初生婴儿的毛细血管一般，清晰可见。有哪根野草的尾部还是嫩绿的，底部却是黄了，在生长的过程中，生命伸展的同时却在枯老，此消彼长如此明显地集中，让人可以感受到时光在迅捷地滑落，俨然刚看到朝霞却马上面临黄昏一般，来不及感慨，已是夜色朦胧。

有水在沟渠里欢快地流淌，拉动两边的水草，似乎顽皮活泼的小孩拉扯着同伴要到哪里游玩。尽管折腰蜿蜒，但大多水草还是生长在自己的地方，没有随波逐流。偶被拉扯动的，流淌了一阵，但或许在某个地方就被什么东西遮挡了，只能巴巴地看着流水远去。折一段野草扔下去，顺流而去，到了沟渠缺口的地方，绕着打一个旋，顺缺口而下，很可能就停留在缺口下，慢慢腐烂，最后回归泥土。阳光很惬意地照射着，有尘土飞扬起来，在光柱下曼妙地舞蹈。一粒粒平时根本不会去注意的尘埃在阳光下很是分明，丝毫不是平时感觉的团成一体，以清晰的颗粒状分开又以某种方式集合。有一群蚂蚁在阳光下忙碌着，蹲在那里看着它们奔忙。丝毫没有恶作剧骚扰它们的想法，只是想象它们是在寻食或者拓展自己的生存空间，恍惚自己也成为一只蚂蚁。

走走停停，没有遇到人。不必刻意地打招呼或者寒暄。可以很专注地看路边的野草流水，也可以视若无见地漫无边际地遐想，感受阳光从衣领钻进去的感觉。小屋像长在果园中一样出现，很简单的小房子，方木条做成的木门，没有刻意刨光，很粗糙的样子，可以看到枝桠、节疤都没有削干净。门没有关，只是有个齐胸高的竹篱笆松松垮垮地搭在屋门，就把在果树下趴着的鸡鸭挡在外面。竹篱笆是用山里的藤条扭结而成，竹片长短大小也不尽一致。屋门门框悬挂着一个风干的葫芦，在风中有一搭没一搭轻轻晃动，悬挂在一起的还有个自制的弹弓，竹叶编就的斗笠放在门边。有条狗趴在竹篱笆的门外，就是看家护院了。屋里没有人，招呼的声音惊动了那条狗，它站了起来，警觉地看着莫名走进的人，看着人走远了，它又趴下了，继续自己阳光下的美梦。

顺着山梁看下去，阡陌纵横，果树生长得很有生机。远处的村落置身于果园之中，很静谧，有小溪绕村而过，几头水牛在小溪边吃草。谁家的屋顶袅袅升起了久违的炊烟，依稀有当年母亲招呼回家吃饭的声音响起。随处找块山石坐下，山风拂过，侧趴在年迈祖母的膝盖，任其摇着蒲扇，轻轻拍打着后背一般，有想睡觉的感觉。干脆找块草地，躺下，掐一段草茎塞在嘴里漫无目的地转动，看远处的山，看天上的白云，听不知名的鸟叫，时光停滞了。

我迷路了，在乡村里，因为沉醉。

遥远的炊烟

炊烟从故乡的屋梁升起。

小时候，炊烟是呼唤我回家的信号。常常是在放牛或者拔兔草的时分，看到家里屋梁上升起炊烟，知道是快到吃饭的时间了，也就感觉肚子咕噜噜叫起来，赶快拉着牛或者挎着草篮往家里跑，往往刚到村口，母亲已经长呼短叫地要开饭了，那时候，觉得炊烟是填饱肚皮的闹钟。

后来出门了，回家的路上，还没看到家的影子，已经是频频抬头，看看家里屋梁的方向，看到有袅袅的炊烟升起，心里就有踏实的感觉，亲切感油然而生，知道自己不会遭遇铁将军把门的冷清，知道在那扇门背后有亲人在忙活，推门进去可以听到温馨的问候，温馨在心头潮水般涌动。

那时候，家家户户基本是烧茅草和木柴的。每逢周末，上山砍柴或者割茅草就成了我们这些半大不小孩子的任务。常常是吆三喝四地出发，到了地方，各自占据一个角落就开始劳动。架势是很认真，但是不得要领，没有把茅草牢牢抓住离地面数寸的地方，刀一滑，把住茅草的那只手就赶快往上移，只割了上面很小的一截，半天下来，往往只割了很小的一捆，有大人笑骂说，给我们当菜还嫌不够多。有动作不够敏捷，手就划了一道口子，倒大多显得很勇敢，摘片树叶按住伤口等血止了就继续劳动，回家也根本不提，全然没有娇贵的样子。割完茅草大家疯玩一会儿也是很正常的事，满山坡都是我们清脆的声音。

回家的路上，担子逐渐沉重起来，步伐就不再轻快，有人被落下了，前面的人就停下来等着，有时候也会有大点的孩子往回走接一程，显示出互相帮助的大将风范。更多的是个人撑到底，咬紧牙关，即使走得摇摇摆摆也舍不得丢掉一些，常常是心里在给自己默默鼓劲：再挺一挺，再走100步才休息。就这样走走停停地撑到家，走到家门口撂下担子，长舒一口气，那时候，觉得这茅草在灶膛里燃烧之后升腾起的炊烟分外亲切。

长大之后，看到故乡屋梁上升起的炊烟，自然想起儿时割茅草的日子，肩头似乎也热起来，揉揉，才明白当年回家的路上我们已经把人生演绎得内涵丰富。其实，很多时候，人生就需要挺一挺。

如今炊烟已经很遥远了，但任何时候，心灵上都有一股炊烟袅袅地升腾，让我们永远温暖在故乡的目光之中。

小镇风情

小镇其实不大，纵横两条街，转一圈花不了几分钟。有一条小河从镇中间穿过，桥头也就成了小镇的中心。

桥不大，是个单孔桥，桥的栏杆也没有什么装饰，质朴得如老农一般，不会拐弯抹角。晨曦刚露，桥头就热闹起来了，屠夫早早地把沿栏杆竖着的案板放平，开始一天的生意。有谁光顾了，相互递根烟，聊聊天气或者说说猪肉价格的上扬或者下跌。卖菜的老头把菜篮子往桥头一放，没有什么环保、低农残、零污染之类的说辞，一副姜太公钓鱼——愿者上钩的架势。有狗从桥头奔来，把正跟着母牛背后撒欢儿的牛犊吓了一跳，猛一下窜出老远。黑狗却是紧急刹车，在猪肉案板下逡巡，渴望来点什么意外收获，最后却是失望地走了，开始匆匆的行程。

桥头有棵榕树，看起来有些年头了，虬枝交错，华盖般的树冠遮蔽了半座桥。树下有座庙，南方常见的那种，把半边树身当成庙的后墙了。大清早的，就有人烧香上供了，老太婆把祷告念得抑扬顿挫，很虔诚。年轻的媳妇显示出羞涩的一面，双手合十把心事轻轻述说，袅袅的香烟升腾而起。

烧香的人点燃鞭炮，不经意间把正在桥下洗衣服的人吓得一惊一乍。河水很清冽，有多少石头都历历在目，有勤快的妇女搬动石头搭在一起就是很好的洗衣台了，洗衣棒把衣服捶打得砰砰作响。妇女们边洗衣服边聊着孩子、丈夫之类的话题，不时发出爽朗、清脆的笑声。有谁开了玩笑，笑声中被说的人撩起水，把对方吓得在水中奔逃，弄得水花四溅，原来很悠闲的小鱼大祸临头般左冲右突。

有谁先洗好了，招呼着要先行回家，直起腰，轻轻捶打有点儿酸麻的后背，看到阳光从榕树的枝叶间透过来，无比舒朗地呼了一口气。很好的阳光，很好的日子。

雨　情

雨停了，檐水滴落在地面上就像一个呆板的鼓手在重复单调的鼓点，但久听下去，竟有了一种稳当的节奏。一个老人站在屋檐下接了几点雨水，脸上绽出了几缕欢笑，纵横交错的皱纹似乎也舒展多了。他小孩子似的把水送到嘴里，那份清凉也许勾起了那遥远的童年，浑浊的眼睛装满了追思和依恋。

场地上坑坑洼洼的地方蓄满了水，形成大大小小的水洼。小孩子赤着脚在场地上玩着，溅起点点水花，他们把如此简单明了的水洼玩出了深蕴复杂而又精致的内容，笑声在湿淋淋的空气中显得特别脆特别响。

那老人专注地看着，咧开了嘴，那缺了牙齿的嘴里发出"呵呵"的声响，小孩子兴奋的叫声传了过来，我感到一份特别的亲切，那令人兴奋的小水洼，那黏脚的泥泞，久违了。我想迈出脚步加入那个行列，举足时才发现自己已是大人，胡子居然在不声不响中把一个小孩雕琢成大人了，这一步再难跨出。那场地上的追逐，那深深浅浅的水洼，那水漂，都已挥手作别了，那是另外的一片天空。河水开始上涨了，夹杂着杂七杂八的东西。生命也如激流，带给我们一些东西，也冲去一些我们所曾拥有的。河岸边的翠竹这时倒抬起头来摇落一身雨水，全然忘却为刚才随风逐流而羞愧，只是那一片苍翠也足以令人心旷神怡了。

　　路上的行人多了起来，花花绿绿的雨伞飘摇着晃过，在黄昏的公路上移动倒自成一道风景，他们被小孩的笑声吸引了，不禁张望一会儿，他们不明白小孩子为何玩得如此高兴，忘却了每个人都拥有一次的童年，最后只是用一种居高临下的姿态说："毕竟是孩子。"同行的人也一致同意了这句阐释，迈着大人的脚步走了。雨又下起来了，大人们撑着伞加快步伐，他们或许曾被雨浇得浑身湿透或许领略过冬雨的凄冷秋雨的无奈夏雨的狂暴春雨的忧伤，雨在他们眼中不再是景致不再是玩趣，他们记得雨会打湿衣服弄不好还会感冒生病。

　　小孩子依然在玩着，他们见雨又下起来了，玩得更高兴了，尖叫着，小脚丫在泥地上蹭来蹭去，蹭出一个个印儿，头发被雨水打湿了，一绺一绺地搭拉在额头淌着雨水，随手一抹又是甚为光滑，蛮写意的。

　　不知谁家大人从孩子堆里拉出玩得浑身泥水的小孩打了几下屁股，夹杂着粗野的斥责，于是哭声即很清脆地传开了。哪个小孩子又在恐吓声中被自家的大人拉了回去，长长短短的呼叫声传了过来，小孩子才发现也许自己又做了不对大人劲的事儿了，只好快快地往回走，无限依恋地望了望那些水洼，明亮的眼睛暗淡了不少。

　　孩子们都走了，只有那水洼还晶亮晶亮的，还有那淅沥淅沥的雨丝。

雨中的风景

有一段时日，宿舍临窗。书桌就放在窗前，看书或写作累了，就可移目窗外，总有一些风景就在不经意之间进入视线之内。

春雨蒙蒙的时日，窗外的老树发出新芽，那份绿直逼人眼，把满是岁月沧桑的虬枝点缀得青春年少。攒下的雨水慢慢地从叶面上悄然滑落，形成一颗水珠悬挂在柔嫩的叶尖，晶莹剔透，微风一吹，微然颤动，风姿绰约般的轻柔，良久才啪地掉落。有不知名的小鸟立在枝头，不时啁啾几声，在树枝间跳跃，忽然嗖的一声飞走了，留下在雨中颤动的树枝，只不过一会儿，就水过无痕地了无踪迹。

稍远一点儿的田野，有个老农正在牧牛。老人身披蓑衣，头戴一顶大竹笠，蹲在田埂上，口里惬意地吞吐着旱烟，可以想象得出老人看着低头啃草的老牛目光肯定满是怜爱：快到播种季节了，正指盼老牛耕地呢。老牛在春雨的滋润下显得特别悠闲，很安静地啃着刚长出地面不久的嫩草，牛毛让雨水淋湿了，很有规则地搭在身上，特别柔顺光滑，尾巴有一搭没一搭地轻甩着，偶尔抬起头打个响鼻，又低头继续啃草了。

有几个中学生走过来，没带伞的把书紧紧搂在胸前，生怕雨水淋湿了心爱的课本。有几个还故意扬起头，张开嘴巴用舌头接着雨丝，夸张地张开双臂，似乎要拥抱整个春天。有带伞的，故意把伞旋得飞快，有细细的雨丝顺着伞斜飞出去，把身旁的女孩吓得一惊一乍，不知哪个女孩子说了一句什么，人群哄地笑了起来，那几个孩子惊叫着、追逐着跑了，活力四射的笑声在湿漉漉的空气中特别脆特别响。

有几个七八岁的小孩子在雨中欢快地跑来，看得出他们在雨中玩了很久了，头发让雨水淋得湿淋淋的，一绺一绺地搭落着，随手一抹，甚是光滑可爱。他们在一处小小的水洼前停了下来，用脚使劲击水，泥水四处飞溅，他们又嘻嘻哈哈地跑开了。

　　一对年轻的夫妻在孩子的笑声中走过来，他们的裤角挽得高高的，男的挑着尿桶，女的提着一篮鲜翠的青菜，看得出他们刚从地里干活回来。他们边走边商量着什么，不知说到什么，女的娇嗔了一句，男的也不争辩，憨憨地笑了。雨还是缠缠绵绵地下着，远处的山笼罩在烟雨中，一片迷迷蒙蒙。

第二辑

粽香在舌尖舞蹈

粽香在舌尖舞蹈

1982 年的儿童节

1982 年的儿童节我跟一本书密切相连，那时我正读小学三年级。

那时我对书有异乎寻常的热情。常常在中午或者周日的时候，约几个小伙伴跑到离家 5 里路的书店，隔着柜台的玻璃看那花花绿绿的书籍，眼睛里满是渴望。开始的时候营业员会捧着茶杯踱过来，应我们的要求拿出哪本书给我们翻阅。后来他发现我们只是在那过过瘾，根本不可能买书之后，对我们就不搭理了，目光里满是不屑，甚至呵斥我们走开，以免耽误他卖书。

那些书在我的脑海里扎了根，渴望在六一儿童节那天拥有一本书的念头在脑中执拗地冒出来，枝繁叶盛。我看中的那本书是两毛 3 分钱，尽管由于联产承包责任制，家里的粮食够吃了，但整个家庭经济还很困难，兄弟姐妹又多，平时几乎没有零花钱的概念，买书就是很奢侈的开支了，根本不敢跟父母提出。因此买书愿望的实现并非轻而易举。

春节的压岁钱其实只是象征性的一毛两毛钱，就这也只是在口袋里停留了一个晚上，第二天就都交到父母手里，用来开学交学费。决定买书之后我口袋里最大的一笔财富是个 5 分的硬币，我开始筹钱。

当时我家屋前的空地种有一片香茅。每隔一段时间，母亲就把香茅挑到离家 10 里路的地方卖给人熬油。卖香茅的时候，如果香茅不太重，母亲还会搭上自家种的却舍不得吃的蔬菜，卖给油坊附近的中学食堂。我死缠硬磨，要母亲答应菜由我送去，因为我知道以前哥哥送过几次，每次都可以吃一碗一毛钱的面条。母亲看着瘦弱的我，担心我挑不动，但耐不住我的央求，就答应了。

那天母亲挑着100多斤的香茅，我挑着不到20斤的菜上路了。开始我还能勉强支撑，但走不到两里路，我就跌跌撞撞了，实在支持不住，我就想偷偷歇会儿再赶上去，担子一放下，我几乎不想动了。母亲知道我挑不动了，拐回来接我，把大半的菜搭在她的担上，我知道母亲其实已经是超负荷了，但她笑笑说："你身子骨小，别压坏了，我已经定型了，耐压。"

重新上路，我发现母亲后背都湿了，哼哧哼哧地喘着粗气。尽管我的肩头还很疼，但我咬紧牙关，数着脚步，心里默默鼓励自己"再走100步就换肩，再走50步就换肩"，后来是频繁地挪来挪去，终于坚持把菜挑到地方。回家的时候，我拒绝了母亲带我去吃面条的提议，只要求母亲把一毛钱给我。母亲听完了我的心愿，用她粗糙的手抚摩着我的头，给了我两毛钱。

就在我准备去买书的时候，我发现我那5分的硬币不见了，我翻遍书包、口袋，低着头找遍往返学校的路，甚至翻遍与小伙伴摔跤的草地的每个草丛，还是没有。我不敢让母亲知道这件事，我得再设法筹得3分钱。后来我把主意打在墨水上面，那时墨水快完了，我就超乎寻常地多写钢笔字，尽可能多地消耗墨水，随着儿童节的临近，甚至慷慨地把墨水挤给同班同学。

儿童节前一天，我终于把墨水用完，堂皇地跟父亲要了两毛钱买墨水。墨水只要1毛6分钱，我就拥有了剩下的4分钱，也就把买书的钱凑够了。带着钱，像孔乙己在柜台上排出九文大钱一般，扬眉吐气地把钱拍在柜台上，买回了那本书，成了我们班唯一一本崭新的课外书。那本书在1982年的儿童节成了我们班的焦点，许多人围着我，看我小心翼翼地翻开，齐声朗读。

粽香在舌尖舞蹈

粽香在舌尖舞蹈

端午节在我的记忆就是粽子的香味。那时候，根本没有把端午节跟屈原联系在一起，屈原对幼年的我，是不相关的一个人。如果没有粽子，端午节的阳光不会比其他日子灿烂，风雨也不会比其他日子凄冷，只是平淡无奇的普通日子而已，不会有什么依恋的情愫缠绕。因为粽子在舌尖上的舞蹈，端午节就以曼妙的身姿在岁月的河流中斑斓，成为我无法排遣的记忆。

从老师口中得知粽子是因屈原而来的时候，心里会偶尔闪念过对他的感激。在老师的叙述中，依稀可以看到在远古的时候，屈原在汨罗江畔感慨良久，对着汨罗江悲愤地抒发心中块垒，然后把自己投入滚滚的波涛。奔腾不逝的流水很快把他淹没了，但他留下了一个节日，留下了让我们的舌头和牙齿可以抵达盛宴的通道。我相信许多中国人会记得屈原，但我也同样相信，这些人中有相当部分记得屈原是从粽子开始。

粽子在我的童年是很奢侈的食物了。在粮食欠缺的年代，粽子并不是过日子的必需品，只是民间节日的标志而已，应该算是生活的点缀，吃粽子也就有了节日的喜悦。端午节前一天，往往要去上学的时候，就把粽叶拿起又放下，或者浸在清水里，用手摩挲着。中午放学的时候，一出教室就直奔家里，还没到家，竹叶的清香已经在屋檐下飘荡，猴急地解开一个，这时候倒斯文起来，慢慢地咬一口，糯米掺和着粽叶的香味在舌尖舞蹈，弥漫在口腔里，顺着喉管欢快而去。连平时不喜欢吃的萝卜丝，因为夹在粽里，也吃出了不同寻常的味道。

粽子能够让我们享受美味的同时，也是我们难得的童年玩具。常常是各自的母亲裹了牛角粽，小朋友拿坚韧的尼龙绳系了，挂在脖子上，到场地上追逐玩耍，任牛角粽在脖子上晃荡着；或者在场地上比赛谁家的牛角粽造型美观、结实。这时候，比赛的就是各自母亲的手艺了，如果谁的牛角粽土里土气，是会惹得讥讽的笑声的。更有甚者，如果哪个孩子脖子上的牛角粽在玩耍中忽然散开来，那是很没面子的，他的母亲会成为孩子讥笑的对象，甚至成为日后孩子吵架的"子弹"，一说就是跟谁的母亲一样什么的。

在玩耍的过程中，有孩子忍不住伸出舌头舔舔粽子的尖角，微眯着双眼陶醉其中，好像在品味什么山珍海味美味佳肴。玩够了，就随便找个地方坐下来，解开粽叶，慢慢品尝，那时候每个家庭都简朴的像村姑一般，没有什么区别，各家的粽子基本上是掺些豆子包些萝卜丝，夹块肉就像个把爱俏的村姑在耳旁扎朵花，就算阔绰的了。

尽管当年的粽子不像现在的粽子把馅弄得纷繁复杂，但现在看到街道上长年有人叫卖粽子却如何也体验不到当年的粽子香。如今粽子是为了填饱肚皮或者挽回记忆的小吃而已，孩童时光粽子香味在舌尖上舞蹈的感觉却如人生是单程车票一般，没有回头的可能，再难在生命行走的过程找到踪迹，只能留存在记忆里温暖岁月。

母亲喝茶

在我心中，母亲喝茶是一道无法忘怀的风景。

年轻的时候，母亲就喜欢喝茶，无关茶叶和茶具，母亲喝茶是解渴之后的解瘾。那时候农活很多，母亲没有坐下来喝茶的时间，更别说细斟慢饮的闲情逸致。许多时候，母亲是抽空把茶泡了，那茶叶是自家茶山做的，自家做的，往往是春茶和秋茶等能卖个好价钱的都卖了，只留下暑茶、夏茶和冬茶等卖不了好价位的。抓一把，用口杯泡一大杯，放在桌上凉着。干活的间隙，母亲就匆匆走向桌边，快速地喝几口，很畅快淋漓的样子。我们兄弟稍大一点，往往会替母亲把茶泡上，等凉了，端到干活的母亲跟前，母亲喝茶的时光就不仅仅有了解瘾之后的畅快，儿女逐渐成长的欣慰也在母亲的眉眼之间游走。

吃饭的时候，我们都开始吃了。母亲这时候却是先站在桌角，稍微放松地喝着茶。以前我以为母亲喜欢喝冷茶，看到母亲站在桌角喝茶，才知道对于喜欢喝茶的人来说，唯有热茶才能喝出味道，母亲喝冷茶是不得已而为之。

即使是晚上时光，母亲喝茶也是站着的。晚上对于农家来说不意味着清闲，洗衣服、切猪菜等一大堆农活还等着母亲，年深日久，母亲站着喝茶已是习惯。多年以来，母亲站在桌角喝茶成为我脑中始终铭记的印象。以至于我回家的时候，脑中会不自觉浮现推开门看到母亲站在桌角喝茶的情形。

18 年前，母亲因为脑血栓住院。昏迷 13 个日夜之后，母亲从死亡线上挣扎回来。清醒过来之后，等她能自主进食的时候，母亲就渴望能够喝上一杯茶。在医院的那些日子，能够重新站起来自己泡茶喝，也成为我们和母亲经常交流激励母亲信心的话题。出院之后，母亲终于能够坐着喝茶了，但母亲更怀念的是那些能够走来走去，忙碌之后只能站在桌角喝茶的日子。经过锻炼，母亲能够站起来了，能够自如行走了，她依然喝茶，依然站在桌角喝茶。

因为无法再到地里劳动，母亲喝茶的时间多了。她终于可以喝上小杯子的热茶，不再是猛灌一气。母亲在家的时候，经常有邻居到家里泡茶，有劳作的村民从家门口经过，有时候是母亲招呼，有时候是他们自己走进来，母亲就很热情地泡茶给他们喝，大家聊聊地里的农活，聊聊左邻右舍的事情，母亲就很快乐。我们回家的时候，经常和母亲一起泡茶，然后边聊些琐碎的事情。看着母亲很惬意地喝茶，我们都有一种幸福的感觉在胸腔游走。我们带一些比较好的茶叶回家，和母亲细斟慢饮，母亲说不出很多茶叶好坏的道道，也不会那些繁琐的品茶程序，只是简单地泡茶，根据感觉说这茶好喝，但这已足够。

经常在外面和别人品茶，也常欣赏到一些茶艺表演，还听到许多丰富繁深的茶文化，但在我内心深处，母亲站在桌角喝茶和简单地称赞这茶好喝是这世上有关喝茶最美的风景和最动听的声音。

父亲母亲的爱情

父母都已经老了。父亲77岁，母亲71岁，他们年轻时候的爱情如翻过的书页一般，没有多大必要再从故纸堆里抖落出来。让过去的事情保持平静其实是对父辈感情最好的尊重，历史重新审视是无论如何还原不了当年的况味。

父亲母亲的爱情故事平淡而没有波澜，像老家房前屋后的野草一般，常见却也葳蕤茂盛。因为子女都长大成人，老家就剩下父母守着三间房子，演绎着一日三餐柴米油盐，也把他们的爱情故事延续。

父亲母亲在乡下属于衣食无忧的老人。他们也就有条件对生活的细节细细打磨。母亲因为脑梗塞留下一边手脚不灵便的毛病，需要长期服药。父亲坚持半个月一次到离家12公里的九峰镇购买药品，为的是担心药品搁置时间太长过了保质期。如果说药品马虎不得，父亲为母亲吃水果而奔波却是柔情万种。去年有段时间，母亲喜欢吃龙眼和荔枝。那天早晨母亲就淡淡地说了一句，吃完早餐父亲就跟母亲说他出去一趟，等他回来的时候手里已经提着一袋龙眼，那是父亲乘车到集镇购买回来的。父亲担心买多了不新鲜，就坚持每次只买两斤，3天购买一次。听说父亲买龙眼的时候是一个摊位一个摊位尝过去，直到挑选到核小肉多汁甜才下定决心购买。可以想象在炎炎烈日下，一个70多岁的老头挨摊品尝挑选龙眼是怎样的一道风景。

除了买龙眼，因为身体的缘故，医生要母亲多吃点牛肉或者鸭肉。父亲就每隔3天去集镇买一次，还要挑选本地鸭子，还要喂养时间长的，还要不是换毛的，讲究颇多。在父亲去赶集或者到琯溪蜜柚园的时候，即使再饿，母亲也从来没有自己先吃饭。总是做好了饭，在门口张望，直到父亲回来。曾经有几次，母亲到县城来，原来说好要在我和哥哥家各住几天，但一到天快黑，她就坐不住，一直念叨着不知道父亲吃饭了吗？衣服放哪里能否找得到。尽管我们再三安慰，她还是坚持打电话回家，絮絮叨叨地交代得一清二楚，连晚餐吃什么都相互通报，热恋的男女一般。第二天，无论我们如何挽留，母亲还是坚决收拾行李回家。

村里演社戏，母亲为了让父亲去看戏，故意说不喜欢看戏，让父亲自己去。父亲知道母亲是担心自己手脚不灵便耽误自己看戏，也就说自己也不去看，宁愿在家陪母亲看电视。最后是两个老人结伴去看戏。父亲左右两肩各背着塑料靠背椅，手里还要拿着个布垫，说担心椅子太冷了母亲坐不惯。母亲则打着手电筒，那光线一定是照在父亲脚下往前一步的地方，嘴里还不时问到是否能看清道路。看完戏，他们相互照顾着回家，还要细细交流戏中的情节。

我们回家，经常泡一杯家乡的白芽奇兰茶。喝茶的时候，父亲总是把头几道茶端给母亲，说母亲喝酽茶，泡几遍过去就淡了，母亲喝不惯。而母亲则是我们用小杯品茶的时候起身拿个大杯，先满满地泡一杯递给父亲让他放旁边凉着，说父亲喜欢喝温凉的茶。就在看似平常的传递之间，浓郁的情怀已经弥漫在整个老屋，充盈着温馨浪漫。

父亲母亲都是农民，他们没有太多的语言表达，但每个细节都充盈着爱，让他们平淡的日子滋润而且鲜活。

带母亲兜风

母亲68岁了，68岁的母亲很少到县城来，尽管我和哥哥一再相邀，但母亲放心不下让74岁的父亲独自在家，还有就是担心给我和哥哥增添麻烦。就是这次母亲到县城来，也是因为最近母亲腹部偶尔会感不适，母亲以为上了年纪，身体有点儿小毛病也很正常，根本没打算告诉我们，不经意被回家的哥哥知道了，磨了半天嘴皮才同意到县城医院检查。

母亲到县城第二天，我早早带她到县医院，各种检查下来，发现身体没有毛病，我才放心下来。出了医院门口，我提议带母亲四处转转。因为15年前的那场大病，母亲留下了左边身体偏瘫的毛病，散步自然不方便，我用摩托车带母亲兜风。刚下过雨，县城湿漉漉的，我带着母亲沿县城大街小巷穿行，边走边介绍县城的标志性建筑，街道的大小，最近县城发生的新鲜事等等。就在碎嘴小女人般的叙述当中，县城断断续续地鲜活起来，才发现县城居然是如此美丽，有那么多值得称道的地方。发现县城有许多足以温暖目光和胸怀的角落，而这些在平时我匆匆的脚步中被遗忘或者忽略。也许因为有爱和温情，平凡的地方也将会是风景和天堂。

在街道上穿行够了，我带母亲沿县城环城路行走，跟众多商店的街道相比，环城路更接近村庄，母亲在后座上兴奋起来，频频指点大棚里的蔬菜、正在膨胀的琯溪蜜柚，甚至田间地头葳蕤的野草，母亲津津乐道。此时我才明白再繁华的街道对于母亲而言都是种应该敬而远之的热闹，而只有田野和村庄才是母亲能够融入和自在行走的地方，也才明白为何母亲坚持不到县城居住，即使小住几天也来去匆匆。

在兜风中，发现母亲老了。岁月不可阻挡地在她身上留下印痕。母亲瘦多了，皱纹不可掩饰地昭示岁月的艰辛。母亲在后座上娓娓叙说乡村里的各种琐事，而我只需认真倾听。那时候天空飘起小雨，我问母亲是否回去或者撑起伞，母亲却是少有的浪漫，说这点小雨不算什么。我知道，经历了太多的风雨，这点小雨确实不算什么。于是我们继续前行，母亲甚至如少女一样用手接住点点雨丝，满是皱纹的脸庞洋溢着欢乐。

那天我用近两个小时带着母亲绕县城好几圈，我们说了许多，尽管无关国家大事，但那些街道留下了我们许多欢乐的笑声。那时候，我觉得人能够跟母亲在一段路上同欢笑实在是我们弥足珍贵的幸福。

两天后，母亲坚持要回家，原来说好要搭车回去，但因为到车站后发现没有班车，我就用摩托车把母亲送回到 35 公里之外的老家。那一路又是我们絮絮叨叨的兜风，我再次感受幸福和欢乐。回到县城，母亲的电话紧跟而至，母亲在电话里要我少喝酒，原来母亲在听我叙说中知道我经常应酬，担心我喝多了对身体不好。我瞬时再次明白：在跟母亲的聊天中母亲只记得孩子的苦与乐，孩子无论多大在母亲眼里始终无法长大。

乡村电影

在小县城，电影院基本上没有营业，记不清多长时间没上电影院看电影了。乡村或者街头哪个小区到了年末的时候倒是不时上映电影，但那更多的是有"社戏"的成分，看的人并不太多，完全没有小时候看电影的激情了。

在记忆中，乡村里放映电影是很奢侈的事情，有可能十天半个月前就成为热议的话题，颇有如今的 2008 年奥运会倒计时一般。在哪村放映电影，东道主的感觉是很明显的，亲戚之间是要通气邀请来看电影的，否则就是没有人情味，说不定影响了以后亲戚的来往走动和感情。到了放映电影那天，村民们照例是要提前一点收工的，条件好些的人家还要吃干饭，避免电影开映后小孩子要挤出去小便的麻烦。一般是下午 3 点多钟，搬条凳或者靠背椅占地方就是我们这些半大不小孩子的主要任务，抢占到好位置是会得到大人的表扬的，电影开映前，大人们陆续来了，先期到达的孩子就呼爹喊妈，示意自家的位置在哪里，有亲戚来的人家，就由大人带着就座，夸奖几句位置占得好，感觉到骄傲的就不仅仅是孩子，连大人都有孩子有出息的自豪。如果有不认识或者不太熟悉的外村观众坐了椅子，大人们不好出面，一般是由孩子把其"请起来"，也有大家挤挤让其继续坐着看电影，那可是莫大的人情。曾经有个小学女同学，因为到邻村看电影，坐了人家的椅子，后来居然成就了一段姻缘的美事。除了那些条凳和靠背椅，我们也喜欢搬块石头在屏幕前不远的地方占个位置，这些位置大人看不上眼，于我们却是难得的专座，可以省去电影开映后被大人挡住视线的担忧。

电影开映前，我们早早吃完饭就跑过去，打听晚上电影的片名，看放映员倒影片，有谁有机会帮上一点儿小忙，这份光荣可以在很长时间还在小伙伴面前不时炫耀。和小孩子一起到场的是那些卖零食和炸油条炸油饼的小摊，油一烧开，那份香味直往心肺里钻，把所有的馋虫都勾了出来。大人们来之后，条件好的人家会给孩子 5 分或者 1 毛去买根油条或者一个油饼，孩子多的人家也有掏出好几毛钱的，大人把看电影当成某种节日了，想给孩子某种惊喜。孩子们吃完油条或者油饼，会挨个把油腻腻的手指头放到嘴里吮吸的，期待把那股香味保存得时间长一些。电影放到了三分之二的时候，有哪家的女主人提着一锅咸稀饭，一竹篮子的碗筷把夜宵送到看电影的地方，招呼自己的亲戚吃。看完电影周边的亲戚是要马上回家的，请大家看了半截到家里吃夜宵肯定没人想去，最好的解决办法就是送过来，那基本是最高规格的待遇了，送夜宵的女主人会被亲戚和旁边的观众称赞"会做人"的。

电影散场之后，观众很快散了。山村的各个角落就散乱地有手电筒的光在移动，有哪个人的手电筒不亮了，就借别人的光回家。也有居住在比较偏远地方的，就有村民用竹篾扎个火把，或者找块破布缠在木棍上浇上油灯里的油，让路远的人举着照亮回家的路。山里人很朴实，会记得这"滴水之恩"。祖父去世多年了，可我几年前回家的时候还可以听到有村民说祖父曾送给他火把，也才恍然想起小时候我在忙着搬椅子抢占位置的时候祖父却是忙着做火把，因为他知道那火把用得着。

邻村放映电影的时候，我们就是赶场了。能坐到搬来石头摆放的位置就很阔绰了，更多的时候是站着当看客。有时候就去弄把稻草放在前面当坐垫，碰到有本村的小孩子过来吆喝驱赶的时候就感觉到底气不足，那时候是没有"我的地盘我做主"的说法，但如今想起来就是那么回事。也有上当的时候，听说哪个村子放映电影了，急急赶过去，却是黑灯瞎火，但没有上当受骗的愤慨，也没有责怪提供信息的人消息不准确的怨气，只是调侃当晚上演的是"风吹白行战斗片"，这样博大宽容的心态直到今天依然让我留恋。

多年过去了，无论当电影成为一种如何普通的文化消费，或者看了什么国内外大片，但最怀念的还是当年的乡村电影，只要一想起当年的乡村电影，亲切感就汹涌而来，甚至可以闻到当年炸油饼的香味还在乡村的上空环绕。

第二辑 粽香在舌尖舞蹈

杯中岁月

喝着故乡的白芽奇兰茶，故乡就近了。

喝茶总是能喝出许多人生的况味。回老家的时候，左邻右舍总是把茶泡得酽酽的，很有点儿咖啡的厚重，随意的大杯倒了，很热情地端到客人面前，没有什么繁文缛节的客气，赤诚的待客之道却淋漓尽致地显现。农闲的时候，三五个农人散淡地泡茶，水一遍遍添，茶一杯杯倒，话题是漫无边际的，喝茶就不是干活的空隙操起茶壶喝得咕隆隆作响，有的人还随意用手在嘴角一抹的解渴，更多的是闲聊的道具。

看惯了大杯喝茶，就羡慕电视电影里喝茶的人，觉得他们斯文地端起盖碗，用碗盖轻轻抹去茶碗上的浮末，悠悠地吹一口，慢慢地啜饮，那份悠闲和雍容让人觉得他们已不仅仅是在喝茶，而是品味茶叶里阳光的味道，渴望整天来去匆匆的脚步能够稍做停顿，自在地来碗茶水。

电视里的日子可望不可及，老家邻居的一个老人却让我心生敬意。老人每天主要的工作好像就是喝茶。他早早起床，用有点儿笨重的松木水桶去山涧里提回山泉水，在小炉子里燃起松木炭火，坐上水，微眯着眼摇着蒲扇等水烧开后，一丝不苟地烫泥茶壶、茶杯，泡出茶后，端起仔细端详一番，闻闻味道，然后含一口慢慢品味。他乐此不疲地重复着这样的日子，尽管没有大福大贵，可是却把日子过得有滋有味，好像人生最大的乐趣全部浓缩于此。

我自己也喝茶，但许多时候并不是为了解渴，更多的是品味一种心境。故乡是个山区县份，山峦起伏，山高雾多，溪流潺潺，土壤肥沃，林竹茂密。故乡的白芽奇兰茶有美丽的传说，相传清乾隆年间初期，在故乡有个叫彭溪的小山村水井边长出一株奇特的茶树，茶叶芽尖有白色绒毛披露，制成的茶叶清香浓郁，滋味醇厚，鲜爽回甘，内含多种香气成分，具有奇特的兰花香味，汤色橙黄明亮，叶底软亮。

泡一杯故乡的茶，心境慢慢舒缓，如杯中扩张的茶叶，故乡就在袅袅升腾的水雾中清晰入梦。

木瓜爱情

木瓜成熟了，可是他们的爱情并没有瓜熟蒂落。

男孩和女孩彼此相爱。黄昏的时候，常常可以看到男孩和女孩相拥散步，女孩走累了，男孩可以背着女孩行走或者就那么抱着，让女孩一脸幸福地双手环吊在男孩的脖子上。所有热恋中恋人的缠绵悱恻他们几乎都经历过了，没有人怀疑他们的柔情，男孩和女孩也认为他们是世界上最幸福的一对。

女孩喜欢吃木瓜，而他们散步的那条路旁的地里就有一排木瓜，上面挂满了大大小小的木瓜。从木瓜只有拳头大小的时候，女孩就撒娇地说要吃木瓜，并且坚持要男孩去地里摘那些新鲜的木瓜，即使偷来也行，断然否定了男孩去市场购买的提议。男孩满口答应等到木瓜成熟一定满足女孩的心愿的时候，女孩有了拥有整个世界的幸福，笑容灿烂地亲了男孩一口，眸子里满是柔情。

木瓜一天天长大了，男孩以为女孩当初只是随口说说而已，没想到女孩念念不忘，男孩嗫嚅着他从来没偷过东西，真的下不了手。女孩就娇脸含霜，赌气转身回家了，任男孩在身后着急地呼叫。女孩回家的时候，手机响了，是男孩的来电，可是女孩想都没想就把手机挂断，毫不理会男孩执着的呼叫，拒绝接听。因为女孩父母的威严，男孩不敢前去敲门，只是持续不断地给女孩发短信和拨打电话，女孩索性关机了。男孩在女孩家附近的路口徘徊到半夜才离开。

第二天，男孩等在女孩上班的路口，哄了老半天，女孩才开口说话。男孩以为风平浪静、雨过天晴了。可是没过几天，当他们经过木瓜地的时候，女孩再次为木瓜对男孩发火，跑回家拒绝与男孩见面。男孩再次经历了挂电话、发短信、半夜徘徊苦等和第二天的解释笑哄。如此的事情越来越频繁地发生，女孩很恼火，以为男孩对自己所有的好都是虚情假意，木瓜只是透过现象看本质的试金石，试验出男孩心目中根本不在意她。

好几次男孩从木瓜树下经过，想伸手偷两个木瓜，可道义阻止他这么做，贼的声音在脑中回响，他的手再也伸不出去，男孩又不知道木瓜是谁种的，开口跟陌生人讨东西于男孩是个无法逾越的障碍。徘徊到半夜的男孩在拨打上百次之后女孩的手机依然传来千篇一律的"您所拨打的电话暂时无人接听，请稍后再拨"，男孩觉得累了，有种女孩强人所难的不可理喻，男孩很是心疼地转身了，有一句歌词"有些事情你现在不必问，有些人你永远不必等"在耳边轰然响起，男孩在午夜的街头泪雨纷飞。

男孩和女孩就此分手了，树上的木瓜渐渐黄了，经常独自到木瓜地旁发呆的男孩在某天鼓起勇气找到木瓜的主人要向他买木瓜，木瓜的主人很轻描淡写地说："你要几个自己摘去得了，不用买了。"男孩没想到事情如此轻松地解决，当他拿着两个黄透的木瓜来到女孩家的时候，女孩淡淡地说：当初她想的就是要考验男孩对自己的情意和随机应变的能力，尽管男孩拿来了木瓜，但自己已经没有吃木瓜的心情了。

男孩和女孩最终还是没有重归于好，对爱情的不同理解让他们走上不同的道路。熟透的木瓜最终被男孩扔掉了，他们的情感也在风中飘扬成凄婉的故事。

贴春联

记忆之中，贴春联成为过年的主要旋律之一，一直环绕在我的脑海。

贴春联的记忆从 1983 年开始，那时候我读初一，哥哥刚从师范学校毕业。因为写一手好字，左邻右舍都来请哥哥帮忙写春联。每每到了除夕前两天，家里就很热闹。哥哥把八仙桌挪到屋子中间，开始为乡亲们写春联，我则是打下手，裁红纸，还有把哥哥写好的春联拿到旁边摊开，让墨汁风干，然后区别哪家哪户收拾卷好，让乡亲们满意而归。

我家的春联往往是最后才写，好多时候是等我把春联贴完，别人家吃完年夜饭已经点燃过年的鞭炮。如此几次，小小的心灵就有一点点不耐烦，有点儿"烧瓷吃缺"的抱怨，父亲却用纯朴的乡村语言"会就要给人央"（意思是尽所能帮别人的意思）教导我们，把我们刚刚萌生的不耐烦化解得烟消云散。

当时贴春联没有用胶水或者糨糊，更没有后来的不干胶什么的。糊是用地瓜粉打的，抓一把地瓜粉放在海碗里，先用一点儿冷水化开，然后把开水冲下去，边冲边用筷子猛打，等搅拌均匀有点儿透明时，糊就算打成了。然后用棕毛扎成的刷子在春联后一刷，或者是往门上贴春联的位置中间随意刷过去，颇有大写意的潇洒。

糊打成后，仅仅贴自家的春联有点儿浪费，就把附近姐姐家的春联也贴了，两家距离短到可以一并贴春联的程度，当然没有太多的感觉，只是简单的举手之劳。今天回想，却有一种温馨和亲切在行走之间涌动。不仅仅如此，帮邻居一个上了年纪的老人贴春联和给村子里的小庙贴上春联，还可以得到不少的赞誉，很有一点儿为公众服务的成就感。

随着离家的距离越来越远，贴春联已经接力棒一样传到外甥、外甥女的手中，自己贴春联成为比较遥远的事情，好像走到路的尽头，拐个弯就不留痕迹。不过去年又贴了一次春联，那份感觉和当年已经无法相提并论，但容纳了更多的内容。去年回到家，已经是除夕中午，看到春联还没贴，就自告奋勇贴春联。外甥女手脚麻利地去买来胶水。父亲仔细地把前年的春联撕去，我负责贴，哥哥在旁边观察是否贴得周正，儿子则笑嘻嘻地提醒别上下联贴错了。边贴春联，边聊起村里当年谁谁谁因为不识字把"六畜兴旺"贴到饭桌上，谁谁又把上下联贴反了等等笑谈。一家三代人其乐融融的镜头，让乡村的年显得更有滋味。

贴春联，也就不仅仅是"新桃换旧符"的意蕴，更多的是承载了欢乐和温馨。

母亲的粽子

端午节临近了，各类粽子多了起来，花色、品种让商家推介的声音都充满诱惑性的兴奋。粽子是越来越多，但吃粽子的欲望却越来越淡。端午节更多的是剩下一个节日的仪式和概念。

在端午节的时候，想起屈原，这曾经在汨罗江畔徘徊的诗人，最后以一个跳跃留下了千年的吟唱和感慨。粽子因为一个人诞生和存在，但许多后来者已经忘了或者忽略了这个人。赛龙舟成为一种热闹的庆典，而它的前世只有媒体和文化人在絮絮叨叨。插艾草、洗午时水和吃午时菜作为民俗是因为母亲的电话才传承。端午节前，母亲就来电话交代各类事项。在母亲看来，尽管离开乡村行走在小城里，但民俗总是不能忽略，只有保留那些民俗，节庆才真实和原汁原味。

听着母亲在电话那头交代一二三四，才真切感受到端午节的到来。因为母亲，端午节不再缥缈。粽香这时候诱惑了欲望，口水吞咽之时响起了童年母亲包的粽子，糯米和有限的馅料却是我无法忘却的美食，让童年的我滋生无限的向往。黑豆、萝卜干、肉丁的香味从采自家乡山上河边的粽叶之间散逸而出，牛角粽、三角粽挂在胸前，成为童年的玩具，带给我许多的欢乐。

"要不要回家吃粽子啊？"母亲在电话里问，我知道这询问后面的渴望。"当然要回去。"相信这样的回答是天下父母最喜欢听到的答案。"奶奶我最喜欢吃你包的粽子。"儿子抢过话筒，和母亲说起来。可以想象得到电话那头母亲慈祥的笑容和舒展的皱纹。因为脑血栓后遗症，母亲的一边手脚活动不便，家里的粽子基本上就是姐姐妹妹回娘家包的了。曾经劝解母亲，要不就别包粽子了，但母亲总是坚持。想起小时候家穷，为了不让我们兄弟姐妹委屈，母亲总是想方设法也在五月初一先包几个"月头粽"，让我们也和别家的孩子在初一就有粽子吃。心里明白，母亲包粽子就是为了让我们兄弟回家有粽子吃，尽管如今粽子无关穷富，但母亲认为只有自己包粽子，家才不会欠缺，端午节才算完整。眼前恍然出现一边手脚不便的母亲在忙碌着准备馅料、浸泡糯米，指挥姐姐或者妹妹炒馅料，守候在锅前掌控火候。谈笑间，母亲也会包几个粽子，因为不便，她包的粽子外形不整，不再角是角，边是边，母亲有点儿羞涩地说不如当年了。

回到家里，吃着母亲包的粽子，粽子已经不仅仅是粽子。尽管母亲包的粽子不甚齐整，但从那有点儿歪扭的外形，我感受那浓浓的爱意，有母亲亲手包的粽子，这样的端午节是何等的温馨和幸福。这时候，亲情是最好的馅料，慰藉的不仅仅是我们的味蕾，还有我们日益浮躁的心灵。回望童年母亲包的粽子，我们就有了回到故乡的感觉，那份宁静是我们无法忘怀的奢华，让我们日益浮躁的心灵刮去尘世的尘埃，难得的从容淡定。

儿时月饼香

临近中秋了，街上花样繁多的月饼都上架了，各种促销的吆喝也不时"侵略"耳朵，但勾起我品尝欲望的却是儿时的月饼。

那时候的月饼很简单，是用糯米浸泡之后磨粉，然后捏制而成，有阔绰的家庭在月饼里掺一点儿花生末或者芝麻末，那就是乡下姑娘插花，上了一个档次了。就这样的月饼还不能管够，大多是在刚做成的时候，母亲把一个月饼切成4块，每个小孩子分一块解解馋，到中秋月圆时分，再每个人分一个，可以自由支配什么时候吃，是吃一半留一半或者怎么着，算是给了自由裁量权了。吃完晚饭，我们就等着月亮升起来，看着月亮慢吞吞的架势，我们恨不得能用手把它托起来或者干脆拿根竹竿把月亮捅高一点儿。

到了分月饼的时候，我们的心思就全在月饼上了，全然不顾月亮的圆或者亮，月亮只是我们拥有月饼的道具而已。那情形就像我们今天说请人吃饭，到头来是吃菜喝酒，目的是要托付的事情如何开口，与本意已经离了十万八千里，颇有闽南人说的"杀鸡挂王公名"的味道。

分得一个自制的月饼，我们舍不得离开。我们知道，家里还买了若干个肉饼。其实就是今天最低档的月饼，在月饼里掺了猪油，还有若干肥猪肉之类。在月饼豪华包装、系列生产的今天，这样的月饼不会入人法眼，但当年对我们来说可是天上的美味。母亲要等敬完灶王和月亮娘娘才把月饼切分给我们。切分之前还把菜刀洗净抹干，好像这样才会留住月饼原汁原味的香味。大多时候是把一个肉饼切成 6 块或者 8 块，每个人分一到两小块。分到之后，我们把月饼凑到鼻孔前，深呼吸把香味吸进去，然后才是一小口一小口地吃。吃完了，意犹未尽地舔舔手指头，或者把手指头用唾沫弄湿了，把垫板上的饼屑沾起来吃了，然后才发出欢呼声，奔跑着玩耍去了，把山村的宁静搅拌得支离破碎。

多年过去了，各种各样的月饼纷沓而来，胃口却是刁了，大多不喜欢吃，或者出于医生的忠告，不敢吃了。但无论如何，儿时那自制的月饼香味一直在唇齿之间环绕，久之不去。去年中秋回家的时候，母亲拿出久违的自制月饼，我吃得出奇地香，宛如小时候一般，母亲慈爱地在旁边看着，说慢慢吃，多得是，要走的时候多带一点儿。

今年中秋，母亲又来电话说，自制的月饼已经要做了，就等我回家吃了。那时候我明白，环绕唇齿的不仅仅是月饼香，更是母亲的慈爱和柔情，无论时光走得多远，只要记忆存在，这样的温馨就注定弥漫，温暖所有的日子。

四月怀念

4 月，因为有清明节，注定成为怀念的月份。

也许因为"清明时节雨纷纷"，也许就因为"清明"两个字，即使没有"借问酒家何处有"，但怀念一直挥之不去，环绕在心，让本已因为春天而躁动的心灵更加脆弱和多愁善感。

因为清明的4月怀念一般直指逝去的亲人。从岁月深处走出的是伯父，我第一个看着他逝去的亲人，那时候我读小学三年级。临近黄昏，我正要邀约堂兄去水田里赶鸭子回家，病了许久的伯父靠在床头吃药。伯父喘得厉害，吃片西药要歇息一会儿，看到我的时候，他手里拿着粒西药，和我说了两句话，然后抬起手要吃药，但那手没有抬起来，而是垂了下去。伯父就这样在我和堂兄的眼前去世，快30年了，如今回想，不知不觉之间，伯父如入睡的死亡保护了我幼小的心灵。多年之后，伯父温和的去世瞬间消减了我对死亡的恐惧，让我没有因为目睹伯父去世产生噩梦，以致伯父的去世以淡淡的方式蛰伏在我的记忆深处，多年未曾鲜明地闪现。

爷爷的去世是我第一次痛彻心肺地面对死亡。1990年10月13日，当我从任教的山村小学赶回家的时候，爷爷已经静静躺在床上，再也无法给我讲述从家里到任教学校小路到底有几条，沿途有哪些村庄。前一周他还在和我描绘这些路线，为的是避免刚从学校毕业的我回家走错路绕弯。阴阳相隔，让我不得不面对87岁的爷爷已经去世的现实。以后的日子，我常常想起爷爷，想起他放牛、割草、修水渠等等的点点滴滴。许多有关爷爷的细节在那几年串成线，常常把我拉醒，让我在静寂的深夜心脏钝钝地疼，然后慢慢愈合。

然后是奶奶，然后是岳父，然后是姑妈。一个一个熟悉的人走进另外一个世界，怀念的情怀也就越来越浓。清明就不再仅仅是一个节气，或者可以放假几天的节日。也许从伯父以前，甚至是爷爷以前，清明只是某种意义上的约定俗成，先辈毕竟太遥远，只是模糊的叙说。没有具体形象的怀念总是多少有点儿虚幻和形式，当爷爷真实地躺进坟墓之后，我知道清明的怀念于我就有了沉甸甸的分量，扫墓少了看见野花的欢呼雀跃和踏青游玩的轻松悠闲。怀念的情绪流淌，有关逝去亲人的记忆总是把这天拉扯得有点沉重，已经不常提起的名字在这天反复被提及，有些细节在回忆之下比当年更为丰满鲜活，言语中有湿漉漉的感觉。

我们知道，这就是怀念，因为清明勾起的怀念，在 4 月里出现，贴着我们的日子。也许逐渐风干，过了 4 月才离开岁月，悬挂于记忆深处，等来年 4 月再次从蛰伏中醒来，破土而出，成为 4 月的注脚。

不言放弃

母亲是因为脑梗塞在半夜时分被送进县医院的，从母亲发病开始，我们便与死神开展了一场争夺母亲的战争。

母亲刚一入院，神智已经迷乱，到第三天，更是进入了为期 13 个日夜的昏迷状态。那时候母亲全身都是管子：输氧管、鼻饲管、导尿管，还有手臂、大腿各一组输液管。母亲发病的时候正是 7 月，天气正热，我们每隔一小时要替母亲翻身一次，又因为住院前母亲的背部在家里的竹席上擦破了皮，担心引起褥疮，还要一天数次用紫外线烘干灯烘干创口。有熟识的医生劝说不必再浪费金钱和精力，可父亲、哥哥和我都不愿就此放弃，坚持继续治疗。

母亲的状况越来越糟，到昏迷的第十三天，母亲已经局部脱水，瞳孔已经散光，连眼皮都无法自主合上，只是被动地扒开，被动地抹合。医生数次下达了病危通知，甚至说挂上氧气可能会坚持到家里才咽气，父亲、哥哥和我依然不愿放弃，因为无法转院，医生说只要一动，途中就极为可能出现意外，我们就自己到市医院请医生前来会诊。市医院的主治医生是在下午 4 点多钟到达县医院的，诊治之后，做了几项化验，到 7 点多钟化验结果出来，母亲被确诊为并发肾功能严重衰竭，市里的医生开了药，言及如果这药用下去，第二天母亲仍旧没有醒来就回天无术了。那天晚上，亲属20多个人都守候在医院，看着希望的药水缓慢地滴进母亲的血管。

到半夜的时候，药水滴落的速度越来越慢，我们把药水滴落的速度设置为每分钟50滴，可过不了多久，药水滴落的速度就降到每分钟不到10滴，最后我们把输液的控制开关全开了，药水的速度依然是缓慢的每分钟不到10滴，我们知道是母亲的体内循环几近停止，是死神在跟我们争夺母亲，大热的天，我的身体却在发抖，看着药水滴落，我们渴盼时间的脚步慢点，能让母亲有多一点儿的时间与死神较量，我觉得这是我所体验到的最为残酷的生命拔河比赛。

午夜两点，看着输液管心惊肉跳的我们终于欣喜地发现，药水滴落的速度有所加快，我们清楚事情出现了转机，我们争着握着母亲手和脚，似乎如此就可以把我们的力量传输给母亲，让她有更多的力量与死神较量。药水滴落的速度逐渐加快，十几滴、二十几滴、三十几滴、四十几滴……我们紧绷的神经略微放松，天亮了，关注着输液管，关注着母亲的眼睛的我惊喜地发现，母亲的眼皮动了动，我们高兴地叫起来，母亲在我们的叫声中费劲地睁开眼睛，看了我们一眼，虽然她无法说话，但我看到有一滴眼泪从母亲的眼角溢出，我再也忍不住，眼泪汹涌而出，我发现父亲和哥哥他们也全在擦眼睛，我们知道，在与死神的争夺战中，我们赢了。

母亲醒来的第二天，她已经能自主吃点流食，我们送她到市医院做了CT，因为市医院床位紧张，市里的医生制定了治疗方案，母亲回到县医院继续治疗。母亲的情况一天天好了起来，在住进医院的第四十二天，母亲出院了。

如今18年过去了，除了当时那场大病导致的一手一脚略为不便外，母亲的身体健康。每每回家或在电话中听到母亲的声音，我都有种幸福的感觉，我知道是当年的不言放弃使我们从死神的手中夺回母亲。从那以后，不论遇到什么困难，我都不轻言放弃。

粽香在舌尖舞蹈

母亲的执着

母亲因脑梗塞在医院里呆了 42 天，其间昏迷 13 个日夜，出院的时候半身不遂，无法行走。医生说恢复得如何除了药物之外，更主要的是靠自我锻炼，逐渐恢复。

回到家里，母亲开始了自我锻炼。因为我和哥哥都在外地工作，弟弟也住校读书，平时家里就父亲和母亲两个人，父亲还要抽空到地里干活，母亲的锻炼更多的是依靠自己。母亲让父亲把一张方形的木桌移到屋子的中间，让父亲把她扶到桌旁，用正常的那只手撑着桌面，把全身的重量放在正常的那只脚上倚着桌子站好，然后凭借桌子的支撑用正常的那只手和脚拖着另外一边的手和脚移动，开始的时候只是用蹭，每一次都移动几寸的距离。父亲在桌旁既不妨碍母亲行动而母亲的手又够得着的地方各放了一把椅子，累了，母亲就背靠桌子，用正常的手拉过椅子休息一会儿，然后继续锻炼，几乎每一天她都有六七个小时的时间在围着那张木桌绕圈子，以至撑着桌面的部位都红肿起来，手脚更是酸痛，但母亲从未叫苦，也从未放弃和懈怠。

一段时间过后，母亲移动的距离越来越大，也由原来的蹭进步为挪，母亲就尝试着用正常的那只手支着一支木棍，用伤残的那只手倚着桌子，锻炼身体的平衡能力。随着时间的推移，母亲能离开那张木桌的支撑，仅凭那根木棍就能走动了，但母亲仍丝毫没有懈怠，那时从我家门前经过的人都能见到我母亲每天依然在屋里兜圈子，我家屋子的泥地上，母亲每天走过的线路特别光亮，母亲支着桌子的肘部和握木棍的虎口也留下厚茧。

生活没有亏待母亲的执着和坚强，母亲在病后将近一年的时候，重新站了起来，无需依靠拐杖，就能独立行走，后来甚至能走家串户，能到离家好几公里的地方赶集，如今10年过去了，母亲依然健康，尽管一边手脚略有不便。所有的人都为母亲恢复得如此之好感到不可思议，只有我们清楚，是母亲的执着与坚强让她拽住命运的衣脚，改变了自己的生活。

父亲的眼泪

父亲军人出身。在我的感觉中，父亲一直是以刚强的硬汉存在，甚至有点儿粗暴，说一不二，根本没有什么柔情或者暖语，表现温情时最为奢侈的就是摸摸子女的头。无论遇到什么问题，父亲最多就是黑着脸不说话，很少长吁短叹，更别说流眼泪了，一直以为眼泪是与父亲无关的概念。

父亲的眼泪在母亲住院的时刻才肆意汪洋。那时候，母亲因为脑梗塞在医院住院，住进医院的时候已经进入昏迷状态。医生看父亲上了年纪，就对父亲瞒着母亲的病情，而是直接把母亲的病危通知书下达给我们兄弟。父亲从医生的行为中影影绰绰地知道有了不对劲的地方，就缠着医生询问母亲的病情，反复向医生保证能够承受一切的后果。

父亲是在那天中午知道母亲的真实情况的。也许那医生刚好遇到什么急事，就在我们兄弟离开父亲几步远的地方说起母亲的病情。支棱着耳朵倾听的父亲几步窜了过来，大眼死瞪着医生，想收口也来不及的医生只好实话实说。听到医生说母亲可能时日无多的时候，父亲身子就哧溜歪斜下去了，幸亏我和哥哥眼疾手快，迅速把父亲拦腰抱住，扶着他就近坐在走廊的病床上，护士很快拿来了生理盐水。

　　喝了几口生理盐水，以为父亲缓过劲来了。没想到父亲突然猛嚎一声，像受伤的狼一样哭嚎起来，声音之大让旁边的人吃了一惊。眼泪也如溃裂了堤坝的河水，汹涌奔腾，在满是皱纹的脸上肆意流淌，顺着下巴吧嗒吧嗒地往地上掉，间歇还连成一条线。父亲哭得瘫倒在病床上，好像要休克过去了。突然他又猛地爬起来，拉住过路的一个医生的袖子"医生，医生，求求你救救她"，那份急切宛如溺水的人捞到最后一根救命的稻草，好像一松手所有的希望都将为之消失。哭嚎一阵之后，父亲的声音逐渐弱下去，但眼泪还是在脸上纵横奔突，随手一抹，就满脸都湿漉漉的了。

　　那天，我真切地感受到什么叫"男儿有泪不轻弹，只缘未到伤心处"，也让我看到父亲刚强的外表之下那颗柔情满怀而又脆弱的心。母亲经过治疗，终于挣脱了死神的魔爪。父亲的眼泪丝毫没有影响他在我们心目中的形象，反倒是父亲的眼泪拉近了我们和他的距离。以后的日子，距离不再横在我们兄弟和父亲之间，家庭的温馨环绕着我们。多年以后，经历了许多岁月风雨之后，我终于理解了"无情未必真豪杰，怜子如何不丈夫"这句至理名言。

怀念祖父

　　祖父在我梦中出现的次数越来越少，这就像祖父的为人，平淡而又不事张扬。然而祖父的每次出现都能像找到线头一般，把有关祖父的记忆拉扯得幽远漫长。

　　从我记事开始，上了年纪的祖父就是个整天忙碌的人。祖父是村里道路的义务维护工，每每看到路边的草长了，祖父就磨利镰刀去割草，之所以不用锄头，祖父说是为了避免没有纵横交错的草根牵扯，路面容易塌方。蹲在路边割草是祖父常做的事之一，随着祖父的慢慢前移，那花白的头发在翠绿的草中晃动。清理水沟是祖父的另一个工作，祖父常常扛着把锄头沿门前的水渠一直巡查到源头河坝，看哪里漏水了，或沟岸被过往的牛踩塌了，祖父就去找几个石头或铲几个带草皮的土块垒好拍实。到了春天，离溶田还久，祖父就开始清理沟渠，把沟底的淤泥清出来，把水沟两边的杂草拔净，等别人想起应该做这件事时，几百米的水沟已经清清爽爽的了。夏收季节，在晒谷场上常可以看到在脖子上搭条擦汗毛巾翻动稻谷的祖父，他不仅仅是管好自家的事，而是按顺序一家家做过去，对别人劝阻的话，他只是说："趁能动多做一点儿，说不定哪天想做也做不了了。"语言朴素得如脚下的土地，至于替左邻右舍看看孩子、收收衣服之类的，祖父是做得多了，因此祖父在87岁高龄去世的时候，村里的许多人都自发来了，有人说祖父的丧事是全村最热闹的，尽管祖父是个大字不识的农民，而且没有显赫的后代或者亲戚。

祖父是个勤劳的人。已经是86岁了，他还不听劝阻地包揽了家里养鸡鸭的活，经常去地里给家里的母牛割草，自己还养了好几只长毛兔。那段时间，我经常性的工作就是到半路接去割草的祖父，别看他86岁了，四五十斤的青草他还挑得动。祖父曾跟父亲赌气过，原因在于他生病的时候父亲把祖父养的长毛兔卖了，父亲担心祖父在去给兔子拔草的时候发生意外，屡经劝阻无效，只好采取下策。祖父病好之后，赌气不跟父亲说话，两餐不吃饭，还自个儿跑到房里暗自流泪，后来还是母亲多方劝说才消除了他心里的疙瘩。

祖父养长毛兔由来以久，卖兔毛的钱最为广泛的用途是给我们当压岁钱和奖励我们的学习，从小时候的一毛两毛到后来的5块10块，尽管钱不是很多，但祖父常常在离春节很久就换了新票，除夕围炉好了，再一一分发。兄弟们有谁考好了，或者开学的时候，祖父就塞给3元5元。在师范就读的时候，每回出门，祖父都抖抖索索地掏出数十元，让我把饭吃饱。90年毕业分配，临出门到单位报到那天，祖父早早起床，在家里兜来兜去，我刚要跨出门，祖父又掏出20块钱塞到我手里，让我在路上吃点心和到单位零花，要知道，当时他已87岁，那虬枝般的手把钱往我口袋里装的时候，满眼都是慈爱。我在心里发誓，一定要让祖父在有生之年享受幸福。第一次领工资，我就买了一些祖父喜欢吃的东西，祖父见人就夸我，谁知这是他第一次也是最后一次吃我用自己的工资买的东西。我刚参加工作的第二个月，祖父就去世了。去世前一周，他病了，在我们守候床前的时候，他病情刚刚好转就跟我细细讲述到单位的山道该如何行走。第二天，他就催我返校，说刚参加工作别给领导不好的印象。哪知道，这是我们的最后一面。我得知他去世消息赶回家的时候，看到他非常平静的脸庞，如他的一生，没有什么惊天动地的事，但内涵是如此的丰富。

十几年过去了，给祖父扫墓的时候，看到一抔黄土，心想祖父在另外一个世界肯定也是活得非常豁达而又充满爱心。

与岳父推心置腹

在我的心目中，岳父从来就不是威严的长辈或者古董的模样，而是像我多年的朋友，很可以推心置腹的那种。

跟岳父第一次见面，我已经跟妻恋得如胶似漆。我没有遵循老例委托个媒人递话，而是自己上阵，直接面对。尽管去时慷慨激昂，可一到岳父的单位，还是有点儿怯意。等到见面了，早已心知肚明的岳父递过来一支香烟，并很自然地为我点着，那种不经意的亲切顿时把我的紧张情绪化解于无形。因为他办公室很热闹，我是在往回走的路上征求他的意见，岳父很亲切地拍拍我的肩膀"你们都那份亲腻劲了，我还讲反对意见，不是自己树敌吗？我可没糊涂到跟自己过不去的地步。女大不中留，只要你好好对待我女儿，我也就没有遗憾。"我明白，妻子4岁的时候她母亲就去世了，岳父一直期望女儿能找个能够疼爱她的男人。

结婚之后，因为单位就在岳父家附近，每每外出工作的岳父回家，他总是第一时间拐到我安在单位的小家，大呼小叫地让我们去小舅子家吃饭。他张罗着弄出几样菜，掏出早就准备好的白酒，很平均地分好，然后慢慢缀饮着与我拉着家常。从他单位的事情到街头小巷的新闻，似乎都是下酒的小菜。微醉之后，他就会很伤感地说起他中年丧妻之后，因为担心后娘对子女不好而决意不续娶，叙说自己拉扯3个子女的不容易，欣慰看到子女健康成长。那头显现人生艰辛的花白头发伴随着低沉的语调一直在我眼前晃荡。久了，他好像突然惊醒一样："不说了，不说了，怎么突然像絮絮叨叨的女人一般"，很豪爽地端起酒杯，猛地一碰，把剩下的酒一饮而尽。到了这份上，很多时候接下来就是两个人无言地抽烟，看烟头闪烁。

有时候岳父也会跟我斗酒，一人几瓶啤酒排开，自倒自喝，还不许谁把酒洒出去，否则，可要拿公共瓶子里的酒补上一碗。那时候，岳父可不管谁是谁，不依不饶地坚持原则。担心他喝醉了，想让他个一碗半碗的，他也不领情，一副宁愿伤身体不愿意伤感情的模样，整个多年朋友凑一起喝酒的架势。

闲聊的时候，一人占据沙发一旁，斜倚在那边，冬天则拿床棉被盖住双脚，就那么抵足而谈。话题是海阔天空地跟着感觉走，往往是笑声不断，但最后不知道整个晚上说了什么。看看时间晚了，说声走了，拔腿就走，全然没有告别或者叮嘱什么的繁文缛节，老朋友一般地随意。有时候妻子找父亲告状，岳父是一副清官不理家务事的脸孔："夫妻俩的事，不足与外人道。如果真有事，多半是女人自寻烦恼或者目光短浅纠缠不休。不说就没事，一倾诉就越讲越真，真来事了。"有人笑话他太宠着我，他可一脸正经："人家小夫妻是床头战争床尾和，我掺杂进去，一不小心就里外不是人了。"颇有点儿老谋深算。"再说了，疼爱女儿就要先疼女婿，一疼女婿，他都不好意思不疼女儿了。这境界可比直接疼女儿高，他们过日子肯定比我看着的时候多，我总不能护女儿一辈子，最终幸福还得靠女婿。"气得妻子是长叹一声"我注定是有冤无处诉了"，岳父却是舒心地笑着"我可是无为而治"。等妻子不在眼前的时候，岳父拍拍我肩膀："男子汉大丈夫，退一步海阔天空，何必跟一个娘儿们一般见识，多没劲。要知道，女人可是用来哄的，以柔克刚永远是真理。"把正得意得上了云端的我一棒敲到地面，昏乎乎的头脑也立刻清醒，而岳父是一脸仙风道骨地飘然而去。

结婚那一天

1993 年 11 月 9 日，在历史上那只是极为不起眼的一天，却注定要在我生命的印迹中留下深刻的一笔，那天，我结婚了。

婚礼举行得很匆忙，父亲按农村的风俗请人择了一个黄道吉日，日子定下来时，我们都吃了一惊，那日子只在 12 天之后，那时我还无所准备，或者说还没有完全进入角色，因此匆忙起来，12 天下来，我消瘦了十几斤，后来与妻说起："这真格是为伊消得人憔悴了"。

我和妻的婚礼并没有专车接送，原来说好就我和妻搭客车就得了，后临时决定由妻的哥哥及媒人护送，其实我和妻绝对是自由恋爱，媒人是后来根据风俗需要，临时"抓"一个凑数，媒人是妻的一个堂叔，我的一位同事，也是朋友。出门的时候，天气挺好，妻并没有如一般的乡下女孩子出嫁那样哭哭啼啼的，那时所有陪嫁的东西都预先安置在单位的新房里，妻只拿了一只小巧的坤包，很平常地跨出门，如果说有何不同，就是或许妻意识到这一步跨出的不同寻常，比平常略为庄重罢了。岳父在身后点燃了一挂鞭炮，我们一行踩着鞭炮声向几十米外的客车走去。

上车后，我掏出香烟全车人散了一圈，那时车上熟悉不熟悉的都说了一些祝福的话，顿时车上弥漫着欢乐的情绪，虽然那天车挺挤，但全然没有平时的怨气，大家都挺热闹地交谈着。车上妻靠在我胸前，不知是陶醉，抑或疲劳，她微闭着眼，随车的节奏轻轻摇晃，看着她放心的模样，我不禁感到一种责任感油然而生，我意识到自己社会角色的改变，我在心里说："从今以后，你将有我依靠，尽管我的胸膛并不宽厚，但我亦会为你挡起一片风雨。"

到家了，亲朋好友早就挤满了屋子，把蕴藏已久，纯朴、浓浓的祝福诉说出来，一时，满屋子都是祝福的话，连厨房里的油气，似乎也变得轻盈。

酒宴开始了，我带着妻挨桌敬酒、分喜烟，也接受来宾的祝福。到了朋友、老师这几桌，他们说什么也不放过我，一再举杯。看着旧日的老师、同学、真情以沫的朋友，我喝得畅快淋漓。那天，我醉了，也许这不是该醉的日子，因为我是新郎。但或许这是个该醉的日子，也因为我是新郎。人生难得有几回舒心的酒醉，就在今天，我跨过人生的一道门槛从一扇门走出，又跨进另外一扇门，展现于我面前的，将是另外一番风景。

酒醒后，发现楼下的另一轮酒宴正在进行，而我躺在妻的怀里，原来在我酒醉的这一个多小时，妻就这样把我抱在怀里，霎时，我让一片温馨包围了，以后的日子，我不会一人独醉，也不必酒醒之后自个儿灌冷水了，将会有个时刻关注我，呵护着我的人。我故意装着未醒，为的是多领略一刻这种宁静，这份温馨。

终于寂静人散，房间里就是两人世界了，我拥着妻，捧着她的脸说："今天，你是我的新娘。"这句在我心中珍藏多年，注定只能对一个人说的话，今晚经由我的口对一个人说出，这蕴涵了我一生的情感，一世的情缘，一生的诺言。从今以后，我们将携手走在人生之路，走进生命的风风雨雨，我将用并不宽大的手掌，为我心爱的人撑出一片晴朗的天空，身后，将会是两行深深浅浅的足迹。

那一天，我们结婚了。

粽香在舌尖舞蹈

第三辑

乡音无改

粽香在舌尖舞蹈

乡音无改

一种语言可以一直深入到骨髓和血液之中。无论走得多远，容颜可以改变，但只要最初接受了某种语言，也就会如影相随，所以有了"乡音无改鬓毛衰"的感慨。如果乡愁是游子的行囊，那么乡音就是游子的标签，时刻提示家处何方。闽南话于林语堂来说就是这样的一种语言。

林语堂对闽南话爱到极致。尽管他普通话很好，英语更是水平高超，成为为数不多的大部分作品用英语写作的中国作家，但林语堂时刻忘不了的是乡音，是闽南话。当年他在平和坂仔出生、生长，以至后来到厦门的就读，闽南话作为最初的母语深入他生命深处，和血液一起流淌。于是听到乡音是他的一大快事，为此，他在《来台后二十四快事》中，不仅把听乡音的快乐列在其中，而且还摆在第二和第三位。"初回祖国，赁居山上，听见隔壁妇人以不干不净的闽南语骂小孩，北方人不懂，我却懂，不亦快哉！""到电影院坐下，听见隔座女郎说起乡音，如回故乡。不亦快哉！"以林语堂的闲适性情，应该是很烦隔壁妇人骂小孩的粗鄙行为和睡觉被吵，更别说看电影之时居然有人在耳边喋喋不休了，之所以能够容忍，并且"不亦快哉"，只是因为她们的乡音。乡音抚平了所有的不快，产生了美感。

所以他会在《说乡情》中动情地说"我来台湾，不期然而然听见乡音，自是快活。电影戏院，女招待不期然而说出闽南话。坐既定，隔座观客，又不期然说吾闽土音。既出院，两三位女子，打扮的是西装白衣红裙，在街上走路，又不期然而然，听她们用闽南话互相揶揄，这又是何世修来的福分。"把听乡音上升成为修来的福分，颇有感激涕零的感恩心理。

林语堂对闽南话的痴迷没有随着岁月的远去而冲淡，甚至更上层楼。有一次在台湾，林语堂到一家小饭馆吃猪脚，老板用闽南话说"户林博士等哈久，真歹细，织盖请你吃烟呷（和）吃茶。猪脚饭好气味真好吃又便宜，请林博士吃看迈（看看）。大郎做生日，囝仔长尾溜，来买猪脚面线添福寿。"对此，林语堂高兴得不得了，他合不拢嘴，也就跟着用闽南话答道"真好呷（吃），真好呷（吃）!"不仅仅是机缘巧合的顺便之举，还有刻意为之的时刻，林语堂有次在香港上街，买回了一大堆用不着的铁线、铁钉，原因就是那个店老板是讲闽南话的，为了多跟他说闽南话又担心影响他做生意不高兴，只好隔会就买一点儿东西，结果就买了一堆东西过了一回闽南话的"嘴瘾"。

晚年的林语堂离开美国，虽然没有回到故乡，总算也回到与漳州一衣带水的祖国宝岛台湾。台湾人的祖先大部是闽南的移民，不仅血缘相同、风俗相似，而且语言相通。也许这也就是林语堂选择台湾最主要的原因吧。其实在选择台湾之前，林语堂的许多文章中都融入了闽南话、闽南文化的元素，其中体现最为集中的是他1963年写的自传体小说《赖柏英》，不仅仅这是他对初恋女友的回忆，还是闽南文化的传播，在书中闽南话、闽南风俗集中得到了体现。从1966年定居台湾开始，林语堂更是把听乡音当成了他最大的欣慰和人生享受。到了晚年他竟按闽南话语音写了一首五言诗，甜美地回忆和描述家乡的民风民情："乡情宰（怎）样好，让我说给你。民风还淳厚，原来是按尼（如此）。汉唐语如此，有的尚迷离。莫问东西晋，桃源人不知。父老皆伯叔，村姬尽姑姨。地上香瓜熟，枝上红荔枝。新笋园中剥，早起（上）食谙糜（粥）。鲈脍莼羹好，呒值（不比）水（田）鸡低（甜）。查母（女人）真正水（美），郎郎（人人）都秀媚。今天戴草笠，明日装入时。脱去白花袍，后天又把锄。厷（黄）昏倒的困（睡），击壤可吟诗。"

闽南话一直没有退出林语堂的生活，无论距离多远，乡音总是如胎记一般，成为他生命的一部分时刻伴随林语堂的岁月。如今斯人已逝，但不经间，恍然似可以看到闲适、平和的林语堂挂着人们熟悉的笑脸，托着烟斗，正和某人说着闽南话。乡情就在乡音中被拉扯得悠远绵长。

　　对乡音闽南话的记忆，不仅仅是林语堂。普通人的乡愁和名人的乡愁同样浓郁，普通人对乡音的渴望与名人没有太多的区别。行走在台湾，也许习惯出门在外的感觉，和人交流总是喜欢普通话，不经意之间，对方或者自己会冒出一两句闽南话，这就有了暗号对上的兴奋。在台湾桃园大溪镇，已近黄昏。仅仅是路过参观，并没有停留太久的计划。老街的建筑尽管有了西洋的元素，有了改建之后的容颜更改，但依然有闽南建筑的风格，恍然就是在家乡哪个乡镇的街道漫步。在林立的店铺走走停停，看到一个老人，坐在一排排的木屐之间，很是慈祥和平静，就如家里的奶奶，那木屐呱嗒呱嗒的声响从童年的记忆冒出来，在台湾的黄昏钩沉儿时的故事。没有理由地，我觉得老人应该会说闽南话，就用闽南话和她打招呼"阿嬷，你吃饱未。"一开口，老人沉静的表情立刻生动变化"原来你会说阮的话啊。"我故意调侃"是您说阮的话，不是阮说您的话。""是，是，是，是咱大家的话。"老人好像宽容调皮的儿孙一样，绽放笑容。我们就在黄昏里的街道上聊天，没有在意时间的流逝，直到街道上的灯亮了许久，我们还坐在街道边聊天，那样的情景就是在老家吃完饭的傍晚，坐在门前随意闲聊。"阮阿公是从大陆福建平和大溪过台湾的啊。"老人对故地的了解很清楚，"铁锅、豆干、大溪米粉是阮阿公辈从大陆带过来，是他们当时的'赚吃步'（谋生的手段）。"当年大溪的村民从福建平和历经艰辛来到台湾，家乡的手艺是他们赖以生存的基础，他们就依靠这些手艺在台湾站稳了脚跟，开始了他们的生活，聚集而居繁衍后代，生存下来了。居住的地方总要有个名称，于是家乡的地名就在这里成为新家的地名。大溪，就是以如此的方式在海峡两岸繁衍发展。豆干不仅仅是谋生的手段，拓展规模，变换式样是生意场的竞争，但无论生意如何风生水起。大溪豆干传人面对中央电视台的采访，"我们的豆干其实是来自福建，来自福建平和"对渊源的追溯是对记忆中乡愁的抚摸，可以消解沉浸其中的伤痛。清代曾任福建巡抚的王凯泰在一首诗中说："西风已过洞庭波，麻豆庄中柚子多。往岁文宗若东渡，内园应不数平和。"王巡抚的诗解读了台湾麻豆文旦柚和福建平和琯溪蜜柚两柚一条根的历史渊源，当我们在台湾行走的时候，有不少人就和我们聊起平和琯溪蜜柚，聊起台湾麻豆文旦柚，就好像说起大家都熟络的兄弟，有了共同兴趣的话题。

不仅仅在大溪，也不仅仅是柚子。在台湾10天，经常会碰到讲闽南话的场合，那种兴奋的表情不能简单理解为生意手段。即使不买东西，即使不是开店的人，都会有"咱讲同样话，咱是一家人"的感慨。"阮厝的家神牌写的就是平和。"为的让后代子孙知道自己来自哪里，提醒记忆的方式总是很多。供奉祖宗排位是中华民族记住祖宗，记住血脉来源的方式，那么就在祖宗牌位上留下记忆吧。看到祖宗牌位上的文字，就和家乡有了冥冥之中的牵连。海基会董事长江丙坤曾经派人寻找自己的祖宗，却没有满意的结果，后来根据自己祖宗牌位上有"平和"两个字，找到了自己的根，实现了自己认祖归宗的夙愿。祖宗牌位是另外一种凝固的乡音，而族谱，更是另外一种祖宗牌位。有不少人根据祖宗牌位的提示，顺着族谱的脉络，越海而来，对接祖宗早已经设下的生命密码。当族谱对上的时候，那种兴奋无法言说。"连家的列祖列宗，爷爷啊，我回来了，我终于回来了"国民党荣誉主席连战那一声深情的呼唤，"我终于找到自己的根"江丙坤那直达内心的感慨，无不昭示着乡情的浓郁，乡音的无改。

"咱厝出足多名人"在台湾，沉浸在闽南话乡音之中，这也是经常被提起的一句话。这样的乡音说起同样的荣耀，亲切也就不容置疑。"以前出台湾农民起义领袖林爽文，阿里山神吴凤，台湾望族雾峰林家，现在有江丙坤，还有林毅夫，足多有名人。""我看这是咱大家敢打拼，不是有首歌'爱拼才会赢'，咱大家来唱一条。"在和同乡会宗亲吃饭的时候，这个提议得到大家的热烈响应，有人坐，有人站，有人用筷子击碗，有人用手轻拍桌面打节奏，男女老少同唱闽南语歌曲《爱拼才会赢》："人生可比是海上的波浪，有时起有时落。好运歹运，总嘛要照起工来行。三分天注定，七分靠打拼，爱拼才会赢。"歌声中，一杯杯家酿的米酒更是让人感受乡音的魅力，沉浸在乡音之中，有些人已经泪花闪闪，但没有人觉得难为情，乡音，让所有人都敞开胸怀，舒展在家乡的柔情之中。

膜拜同样的神是另外一种乡音。关帝、妈祖、保生大帝在台湾信众众多已经是众所周知的事实。在台南永济雷音宫，刚好有个法事活动，不少信众听说我们是来自福建平和，"祖宫的客人来了"好像谁的娘家来人一般热情，搬凳子，倒茶水，问起行程的辛苦等等，乡音在这声声问候之中消解旅途的疲劳。广济雷音宫是三平寺在台湾众多分庙中的一个，主祀三平祖师公。一个三平寺在台湾有 50 多家的分庙，经常和平和祖庙保持来往的就有 24 家。主祀赵公元帅的平和侯山宫在台湾也有不少分庙，还有平和国强候卿庵分庙。而全台湾第一家祭祀神农大帝的庙宇镇西宫，是福建平和的霞寨镇村民在明朝万历年间带过去的香火。巡安、割香、寻根、进香，成为游子和家乡维系往来的一根丝线。漂泊在外，乡音不仅仅是慰藉乡愁，乡音也是精神的寄托，是让内心沉静的灵丹。把家乡的神在新的天地奉为自己精神寄托，膜拜的也许就包含家乡的记忆。同样的神就是同样的乡音，把遥远的家乡拉到眼前，拉到出门在外的梦乡。

乡音无改也成为注定的选择。无论走得多远，家乡总是在身后，乡音总是相随岁月。岁月可以改变许多，唯有乡音，依旧是昨天的容颜，张贴在每个游子的脸上，成为直达家乡的生命密码，共同回味家乡。

故乡的小河

　　故乡的小河在记忆中一直清冽地流淌。小河真的很小，窄的地方只有两三米，就是宽的地方也不过七八米的样子。只有到夏天暴雨之后河水泛滥，才有点儿河的架势，平时可就是婉约的姑娘一般，柔顺得全然没有脾气。

　　尽管小河很不入方家法眼，但小河却是凝聚了许多童年的欢乐。摸鱼虾自然不必讳言，仅仅是在河里游泳就足以让我在童年的记忆中沉醉。不大的河里，深深浅浅也就是很自然的事情，有一处水势平坦的，也就是30平方米左右的水面就成为我们天然的游泳池。每每到夏季来临时，小伙伴相约着把水洼里的石头什么的清运走，更多的时候是拿来垒石坝，否则水位太浅了，顶多到胸口的位置，感觉不出什么乐趣。有谁敢偷懒不参加的，恐怕就没有资格到这"游泳池"里游泳了，会被当成另类剔除出去。清理石头时，小伙伴扎猛子潜到水里捞石头，谁捞到的石头大自然也就成为炫耀的资本了。

　　端午节一到，我们就可以理直气壮地到河里游泳了。在我们这里，端午节除了包粽子之外，赛龙舟尽管很热闹，但毕竟属于比较大的工程，由不得草根阶层做主。家家户户还要在中午12点的时候吃由12种或者6种蔬菜组成的午时菜，要在大门上挂艾草等等。其中还有就是要洗午时水，大人就在家里象征性地擦擦身子，小孩子则到被赶到河里游泳，否则会变成"牛"的。

　　小孩子到了河里，笑声自然也就响起了。扎猛子、狗刨式、打水仗、跳水比赛或者仰泳看谁露出肚皮的时间长等等花样层出不穷，清脆的声音盖过潺潺的流水。闹得累了，尽可以来个闹中取静，只露出个头窝在水中浸水。也可以来点新鲜的，故乡的小河不是平坦的，而是上下错落，"游泳池"的上个水洼只有6平方米的水面，像极畚箕，人就横躺在那紧缩的畚箕口，恰好可以挡住流水去路，水位自然也就迅速地攀升，一定程度上，被挡住去路的流水发威了，身子被冲得歪了一点儿，找到缺口的流水顺势把人沿光滑的石壁推下去，落到水里溅起水花，也溅出大家的欢笑。流连忘返也就是常有的事，可能从中午开始直到下午太阳西斜，往往是在水里泡得皮肤老人般松弛发皱，嘴唇也是青紫，招得大人大呼小叫，或者责骂，甚至有脾气暴躁的，看孩子玩的忘情，没有及时上岸，拿着竹枝边骂边追，把孩子吓得光着屁股奔逃。大人们心疼孩子担心孩子泡坏身体的心情也是有的，但更多的是孩子忘了去拔兔草或者回家做饭带弟弟妹妹。那时候就觉得大人好没道理，说端午节孩子不去游泳会变成牛的是他们，用暴力手段不让孩子游泳的也是他们，只因为他们的力气明显大过孩子，就可以随意改变自己的说辞。

现在故乡的小河水位更低了，不少地方只剩下裸露的河床，流水只是窄窄的一线，真的是涓涓细流。故乡的小河浅了，许多童年欢乐的梦也就搁浅了，无法远航。

玩蚂蚁

蚂蚁是我童年的玩具。

当我正属于疯玩的时候正是上个世纪70年代末，那年代，乡村的孩子基本上没有什么玩具，个把有弹弓或者木头手枪的就已经很阔绰了，更多的时候是自己寻找乐趣。焖地瓜、捅蜂窝、掏鸟窝等等，不一而足。乡村的孩子的生活尽管称不上多姿多彩，但不会让自己的童年寂寞冷清。

我可以趴在树下，长时间地看蚂蚁来回忙碌着。看着它们急匆匆地爬行，幼小的我想象不出它们为何如此匆忙。直到如今，在为生活奔波的时候，恍然发现其实很多时候我们只是一只忙碌的蚂蚁而已。发现了食物，蚂蚁以自己的方式招来了同伴，齐心协力地把食物往洞里拖，这时候我们经常来个恶作剧，把食物拈到远离洞口的地方，不仅仅是白忙活，蚂蚁还惊慌失措，不知道遇到什么灾难，惊惶地四处奔逃。要隔很久，它们才平静下来，继续拖着食物回洞。也有时候，在蚂蚁排列成一行队伍前进的时候，随便拿根树枝划拉一下，队伍马上变了，蚂蚁行进的军队遇到突然袭击一般，可惜柔弱的它们永远也不会有反击的可能，逃命是它们唯一的选择。

也有在学校里捡了粉笔头，在蚂蚁经过的路上画了一条线，可怜的蚂蚁就如天堑一般无法逾越，在线的两边忙乎着穿梭。或者从家里的衣柜里找出樟脑丸，在蚂蚁的四周画了一个圆圈，蚂蚁就分不清东西南北，无休止地转圈。那时候没在意这些蚂蚁最后是否还能回到家，也许它们呢就这样永远游离自己的家园，变成了流浪的蚂蚁，找不到回家的路。那时候也不可能关注到蚂蚁的苦乐爱恨，只是简单地把蚂蚁的惊慌失措当成自己寂寞日子的消遣。

还有同伴在蚂蚁上面吐了一口口水或者撒了一泡尿，蚂蚁承受的就不仅仅是惊吓了，还有生命的危险。在尿液流淌处，时常可以看到蚂蚁的尸体，它们被不幸淹死了。更有甚者，有时候对着成群的蚂蚁狠狠地碾上一脚或者干脆把蚂蚁窝来个毁灭性的破坏，那时候，倒不在乎淹死或者碾死多少蚂蚁，关键是要看活着的蚂蚁如何在巨大灾难降临的时候惊慌奔逃，只是把蚂蚁这样的童年玩具玩出新的花样而已。

孩童时代并不觉得这样对待蚂蚁有任何不妥，只是把蚂蚁做为充盈简单的童年生活的玩具，让日子不再枯燥无味，多了笑声和欢乐。如今倒觉得，让别的物种以生命为代价成为自己的玩具，不能仅仅归咎于年少不懂事和物质的匮乏，还涉及对弱势群体不经意就已经存在的主宰意识。低头沉思在这个宇宙间，许多时候我们是否也如同一只蚂蚁？

焖地瓜

从街旁经过的时候，闻到烤地瓜的香味，思绪就随风飘扬，儿时焖地瓜的情景仿佛电影里蒙太奇的镜头，闪现在记忆深处。

焖地瓜是在秋天，收割过的稻田早就放干了水，成了孩子们天然的游乐场。玩累了，肚皮就饿了，乡下的孩子不会娇滴滴地回家找父母，而是自己寻找解决的办法。小伙伴们在稻田中央挖了一个坑，小心翼翼地把土块在坑旁垒一个灶膛的模样，然后用稻草或者山上的茅草什么的烧火，一直烧到土块发红。

地瓜是小伙伴们从自家的地里挖的，尽管不是什么稀罕物，但也没有谁想到去哪家的地里偷，倒是很慷慨地从自家挑。焖地瓜个太大不行，熟不透，个小又容易焖焦，必须挑长条形的，并且大小要差不多，避免一头大一头小。

地瓜挑好了，土块也烧红了，把地瓜一个个准确地砸进土坑里，然后用棍子把土块推倒，打碎，把地瓜埋严实了，就可以继续玩去，等土块凉下来，余热也就把地瓜焖熟了，有担心火候不够的，就在埋地瓜的上方继续烧火。

地瓜放进土坑里的时候，大家就玩得心不在焉了，心思都牵挂着那个土坑。不时有伙伴跑过去，趴在地上，吸溜着鼻子，想捕捉地瓜散发出来的香味。

激动人心的时刻是用棍子挑开泥土，所有的小脑袋都凑一起，紧盯着那个土坑，像极专家在等待文物出土。地瓜分到手里，大家倒腾着换手，即使再烫也舍不得放下，不停地拍拍，地瓜就变成很暄了，小心地撕开皮，咬一口，好像吃什么山珍海味一般。往往一条地瓜吃下来，每个人都有一圈黑嘴巴了，互相指着嘴巴，乐得哈哈大笑，有调皮的孩子甚至故意在脸上来个小猫洗脸，小脸上就纵横交错地留下浓淡不一的黑道道，颇有点儿"满面尘灰烟火色"的味道，把其他人乐得在稻田里打滚。

大人们觉得不可思议：这些小毛猴，家里的地瓜挑三拣四地不吃，到地里就像饿慌了一样抢着吃。他们哪里理解，地瓜在家里吃只不过是填饱肚皮的食品，在地里焖着吃可就是吃着无尽的欢乐，而人生自然没有谁拒绝欢乐。

捉鱼儿

捉鱼是我童年乐此不疲的事情。戽水捉鱼是个工程量比较大的事情，选个水势相对平稳的地方，在水洼上游用土块把水堵住，剩下的事情就是用盆或者桶把水洼里的水戽干捉鱼。最好是让水改道而走，否则很可能就是在水快被戽干的时候突然土块被冲垮而前功尽弃。水越戽越少了，惊慌的鱼儿四处奔窜，有忍不住的就扔下戽水工具，用畚箕捞鱼，捞到了，兴奋得大叫，赶快放到盛有清水的桶里。也有比较具有大将风度的，不为诱惑所动，坚持把水戽干，来个涸泽而鱼，可怜的鱼儿也就无一幸免。

比较快捷的方式是用畚箕捞鱼，找个水渠，一个小伙伴把畚箕置于水中堵住鱼儿的去路，另一个人用脚拨弄着水从另一头赶鱼，大祸临头的鱼儿拼命往前奔逃，以为逃生的机会就在前方，殊不知，前方才是死亡的陷阱。赶到了，小伙伴迅速把畚箕提起来，鱼儿也就只能在离开水的畚箕里蹦达，成为我们的战利品。鱼儿怎么能知道，很多时候，机会不是因为走得快而存在的。也有把畚箕堵住河边水草丛的，用手拨弄两下，猛地提起，往往也有所收获，自然这样的收获是不可能丰盛的，常常是几条小鱼或者草虾，但也足够我们高兴一阵子，把欢笑洒满小河，稚嫩的心灵对欲望没有太多的渴求。

当然，欢乐也不是完全没有危险的。把畚箕堵住洞口的时候，诱惑和风险就同在了。洞里往往藏有大鱼，小手伸进洞里驱赶一番，大鱼也就无路可逃了，甚至在驱赶时可就势先把鱼儿逼到绝路再掏出来。可洞里也往往藏有蛇，曾经在驱赶之后听到快离水的畚箕里水声扑棱作响，兴奋得以为收获在望，当畚箕离水的刹那，发现是蛇在扭曲挣扎，那种惊悸足以令人用最快的速度扔掉畚箕，伴随着惊叫飞奔逃离。老半天了，才战战兢兢地拿回畚箕，深怕蛇宠辱不惊地占据畚箕为栖息之地，那时候不知道，其实蛇恐怕比我们更为恐惧，只是它们无法表达罢了，而我们更多的是自己惊吓自己。

捅蜂窝

那时候不知道蜂蛹是什么高蛋白的食物，但并不妨碍蜂蛹对我们的诱惑。白白胖胖的蜂蛹挑出来，是可以直接放到嘴里吃的，很生甜。至于那些已经成形的蜂蛹，我们称之为"老公头"的，自然是不敢生吃的，倒不是会有什么罪恶之感，只是担心卡喉咙里，或者窝在肚里难消化。把蜂蛹用油炒了，或者放碗稀饭炖蜂蛹粥，那种美味难以言说，不过涉及到蜂蛹分配的问题，比较难于处理。最经常的做法是拿个瓦片，在野外把蜂蛹烤得焦黄，用手一个个捏着吃了，欢乐不仅仅限于蜂蛹本身。因此，尽管捅蜂窝具有危险性，孩子们还是勇往直前。

那时候，很喜欢听到哪个大人走路或者忙农活时被蜂蜇了，没什么阴暗心理，只不过可以因此得知哪里有蜂窝而已。没有"举报者"的时候，小伙伴几个也自己拿根竹枝随意敲打，渴望能发现"敌情"。或者在菜瓜花什么的上面逡巡，发现有蜂停下，用塑料薄膜袋活捉了，小心翼翼地在蜂身上绑上薄薄的白纸条，然后放飞，头抬得高高的，盯着那只蜂，狠命地跟着奔跑，让蜂"引狼入室"。发现蜂窝了，总是详细地侦察好地形，然后准备行动。

捅蜂窝最危险的环节就是烧蜂窝。在长长的竹竿顶端绑上干枯的茅草或者稻草，如果蜂窝够大，还必须在茅草或者稻草上淋点煤油，保证燃烧。手持竹竿的小伙伴在同伴把茅草或者稻草点燃之后，迅速地竖起，准确地捂盖在蜂窝上，人可是要尽量降低高度，甚至伏在地面，有时候还得戴上斗笠，身穿深颜色的冬衣。烧蜂窝是个讲究技巧的活儿，捂得太死，蜂烧死了，蜂蛹也烧焦了。如果太松了，蜂飞出来，到头来无法取蜂窝。即使很精确，旁边也要有两个人拿着竹竿以防万一，若有"漏网之蜂"飞出来，就来个"乱棍打死"。估计蜂都烧死了，就可以大方地把蜂窝捅下来，挑蜂蛹吃。其实关键环节是烧蜂窝，捅蜂窝只是个接收战利品的光明尾巴而已。

烧蜂窝一般是从下往上的，即使蜂没被全部烧死，毕竟它们是往上飞的，人藏在下面危险系数低得多。那时候，蜂窝烧了不少，基本平安无事。只有一回，发现蜂窝挂在一个沟渠的边沿，从下面往上怎么也够不着，决定铤而走险，从上面往下烧。刚把火把捂上的时候，凑巧让一树枝架了一下，没捂实。真的"蜂拥而起"，尽管我丢下火把奔逃，但愤怒的蜂群还是追上我，狠命地在我头上蜇，连扑打的双手也一并遭殃。那回，我全身被蜇了 13 个大包，头部就 6 个。回到家我就肿得眼睛都睁不开了，后来发高烧，打了好几针。

尽管教训是惨痛的，但我还是抵挡不住蜂蛹的诱惑，伤一好就继续参与捅蜂窝的行动。人啊，常常就是无法抵御诱惑。

掏鸟窝

上树捕鸟，下河摸鱼，似乎是农村孩子童年乐此不疲的事情，我也不例外。在孩童的时候，大人们把小鸟整治得流离失所。那时候，发现哪棵树上有鸟窝，兴奋劲不亚于哥伦布发现美洲新大陆，吆三喝四地来到树下，在手心里吐口唾沫就开始往树上爬。不一定谁第一个出手就可以拿到鸟窝的，很多时候我们在颤颤的枝条上探着身子，让树下的大人惊愕得不敢出声，担心吓了孩子出了什么意外。等孩子爬下树的时候，大人们怒气可就爆发出来，拿着竹枝什么的，撵得孩子大哭小叫地奔逃。也有逃不掉的，那就可能在小腿上落下斑斑伤痕了，尽管做父母的懂得回避要害地方，同时他们也信奉小疼可以回避今后的大疼，但下手丝毫不手软。只是不用好了伤疤才忘疼，只要发现什么地方有鸟窝，我们还是热情十足地前往，不过懂得避开大人的视线而已，那时候觉得大人真没意思，不知道掏鸟窝是多有成就感而又何等惬意的事。

大树少了，树上的鸟窝就更少。我们把目光转移到屋檐下，那是麻雀居住的地方。农村里不是钢筋水泥，很多就是泥土夯成的土墙，时间久了，多多少少有裂缝，麻雀也就择缝而居，可怜的麻雀怎知道我们把目光锁定到它们身上。时间大多是在晚上，几个小伙伴扶架木梯，轻轻靠在墙上，选个人小心翼翼地爬上去，一只手快捷地伸进鸟窝，另一只手跟过去捂住鸟窝，十有八九可以有所收获，小鸟在梦中成为战利品，个把有幸逃脱的，也无法避免鸟蛋被我们收罗的命运，夜空中只留下它们惊慌的悲鸣。一个晚上下来，收获不菲，鸟蛋自然很快落进肚里，小鸟大多也杀了，炖了或者爆炒，往往还挑一两只健壮的，用细绳系了脚，当成弟弟妹妹或者自己流动的玩具。

那时的我们，根本不知道我们是把自己的欢乐构筑在小鸟的痛苦之上，只是炫耀自己的战利品。很多时候懵懂无知留下的不仅仅是笑话，而是一种罪过。

不知道当时掏了多少鸟窝，恍然间才发觉，原来随处可见的麻雀已经淡出我们的视野，甚至成为稀罕物了。知道不全是我们小时候掏鸟窝的责任，但多少也有点儿愧疚心理，仿佛就是因为当年我们的肆虐才造成麻雀的远离，而一切已经不可挽回。

杀 牛

冬日的太阳像极了要坏掉的蛋黄，懒懒地挂在天空，没有什么精气神，天空中整个透出干冷来。农人们把手插口袋里，三三两两地聚成几堆，有一搭没一搭地说着事。离溽田还早，尽管忙时牢骚不少，渴望能够清闲下来，可真的没什么活做其实也是很寂寞的事情。生产队的晒谷场整个弥漫着无所事事的情绪。

生产队长来到的时候，也没几个人抬起眼皮或者闭上正说话的嘴巴，可当他吆喝了一嗓子之后，晒谷埕顿时骚动起来，有种难以压抑的气氛开始流动。有人急急地从放农具的屋里搬出条凳，有人找出粗壮的绳子，还有的吆喝女人开始烧水。"要杀牛了"，这消息在几分钟传遍了村庄的角落，风烛残年、正在病床上挣扎的老牛倌张老汉是唯一不知道这消息的人。村民们迅速向晒谷场聚集，小孩子兴奋地跑来跑去，大人们不时呵斥一两声，可声调里整个透露出宽容和亲切。连懒洋洋地卧在那里的狗也爬起来，张望了一会儿，绕着人们逡巡。张屠夫进场的时候，迎接他的是景仰甚至有点儿谄媚的目光，他手里那把尺把长的屠刀在阳光下折射出寒冷的光芒。

老牛被人拉着慢慢走到场地中间，脚步蹒跚，完全没有当年的矫健步伐。谁能知道这头牛也曾被村民们以骄傲自豪的口吻向外人炫耀："我们村有头牛，一天可以犁三亩地。"犁地的好手都争着要驾驭这头牛，甚至不惜与派活的队长争执与其他的驭手红脸，妇女小孩也愿意多割几把草喂养它。如今可是"好牛不提当年勇"了，没有几个人说到它的风光，有的只是吃牛肉的期盼和急切。

老牛站在场地中间，昂起头"哞"地叫了一声，迈步走向晒谷场旁边的水沟喝水，人群自动闪出了一条路，看着老牛走过去。老牛喝了几口水，抬头望望，又"哞"地叫了一声，然后慢慢地走回来。人群又迅速地围拢来，"哞"，老牛又叫了一声。张屠夫迈着方步踱了过来，围观的人不说话了，把双手背在背后，拿着把稻草使劲摇晃，猴子的尾巴一样。据说这有个说法，人们活着的时候使唤奴役牛，人死后就要过牛坑，命运是让牛主宰的，所以现在背着手拿着草摇晃，意思是告诉牛：我想救你，还想拿草给你吃呢，可我双手被绑了，实在无能为力。

张屠夫挽起袖子，靠近老牛，摸着老牛的脖子。"哞"，老牛再次长叫一声，忽然前腿跪下，两只牛眼里眼泪吧嗒吧嗒地掉下来，把晒谷埕上积存的灰尘砸出一个一个小坑。张屠夫顺势把尖刀捅进老牛的脖子，持刀的手稍微后退一点儿，把刀拉出一点儿，又立即一挽一抖，用力往前送，血喷涌而出，老牛哆嗦了几下，轰然倒地。

看到老牛倒地了，围观的人立刻扔了手中的稻草，笑嘻嘻地靠拢，有的积极地打水或者帮着褪毛，有心急的女人忙着回家烧水，准备煮牛肉汤了。当老牛被切割成一块一块的时候，没有谁提到老牛当年的健壮。场地上的男人已经筹划好中午得喝几杯自酿的米酒，念到名字的村民或自己动手或由孩子提着分到的牛肉往家赶，村里的炊烟陆续升腾起来，牛肉的香味弥漫着整个村庄。晒谷场已经没有人了，只有那摊血迹还在，村里的狗为争抢舔食牛血已经厮咬了多回，现在也已经跑远了。村子有哭声响起，原来老牛倌的儿媳妇端着牛肉汤要孝敬老人时，才发现他已经断气多时。

钓　狗

哪条狗成为目标没有预先计划，很多时候生与死并没有一定之规，更多是依靠偶然际遇，死亡的猝不及防注定了许多悲剧的降临就像哪颗雨滴落到头上一般不可预测。我们钓狗源于偏远山村小学的寂寞无聊，而那时候我们又正是精力旺盛的年龄，钓狗也就成为生活的味精，让日子不再闲淡寡味。

在摩托车几乎是奢侈品的地方，自行车也就成为我们钓狗的主要交通工具了，把细细的玻璃丝一头固定在自行车的后架上，几十米外玻璃丝另一端是大号的带有倒刺的钓鱼钩，钩上是肉包子。人就那么撑着自行车，让玻璃丝稍微松垮地落在地上，等着狗上钩。

有狗经过的时候，发现肉包子，很难舍弃，也就不可避免地决定了生命的悲剧，做为一条狗，哪里识得其中的处处危机。狗咬下肉包子，鱼钩的倒刺卡在狗的上腭，正当狗试图甩脱的时候，那边已经踩动自行车，玻璃丝立刻绷紧了，鱼钩深深地刺进肌肉，为了减轻痛苦，狗只好低着头低声呜咽着顺势而行，这时候人要做的只是不紧不慢地踩着自行车，让玻璃丝保持略微绷紧的状态，毕竟有一定距离，没有谁会注意到人与狗之间有什么联系。

当玻璃丝牵引着狗进校园的时候，早已持棍的伙伴抡起木棍狠敲狗的脑袋，狗也就成为一帮年轻人一时兴起的"胜利品"。看到狗死亡，赶紧开膛破肚剥皮。几个人分工合作，有的清理"战场"，有的把狗肉切块下锅热炒。狗肉飘出味道的时候，禁不住一直咽口水。谁都以为可以吃到喷香的狗肉时，乡村土灶的烟囱不合时宜地垮了，碎片跟狗肉混在一起，只好把大块的狗肉挑出来，清理之后重新热炒。

尽管有波折，那天晚上我们还是吃着狗肉就米酒，喝得昏沉沉的，吃一阵说一阵，有人捶着桌子喊郁闷，有人已经哭出来了，来到远离县城的异乡任教，谁心中没有那份酸楚和无奈，狗肉和米酒自然成为发泄的药引。

我们一直得意于我们钓狗的隐秘和手段的高超，直到我们都调走的时候，才有熟识的村民告诉我们，其实他们已经知道了我们钓狗，狗的主人制止了要来找我们理论讨公道的乡邻，老人只是幽幽地说了一句："这些人来到这里，确实憋坏了，就让他们疯玩一回吧，谁都有年轻的时候。"那刻，我们才知道狗的主人有着博大胸怀和无限宽容，这份宽容是一种理解的睿智和豁达，曾经声言绝对不会留恋这个地方的我们禁不住回首，对这块曾经挥霍了青春的土地鞠躬。我们才明白，即使再不如意甚至是苦难的岁月，都有值得回味的温暖。

割　稻

　　割稻的诗意是没有参加割稻或者仅仅是把割稻当成偶尔为之生活体验的人才会产生。割稻于农人来说只有辛苦是刻骨铭心的。

　　弯腰弓背，在田地里前进，腰酸背痛是很自然的事情。如果是秋收还好，老家秋收割稻总是割倒在地里晾晒几天，等稻秆柔软了，稻谷蒸发了部分水分才"打谷"（脱粒）。割稻就显得从容随意，不必抢时间抢进度，可以割一会站起来稍作歇息或者运动运动手脚。并且那时候田地基本是"靠田"（也就是把田地里的水放干了）完毕了，没有黏糊糊的泥巴。那时候感觉辛苦在适度的秋阳中慢慢消解。

　　夏收可没有那么轻松，抢时间抢进度是基调。毕竟夏收之后就是夏种，季节不等人，况且夏天要提防台风暴雨，如果没有抢收，一次台风过后一个季节的辛劳基本白费。即使没有台风，雷阵雨也让农人揪心，所以不敢丝毫马虎。因为是边割边"打谷"的，速度也就有了明确要求。在老家，"打谷"有用"打谷机"的，但大多是用"摔桶"，就是齐大人腰高的椭圆形木桶，三面用篾席或者塑料布围着。防止谷粒飞溅出去，桶里斜放个小木梯，靠人把稻把高高扬起使劲往木梯上摔打脱粒，所以在老家"打谷"是被说成"摔稻"。

　　往往是一到地里，趁"摔稻"的人在安装"摔桶"三面的篾席，割稻的人就赶快抢先进入劳作状态。割稻没有办法蹲在地上，那样移动不方便，会影响进度。只能弯腰，身体适度前倾，一人一"手"齐头并进，或者不时左右挪动位置交替前进。因为老家的水田是梯田，宽度不大，割稻

粽香在舌尖舞蹈

的时候大多一手往外扣稻把，一手挥刀，等割到田埂边或者梯田田坎刚好顺手一放。也有宽度比较大的，就必须虎口朝上，接住割下的稻把，在身后叠放整齐，避免压到还没割的水稻或者弄得参差不齐。无论是接或者扣，割稻的刀口是要压在稻秆朝下的，否则容易上滑，一不小心会割破拿稻把的手。

在夏天烈日下割稻，除了腰酸背痛之外，田里的水也热乎乎的，好像许多热气在朝身上逼，汗流浃背自然无法避免。汗水流淌浑身黏糊糊的，脸上的汗水很容易就流进眼睛，酸疼异常。7月的稻叶很锋利，割得手臂上一条条伤痕，汗水一浸，辣辣地疼。"摔稻"的人就跟在屁股后面，丝毫不能放松进度。那时候，中午吃饭的时间就是最好的休息了。

在离家比较远的地方割稻，午饭是送过去了。或者是咸菜饭，然后泡一点儿紫菜汤什么的。或者是白米饭，来两三样菜，但无论是什么饭菜，因为劳动量大，肚子饿了，吃起来都特别香。如果田的周边有小河，饭自然是到小河边吃的。把劳累一个早上的身子往河水里一泡，那种清除汗水的惬意无法言说。即使是吃饭，也搬块石头，把自己半截身体浸泡在水里，边享受清凉边吃饭。当然，小河离得比较远的话就没有这份舒服了，到处都是火辣辣的阳光，只能就地选择，在田埂上或者稻草堆上坐下就开吃了。尽管田水是热的，可浸泡一下，毕竟会好点儿。但这样的吃法很冒风险，说不定谁吃着吃着就大叫一声，迫不及待地放下饭碗，提起裤脚使劲往下抖或者从身上什么地方抓出一只大蚂蚁，原来它们或者在田埂上活动或者从稻草堆里爬行，从裤腿里钻进去，狠狠咬了一口。这些蚂蚁是红褐色或者黑色的，有米粒大小，咬起来特别疼。

吃完饭，也就是抽根烟的工夫，马上就开始劳作了。一直到地里的水稻割完或者天要黑了，才起身离田回家。就是劳作一天往家走，也不是轻松惬意的。大人或者挑谷或者扛摔桶，我们半大小孩子要么扛木梯要么挑点谷要么挑点新鲜的稻草回家让水牛吃，夏收时间水牛也是很劳累的，马上就要大耗体力犁田了。走在山路上，拖着疲乏的脚步，山路就特别弯特别陡特别长，看到村庄里自己家的时候，有种温馨在心里环绕：可以放松地歇息一个晚上了。

插　秧

　　插秧也是很辛苦的农活，弯腰弓背在一丘丘的水田中后退。那时候后退就是为了前进，后退到了终点，意味着完成了一部分的任务。只是在后退的过程之中，腰酸背痛了，毕竟那是一种向土地鞠躬的劳动，那时候跟感谢土地无关，只是一种农活，为了生存的农活而已。

　　在生产队插秧，人多势众，如果是小块的梯田，一人或者两人负责一丘水田，一溜儿下来，整面坡的水田就同时开始劳动，可以看到不同的身影在水田里后退，或先或后退到终点，然后从头来过。小块的梯田要么顺田埂要么顺"后坎"，把秧行插得弯曲有致。如果一丘水田面积比较大，那就一人一"手"，"手"是个量词的概念，就是某人站在一个位置，以左右伸展能够插几株秧为基本宽度，秧的株行距基本在6寸到7寸之间，一个大人也就基本每行10株左右。"头手"是有选择的，要速度快，并且是要技术高的，才有"领头军"的作用。"头手"就不是顺田埂或者"后坎"了，而是从中间地带开始，把水田对中切开，立下标杆一样，旁边的人"接"过去，每个人站定自己的位置，在同一时间开始劳动。一"手"到头，就近回拐。

　　秧有两类，或者是用铁锹铲的带泥，或者是把秧苗拔起洗净扎成秧束。带泥的秧苗要叠放在木盆里，根据需要拿取，见不出多少功夫。用秧束的可就很容易见出水平高低了。有经验的农人根据秧束大小，稍微目测一下，顺田埂走过去，看似很随意地抛秧束，把绿油油的秧束散淡地抛在水田的不同位置，大写意的山水画一般，勾勒了轮廓。等插秧的时候就见功底了，老手基本是手中的秧束用完，就到了下一个秧束了，信手取来。基本不用大幅度挪动位置取秧束，也不必还没用完得把秧束往后挪，拿捏得分寸很准确。插秧的时候，左手拿秧束，右手插秧，左手拇指和食指一挑，一小束秧苗从整个秧束"跳"出来，右手一接，小秧束很听话地竖躺在合并斜摊着的右手食指和中指，接到秧苗在稍往回收的时候顺手斜斜一送，秧苗就插好了。手轻轻直起，脱离泥浆表层之后往左一送，刚好接到左手"跳"出的秧苗，如此手起手落地左右挥洒几次之后，脚步往后一退，留出一行的距离，不必探身或者回缩，刚好保持在最恰当最合适的插秧姿势。并且有经验的农人脚窝刚好在两株秧苗之间，不至于让秧苗没有着落的空浮而需要抓点泥浆"补窝"。一前一后交替，秧苗就在水田里生机勃勃地存在。如果忽略当年的辛苦，插秧是最有诗意的农耕生活，有如今天的写诗，只是诗行写在水田之上而已。

生产承包责任制之后，插秧就是一家一户的事情了，没有了大队人马的集合作战。尽管也有人家在插秧时节互助或者请人帮忙，但毕竟是比较小规模的劳动了。更多的时候，因为农忙抢季节，只能"自力更生"。曾经和哥哥负责家里插秧的活，都是生手，没有了风生水起的潇洒，株距行距大小不一，秧苗根数不一，或者要补秧或者插下去看太多了分一点出来。一不小心秧插在脚窝"浮"起来，只能"补窝"甚至往回重插收拾残局。不少时候第二天还得去巡查一遍，说不定前一天插在脚窝边缘经过一个晚上终于挺不住横卧水面。如此手忙脚乱，就别提要把秧插得行是行竖是竖了，经常是看起来杂乱无章，说不定这行多了一株下一行少了一株。曾经和哥哥雄心壮志地在田头瞄了半天，确定从这头下田到对面的田角"起水"，要创造个记录，谁知道到了一半多的时候就拐弯到田埂了，泄气的哥俩一屁股坐在田埂上，全然不顾到处是黏糊糊的泥巴。唯一骄傲的是有回插秧，把株距行距留得空前之大，有一尺左右，邻居经验丰富的人大声责骂可以"过鸭母"了。谁知道歪打正着，那年暴发"稻飞虱"，株行距过密的稻飞虱猖獗，稻秆都被侵蚀得厉害，稻谷秕谷很多，唯有我家的稻田因为株行距大，通风，获得空前丰收，得到乡亲们的赞誉，甚至引导了乡亲们以后不再讲究密度，让我们很是扬眉吐气地骄傲了一阵子。

　　不过那份骄傲只是一阵子，只是辛劳之余的某种点缀，就像看到秧苗在水田里的轻摆，不过是劳作间隙短暂休息时一闪而过的念头，更多的是感受到辛苦。家里的秧插完，腿肚子也就酸疼多天了，甚至走路腿要弯曲都很困难，在家里上下楼梯更是要龇牙咧嘴地慢慢挪动。面朝水田弯腰劳作的时候，想到的只是咬紧牙关挺一挺，把活干完，就像以后的日子，面对许多艰难，咬紧牙关挺一挺。

犁　田

　　在老家，基本上是梯田，犁田是没有办法实现机械化的。除了个把家庭用锄头挖之外，大多是用耕牛犁田。

　　到了犁田的季节，要有个人早早牵着牛到田里吃草，或者在前一天就割回嫩草，从前一天晚上就放在牛栏里，让牛吃饱。夏季还好办，到处是疯长的野草，牛一会就吃个肚皮滚圆。但春耕季节就不好办了，草刚生长，如果让牛自己找草，也许半天也只能吃个半饱。只好在犁田前一天，到山上或者溪涧割草，从枯黄的残草中把嫩草挑着割回来，辛劳自不必说，许多时候手让锋利的草叶割得条条血痕。

犁田的时候，有经验的农人可以把牛使唤得顺风顺水。在犁前两圈的时候大多先从最外围的倒数第二圈开始，只是最外围那圈一般只留三分之二或者一半的量，有利于舒缓收拾的空间。扶着把手，让犁头在田埂或者"后坎"蜿蜒前进，甚至是磕磕碰碰的，"稻禾头"在犁头的作用力下翻滚，没有被遗漏的。犁田老手在犁前两圈的时候深谙"心急吃不得热豆腐"，是不催牛快速奔走的，避免把田埂犁坏了，或者犁头卡在后坎的石头缝，崩坏了犁头。老牛也是有经验的，碰到哪里卡住了，自己就停下脚步，使牛的人就知道碰到问题了，提着把手稍微后退，就把犁头从石头逢中退出来。如果是没有经验的，以为牛偷懒，吆喝一声，甚至挥动竹枝，牛奋力往前，结果就是牛白费力了，犁头崩坏了，修理犁头自然无法避免，误工花钱。往往是老农在犁田的时候，无需吆喝，更别说挥舞竹枝，牛在前走，人在后跟，到了地头，牛站住了，喷个响鼻，掉头回走，开始新一轮绕圈，只有新手，才弄得动静很大，最后却是东留几个"稻禾头"，西留一长条地垄。

曾经学过犁田，那时候父亲有个很朴素的观念，男孩子是每项农活都得拿得起放得下，否则以后无法撑起一个家庭。有些事情，只有经历了才知道困难。看父亲把地犁得轻松自如，以为是很简单的事，但亲历亲为之后，才发现没有那么简单。开始的时候，父亲只留中间地带才让我动手，即使没有了边边角角的考验，但犁头也往往会偏离方向，要不时"紧急刹车"，重新对准"稻禾头"校正方向。勉强能走对线路了，新问题随之而来，或者把手按得轻了，犁头轻飘飘地从"稻禾头"上方滑过，只伤皮毛，没有真正把地犁开；或者是犁头过于前倾，把手又按得重了，出现"吃犁"现象，犁头深深吃进"地隔"，这时候是必须赶快让牛站住"退犁"，否则犁头肯定坏掉。如此折腾多次，中间地带是可以应付了，但开犁的那两圈是个新的制高点，要么把田埂犁了，要么是磕着后坎的石头，我曾经望而生畏，但父亲却坚持让我尝试。"什么情况都可能遇到，总不能老是回避。"很简单朴素的话语，却不仅仅是犁田的事情。于是就小心翼翼地开始，两块地下来，担惊受怕的劳累比体力消耗更大。

遇到驯服的老牛还是好的，有时候是还没完全驯服的牛犊，那可就多了许多花样。要么站立不走，要么快速前进，要么摇头甩辕，要么倒退脱辕，人被整治得手忙脚乱。有时候牛干脆就躺倒在泥水中打几个滚，或者在中间走得好好的突然窜到田埂边或者"后坎"吃几口草。到地头换边了，猛不丁甩个尾巴，把泥巴甩得后边的人浑身都是，脸也成满是泥点的花脸了，更有甚者屁股一顶，冷不丁人就到了下一丘水田了。许多时候只能无可奈何，如果你竹枝一挥，牛犊可就拖着犁狂奔起来。

看到田里的土块略显规则的翻放起来，成就感自然是有的。收工后浸泡在小河水里冲刷浑身的泥巴，想象着几天之后自己犁过的水田里将种上新一茬的庄稼，有种舒服如河水一样抚慰着肌肤，把艰辛慢慢冲淡。

捡　剩

捡剩是我童年的主要农活之一。捡剩虽然让我们增添了许多游玩的成分，让我们简单的童年在充满汗水的时候也充满欢乐和笑声，但对于大人来说，捡剩绝对不是可有可无的游戏，而是正儿八经的农活，甚至有很明显的指标考核。捡多了大人自然高兴，捡少了不仅仅是劳动果实的不够丰厚，还很容易催生大人们"一样养小狗却咬输人"的挫折感，这对于讲究"输人不输阵"的大人来说足以很生气，生气的后果是孩子挨骂甚至挨打。

在稻田或者麦地捡稻穗或者麦穗是我们开始的捡剩劳作。收割之后的土地承载了我们热烈的搜寻目光。空旷的土地喜怒哀乐取决于我们目光之内的收获，看到等待捡拾的稻穗，我们奔跑的脚步绝不拖泥带水。在稻草堆里，我们的翻找急促而且有规则，稻草是要照样码整齐的，否则大人的骂声肯定在屁股后面响起，甚至会劈头盖脑扔过来一束稻草，虽不至于挨打，但那份恐吓已经足够让我们惊怵地遵守"游戏规则"。我们知道我们的捡剩劳动不能影响大人的劳作，也不能增加大人的工作量。繁重的体力劳动让大人没有太多的耐性和包容之心，生活让他们急躁，让他们无法心平气和。在捡剩的过程中，很容易催生圈地为营的思维或者说自私的思想，谁发现稻穗比较多的稻草堆是不吭声的，默默而迅速地收拢稻穗。容易为发现一个稻穗欣喜不已，也容易为一个稻穗争夺、翻脸甚至动手。往往是两双小手同时伸向一个稻穗，争执之下或者各得其半或者某人独得。曾经有两人争一个稻穗，有一个执住稻穗不撒手，另一个用力抽夺，结果是抽夺得人赢了稻草，不撒手的人却是在争夺中握紧拳头把所有的稻粒撸下了。得到稻粒的人很有成就感地把稻粒放进自己的小篓子，另一个人却恼羞成怒，冲过去把他摔倒在地，架由此打开，最后两个人浑身都是泥巴。不过这样的打架却不会让仇怨结得太久，经常是几天不说话或者互不理睬之后，慢慢地重归于好。孩童年是比较容易消解仇恨和怨气的。

捡稻穗或者麦穗是捡剩里比较轻松的活儿，毕竟那只需要目光锐利，勤跑动。如果是在地瓜地里捡剩，那可是需要力气的活。带一把小锄头，在挖过的地瓜地翻刨土地，期待能找到一些漏挖的地瓜。要么是小地瓜，要么是被锄头截断的残块，要挖出完整的大地瓜是有相当难度的。有经验的捡剩人总是带着工具，在地上逡巡一遍，发现哪里土块相对集中或者隆起，赶快开挖，或者是找地头地角、沟沿等边边角角，比较有希望获得丰硕的果实。如国画中大写意般地找过之后，就选择一块地，老老实实地从头翻刨，渴望有被漏掉的地瓜或者吃了锄头的残块。毕竟是挥锄劳作，在地瓜地里捡剩不可能像捡稻穗一般密集，大多是各自一块地或者一人一头，有多少收获各自听凭运气。这样的翻刨土地是很累人的，手上起血泡是很正常的事情，满头大汗基本上是每次劳动必然出现的情景了。

捡剩获得的稻穗或者麦穗要么手搓要么摔打之后融进家里的谷堆或者麦堆，地瓜则大多是水煮之后填进辘辘饥肠，作为物质匮乏年代的补充。后来物质相对丰盛了，捡剩依然存在，但大多是一种惯性或者说培养劳动习惯的延续，物质的色彩消淡了许多。

捡剩跟年龄无关，而跟我们日益丰盈充实的物质密切相随，当年长起血泡长手茧的地方已经重新长成细皮嫩肉，捡剩自然成为远去的记忆。当我们不再为一个稻穗争执的时候，"粒粒皆辛苦"也就成为书面语言，没有汗水和艰辛，没有深入骨髓的体验，朗诵起来给人的感觉就是一组汉字的排列，轻飘飘地在教室上空飘荡。

赶　路

有许多赶路的时候，可真正能经历岁月淘洗之后依然成为记忆的并不会很多。因为稀少，这记忆自然弥足珍贵，"物以稀为贵"确实是一句至理名言。

那时候在乡下教书，一个一天只通一辆班车的地方，摩托车也是遥远的奢侈品，拥有自行车就让人知足了。唯一的通讯工具只有学区里一部摇把子的电话，根本没有现在手机、电脑那样的先进工具。朋友更惨，学校里连电话也没有，传达信息只能是口传，因此当那天夜里11点多他父亲突然发病住院的时候，只好选择把电话挂到我那里，让我转达口信。

那是个有月亮的晚上，我骑着自行车独自行走在盘山公路上，赶到6公里外朋友任教的学校，然后再赶往他的家。这里半夜根本没有过往的车辆，只能骑自行车。那时候我们有两个选择，顺着公路走路是好点，可是有 30 多公里，这对于归心似箭的朋友来说是段遥远的距离。另一条路近点，20 公里，不过是乡村道路，并且其中要翻越一座山梁，翻越山梁的道路只是一条只能容一个人通过的放牛孩子和樵夫行走的小路。我们决定抄近道。我们两个人骑着一辆车上路了，紧急的情况让我们义无返顾。坑坑洼洼的乡村道路让我们只能凭感觉前进，我们的自行车不时如舞姿并不雅观的舞者一样跳跃前进，因为担心出意外，双手要紧紧地按住车把，脚底下还得飞快地踩车，那时候唯一的念头就是快点再快点。注意力高度集中和难走的乡村道路让我们轮番上阵，其实坐在后座的人也不轻松，也得牢牢抓住车架，否则很可能一不小心就被甩到车下。

更大的考验是在翻越那道山梁的时候，这是个坡度很陡，白天行走起来都气喘吁吁的山路，平时让放牛的人和樵夫踩得光滑，要再推着一辆自行车难度就很大，何况我们几乎是用跑的速度前进，一个人在旁边推车前进，另一个推着后座。尽管已经是深秋了，半夜里天气已经很冷了，就连月光也透出一份清冷，但我们却是刷刷地流着汗。平时白天从山上经过，都很容易让那些坟墓什么的惊吓得一惊一乍，可那天晚上几乎都忽略不计了，夜鸟的惊叫、不知名的野物从山坡上窜过，都没怎样引起我们内心的波澜，或者是无暇顾及，我们唯一的念头就是"赶路赶路"，腿脚酸痛，舍不得坐下，只是站在那里停留一分钟半分钟，摔倒了，也是赶快爬起来，扶起自行车，继续赶路，支撑我们的是对亲人的牵挂和友情的朴实。

山梁终于翻越过去了，我们继续在乡村道路赶路。20 公里的路用了一个多小时赶到，当朋友看到父亲平安地在病床上入睡的时候，松懈下来的我们才感觉到腿脚酸软，我顺势在病房前的台阶上坐了下来，再也不想动弹了。

许多年过去了，当年赶路的情形不时在我的脑海中翻腾。赶路已经不在于其行走的过程，让我心存感念的是我和朋友那真挚的友情和对家人赤诚的牵挂让我们克服了太多的困难，超越了许多障碍，许多日子，我明白障碍并非不可逾越，关键是我们有没有足够的信心和付出足够的努力。

记忆中的金银花

在我的记忆之中，金银花开得十分灿烂。

从颜色上看，跟其他的花类相比，金银花就像素装的少女，不会给人眼睛一亮的感觉。而它之所以长久地留存我的记忆，是因为它的药用价值或者说因药用价值而产生的经济效益。

在我读小学的时候，家乡还穷。因为兄弟姐妹多，我家的经济状况更是捉襟见肘。因此每每到金银花盛开季节的星期天，我们几个小伙伴总是早早起床，喝过两碗稀饭，就带上母亲预备下的饭团、咸菜条或几个熟地瓜和布口袋直奔大山。到了的时分，几个人成扇状散开，找寻金银花的踪迹。发现目标了，附近的迅速围拢过去，抢着采摘。其间被茅草割破衣服、脸蛋，让野刺扎手是家常便饭，有时候也为是谁发现的花丛而争吵，极力抢占自己的"势力范围"。

中午的时候，大家吆喝一声，就是开饭的时间了，大家就着山泉吃下带来的干粮，顶多稍作休息又开始寻找金银花。经常到太阳西斜了，大家才急急往家赶。母亲用簸箕把金银花晒干了，就可以拿到药店换回或多或少的钱，运气好的年头是可以赚回我们的学费的。

我还因为种金银花和当地的大人打过架。那时候我和哥哥从山上挖回好多金银花的幼苗，种在我家附近的荒山。我和哥哥一锄头一锄头挖坑，累得两手都起了血泡，种好之后两个人用塑料桶抬水给金银花浇水，那荒山没有路，经常是一不小心摔倒了，水洒了不说，空桶在山上乱滚，甚至人都会滚几圈，让树枝划出不少血道道。尽管如此，但看着金银花大部分成活，我们还是很高兴，经常在放学之后走一走，反复数数有几棵成活，想象着第二年有了稳定的收获，心里就乐滋滋的。

谁知到秋天的时候，同村的人想把那块荒山开垦了种果树，或许他认为我们种金银花是小孩子胡闹，没跟我们说就把我们的金银花毁掉了。当我和哥哥放学回来得知后，那人已一把火把荒山烧个精光，正在那开荒，看到我们的金银花没了。我和哥哥边往上跑边叫骂，一靠近就捡起东西往他身上砸，那个人开始的时候还想吓唬我们，我们气坏了，拿起他开荒用的锄头就追过去，他见我们来势凶猛，赶快逃了，我们在身后边叫骂边追，那天很多人都看到一个大人被两个孩子追得在山上四处奔逃。

后来他托了好几个人找我们及我们的父亲协商，向我们道歉才了结了这件事。如今许多年过去了，金银花年年盛开，我们不必再指望它换小钱了，但每每想起小时候采摘金银花的事，都像金银花茶一般，有点儿微微的苦涩。

怀念麻雀

在我的记忆中，麻雀是无处不在的，儿时的我，随便从哪个屋檐下的裂缝里，都能找到麻雀的窝。有月亮的夜晚，几个小伙伴扶着一架木梯，轻手轻脚地靠妥，猛不丁用手堵住洞口，十有八九能捉到母雀，有时还有三五颗雀蛋，甚至还有不会飞的雏雀，毛绒绒，让我们用绳子系着脚拉着玩。那时麻雀之多甚至到了为害的地步，刚撒播稻种的秧田，都需要扎几个稻草人穿上破衣服来吓唬麻雀的。我和小伙伴在麦子成熟的季节，经常性的工作是在晒场上赶鸟。夏日的夜晚则经常跟着大人前往竹林打麻雀，雪亮的手电筒光一照，栖息在竹枝上的麻雀就呆头呆脑地成为瞄准的目标，一枪一个准，经常是一丛竹林就能打下数十只甚至上百只的麻雀来，而每天早晨在麻雀的叫声中醒来则感到那叫声绝对是一种噪音，没有丝毫的美感可言，那时候无论如何也不会想到麻雀会从我们的生活中被淘汰出局。

长大了，早没有掏鸟窝的激情，也从没有在意麻雀的存在，直到有一天，拿着画册对儿子说起麻雀的时候，才恍然发觉不知何时那如此繁多以至让我们心生厌烦的小生灵就以如此决绝和惊人的速度消失了。因为心里牵挂，才发觉一觉醒来没有麻雀叫声的早晨是如此的冷清寂静和单调，而我们居然可以容忍没有鸟声的生活如此之久却没有丝毫的愧疚和遗憾。这时偶尔有不知名的鸟儿轻叫几声，竟恍若聆听天籁。如果能在黄昏或者清晨看到一群小鸟在枝头跳跃或扑棱棱飞过，就宛如看到一幅绝美的画卷，心中有种莫名的感动漾起。

麦子又成熟了，不时有捕鸟人携网而过。他们的猎物有的比大拇指大不了多少，这些小鸟正沿袭着麻雀灭亡的命运。读报中得知，世界上的物种正以每天数十种的速度灭亡着，而为数众多的野味店正煎炒烹食着那原本和我们人类一样同为大自然一的员。面对着讲了老半天仍对麻雀一无所知的儿子那茫然的目光，我无法想象假如有一天我们对所有的生物都只能依靠图片来认识，而在自然界再也看不到它们真实身影的时候，那是怎样的一种悲哀，而我们又怎样面对子孙询问的目光。

怀念一块山地

有块贫瘠的山地一直存在于我的记忆之中，即使如今我远离土地，穿行在城市的水泥路面和楼房之中，但这块山地还是常常在夜深人静的时候呼啸而来，把我波澜不惊的思绪冲击得一塌糊涂。

山地不大，也就三分地的样子，狭长的地形俨如大山的腰带环山而过。山地是父亲在1980年开垦的。尚未开垦的山地疯长着各类荆棘，父亲用劈刀一刀一刀把荆棘砍光，记得我带着好奇心想帮父亲的忙，刚一出手就让荆棘给刺得手掌流血"望刺而退"。山地是石渣地，父亲把大块点的石头用来垒田垄，小石子再随手清理掉，不长的时间，地头的碎石子已经有老大不小的一堆了。那时候还是生产队的年代，出工收工都很严格，父亲只好利用早上出工前和晚上收工后的空当儿侍弄这块山地，往往是天都黑了，父亲还在那忙活，捡石子只好凭感觉摸索了。有月光的夜晚，父亲会忙活到很迟才回家。经过父亲几个月的努力，我家终于拥有了这么一块初具雏形的"自留地"。

山地很贫瘠，小石子多过泥土，父亲又开始了造田运动，利用工余时间把小石子捡去，从山上挑泥土填地，勉强种上了地瓜。那年秋天，因为山地的贫瘠，地瓜小得可怜，可我们还是很高兴，毕竟这块山地长出的地瓜多少填补了我家原本不足的口粮。从那以后，每季清理地里的小石子成了我们的常规工作，不大的山地要耗费很多时间，但我们还是乐此不疲，毕竟那维系着我们的温饱。

承包责任制后，尽管口粮不缺了，可就像没有多少人会嫌钞票多一样，也没有谁嫌弃粮食。我们把山地改造成水田。记得第一季插秧，完全没有良田里插秧的利索，往往是给秧苗找了一个窝，还要从旁边抓把泥浆给培上，说不定换了几个窝秧苗还站不住，风一吹，秧苗就躺倒了，更别指望能够横纵成直线了，插秧高手也体现不出水平，整块地里乱糟糟的，手指头也让小石子划得血淋淋了。但不管如何，经过不懈的努力，地是逐渐成形了，土壤也慢慢熟了，一年比一年丰收，填充了我家的粮仓。

尽管后来我们兄弟都离家外出，其他的责任田都先后转让给别人耕种，那块地我们却还留着，直到最后种上了蜜柚。如今回去，行走在田垄上，看到成长良好的蜜柚，俯身抓把还含有碎石渣的泥土在手心里搓着，亲切感油然而生。那块地成为我生命中亮丽的风景，时常充盈着我的梦境。

第四辑
远古的呼唤

粽香在舌尖舞蹈

香满平和

一个家庭有一个家庭的气味，一个区域有一个区域的味道。香，使平和散发无尽的魅力。

平和，古为扬州之域，周为七闽之地，明正德十三年（1518 年）置县，悠久的历史让平和有了厚重的感觉。历史在穿越岁月之后夹杂着许多沧桑和深邃，而走远的时光，打磨了平和历史的波澜起伏，消失的已经消失，留存的依然留存，日子的光泽在每个翻越的细节里舞蹈。

平和是个让人心平气和、闲适宁静的字眼，大有笑看人生风云和任凭云卷云舒的从容、淡定，而这片充满故事的土地总是弥漫着令人沉醉的香味，无论现代农业瓜果的芬芳，或者自然风光荡涤心灵的清香，还是穿越历史呼啸而来的文化沉香，都在 2328.6 平方公里的土地上缭绕，平和也就有了童话般的梦幻。

无论行走在平和的大街小巷，或者田畴山野，现代农业的芬芳愉悦着所有的感官。被称为平和致富果、希望果的平和琯溪蜜柚被果农奉上不容置疑的高度。这平和人为之骄傲的传统地方名果，承载的不仅仅曾是清朝乾隆年间朝廷贡品的光荣，更是今天平和人发家致富的梦想。同治皇帝御赐的"西圃信记"印章和青龙旗消退在历史风云的远方，成为久远的传说，500 年也可解读为弹指一挥间，但沁人的柚香氤氲，在每个日子弥漫房前屋后。洁白的蜜柚花有着浓郁的清香，仅把几片蜜柚叶子拉到跟前，都有直抵内心深处的香味，让果农皱纹纵横的老脸写满希望和笑意。采两片叶子，揉碎了，绿色的叶汁也许容易清洗，但那股味道却是留存，让人明白不仅仅是送人玫瑰才手有余香，也清楚许多时候不是什么东西都能挥之即去。蜜柚产量占全国柚类产量近三分之一、80万吨的产量，25亿元的产值不仅仅是枯燥的数字，平和水果总产量占全国第六位、全省第一位和柚王等等也不是闪亮的装饰品，每个蜜柚都是平和人甜蜜的笑脸，日子的分量如同日益成熟的蜜柚厚重而又充实。当运往全国各地的车队出发，出口欧盟、俄罗斯的船笛响起，平和人的希望被拉得很长很长。

　　漫步在白芽奇兰茶茶园，看到一畦畦泛绿的茶树诗行般写意地存在，仿佛可以听到茶树生长的声音，每枚绿色的茶叶都是直抵蓝天的希望，白芽奇兰茶的传说在思维的缝隙中纵横奔突。彭溪村水井边那株奇特的茶树，从清乾隆年间初期呼啸而来。由于茶叶芽尖有白色绒毛披露，制成的茶叶清香浓郁，滋味醇厚，鲜爽回甘，内含多种香气成分，尤其是那奇特的兰花香味，让它享受了朝廷贡品的殊荣。但不知道是历史的巧合抑或发展的必然，白芽奇兰茶也曾受到冷落，沦落到几近绝迹的地步，然后才重振雄风，跟琯溪蜜柚一样有着几近相同的命运轨迹。1981年，彭溪村井边那几棵与众不同的茶树承载了重写历史的辉煌。选育提纯，复壮推广，所有的过程都是艰辛和汗水相随，但白芽奇兰茶在田野山坡散发出迷人的清香和制茶车间里弥漫浓郁悠远的茶香，比春天更为悠远漫长，那些艰辛和汗水也就都随风而去，剩下的就是云淡风轻。

　　皮薄、味香、肉软、质甜、无芯，是平和香蕉香气袭人的特性。唐代漳州别驾丁儒《归闲诗十二韵》的诗句"芭蕉金剖润，龙眼玉生津"把追寻平和种植香蕉历史的目光定格在唐朝，就是普遍种植香蕉也已有700多年的历史。平和香蕉从历史的小径走向全国市场，留下的是蜿蜒曲折的足迹。平和香蕉也和世界文化大师林语堂紧密相连，"如果我有一些健全的观念和简朴的思想，那完全得之于闽南坂仔之秀美的山陵"，林语堂深情的诉说把世人的目光吸引聚集到四面环山坂仔，聚集到影响林语堂一生和他神牵梦绕的青山绿水，让众多人群在山地里沐浴先生的书香。这青山绿水不仅仅孕育了林语堂，浸透到林语堂先生文化修养的深处，进而影响他的作品风格，形成了他幽默性灵、平和闲适的精神境界，也造就了平和香蕉。

无需罗列"中国琯溪蜜柚之乡""中国白芽奇兰茶之乡"和"中国坂仔香蕉之乡"的荣耀，每个品牌之后都是沉甸甸的日子，是悠远绵长的希望，是熠熠生辉的光环，更重要的是沁人心脾的香味，把平和现代农业的发展写得诗意盎然又欢畅淋漓。

晨钟暮鼓响起的时候，千年古刹三平寺在香火中庄严肃穆，站在大佛前，朝圣的虔诚随着香火升腾，让浮躁的心灵慢慢平静。龙瑞瀑布、毛氏洞、虎爬泉等古八景和广济园、红军会师纪念馆等现二十四景，古代与现代文化相融合、自然与人文景观相映衬，处处蕴藏着动人心弦的故事，每一次审读都是心灵的净化。

灵通山诉说着与三平不同的语言，亿万年前白垩纪火山喷发而成的山体冷峻寡言，崖壁峭立、峰峦叠翠、雄奇险幽。险峰、奇石、飘云、清泉让人叹服，雄、险、奇、秀为之称绝。"三十有六——与黄山相似，或有过焉，无不及者"明朝大学士黄道周游灵通山时的感叹恍然还在耳边。七峰十寺十八景，山山相连，水水相依，灵通山的每个角落都充满故事，流淌着山水的怡人香味。

生土楼以另一种方式传递历史的香味，那种有着古书籍一样的香味如同老酒一样醇香。忽略平和土楼，绝对是一种遗憾。这是一种高大雄伟、别具一格而又凝聚客家先民迁徙之辛酸血泪的民间古建筑，毫无疑问是建筑史上的奇葩，浓缩了社会发展的片段。目前仍保存完好的 476 座土楼，每座土楼都有一个故事，都是一段历史，沧桑与厚重并存，封闭和安稳同在。国家级重点文物保护单位绳武楼那最富特色的雕梁画栋，富丽精工的建筑工艺，造型美观，品位不凡的石雕、木雕、泥雕，堪称"清代中晚期闽南民间艺术宝库"。另一个国宝，全国最大的方形生土楼庄上大土楼南北相距 220 米，周长 700 多米，建筑面积 9000 多平方米，楼内除住房外，社会生活诸多功能方面所需的公共建筑和设施应有尽有，是中国农村传统社会的一个缩影。而更多的传奇隐藏在平和的山野村落之间。

还有中外文化交流的桥梁、建国 50 周年福建省十大考古发现之一的平和窑、中国油画的拓荒者周碧初以及任何一条街道、甚至很小的砖瓦或者窗户之间，都溢出浓郁文化气息，让人产生古色古香意韵的省级历史文化名镇九峰镇，文化的香味从历史的隧道蔓延而来。

无论是现代农业的芬芳，还是自然风光的清香或者文化的书香，平和，这个地处闽粤交界的山区县，以其独特的意韵散发怡人的香味，陶醉了许多眼睛和心灵，充盈了梦境。

有味道的地方总是让人流连，有味道的地方日子不再单薄。

品读绳武楼

走进绳武楼，不得不折服于它的精美，一种艺术的芬芳在精美的外形下弥漫，让人有微醉的感觉。绳武楼是一座圆楼，楼门门楣上的石梁已经断裂，但是石刻的三个大字："绳武楼"则是楼主叶处侯亲自题写，遒劲有力，深厚沉雄。绳武二字典出《诗经·大雅》"绳其祖武"，意为继承先祖业绩。绳武楼始建于清朝嘉庆年间（1798—1820 年），系芦溪叶氏第十八世太学生叶处侯（乳名叶贞卿）所建。绳武楼外径 43.8 米，墙厚 1 米，占地 1056 平方米，建筑面积 1266 平方米，楼体分内，外双环，内环一层，楼中共有 72 个开间，其中一，二层被等分为 12 个各有上下开间和一个天井的独立式住屋单元，三楼则为环楼通廊，分 24 个开间，属于单元式住屋与通廊式开间相结合的模式。

绳武楼精致的雕刻艺术令人叹为观止，共有600多处。据传，楼主叶处侯请来各地石、木、泥雕大师10多人精雕细啄，历经数十年才建成。绳武楼的雕刻也就式样各异，造型美观，品位不凡，显示出一种恢弘的气势。绳武楼的雕刻分为石雕、木雕和泥塑。圆楼大门上的石雕可称一绝，精美的构图章法、流畅的雕刻线条、生动的花草树木浮雕，无不匠心独运，美轮美奂。

在房屋的小门、客厅风屏、楼梯扶手、壁木厨、屋梁柱子上，到处是木雕造型艺术的集中表现。客厅屏风上刻着由蝙蝠、燕子、鲤鱼和铜钱组成的图案，粗看似乎无甚特别，细辨则在这些动植物雕刻中竟奇迹般的显现出"孝、悌、忠、信"，"福、禄、寿、全"等形态迥异的字；而屏风右侧的横木板面上还留下"物华天宝、人杰地灵"，"流光飞彩，气度浑成"，"落霞与孤鹜齐飞，秋水共长天一色"等小书行楷字；再配以其中镶嵌的梅花浮雕、易板片雕及具有宗教文化特色的仙戎芦雕刻，整块屏风气韵浑然，古色古香，淳朴而富有风韵，沉着而具有生气，使人领略到"动中有静、静中有动，画中有诗、诗中有画"的艺术韵味。这些雕刻的外层大都以金箔漆贴，历经百余年而不变色。而木雕中的花卉、人物、文字、对联、飞禽走兽、装饰画、窗格、雕栏、门额上的图案各异，尤其是镂空雕刻最为精美，主体雕刻形态各异，无一雷同。

泥塑散见于屋檐、门槛及墙壁上，有狮子、仙鹤、凤凰和蝙蝠等不同的造型。泥狮子憨态可掬，巨口微开，张牙舞爪，显现出小狮嗔怒之神态；仙鹤单脚独立，正用长嘴梳理着翼翅，活灵活现，生动逼真；凤凰富丽堂皇，飘然欲飞，其间的色彩以大红和金黄见多，旁边又以青、赤、蓝、黑等颜色为辅，亦可见色彩运用之妙；蝙蝠之头凸出于壁外，双翼嵌于壁中，呈欲飞之状，非常精妙传神。其中的"龙凤呈祥"之图，龙飞凤舞，在祥云缭绕之中，神态灵动，神秘而超脱，别有一番韵致。

第四辑 远古的呼唤

绳武楼的壁画也别有趣味。从楼的大门进去后就可看到墙壁的两堂，各有壁画绕圆楼一周，组成一幅幅优美的画卷，内容丰富，意蕴悠然。走进绳武楼，站在任何一个角落，只要我们抬起头，就能看到墙头的一对花鸟石雕，或者屋檐上的一件水草木雕，或者墙壁上的一幅壁画，这些看似平淡无奇的东西，已经幻化为某种文化符号，传递岁月的声音和历史的厚重，整座绳武楼，无时无刻地弥漫着审美的气息。

绳武楼的精美并非一目了然地张扬，甚至刚到绳武楼的人会被其破落的表象迷惑，身处低矮的房屋和杂乱的树木之中，楼房前是一些随意丢弃的垃圾，几条狗懒懒地卧在楼房的门洞里，连睁眼看看也毫无兴趣，整个绳武楼犹如老实巴交的农民，寂寞地站立在平和县芦溪镇蕉路村的河边，和附近色彩鲜艳的楼房形成鲜明的对比。绳武楼没有哲人的睿智，它只是一洗铅华地存在。可是当你走进去之后，你才发现它内涵的丰富已经不是身处某种距离之外的想象，浓缩土楼精华绝对不是夸大的言辞。绳武楼犹如某些女人，尽管不是靓丽得让人两眼放光，甚至其貌不扬，但走进去之后才发现是耐人寻味，值得慢慢品读欣赏。绳武楼就是如此，它闲淡地站在闽南山区的河边，在流水舒缓地流淌中慢慢变老。

王者风范庄上土楼

一座房屋无论以何种方式出现，能够被称得上城，肯定有足够的恢弘和厚重。庄上土楼横亘在大溪镇庄上村，平和地接受惊叹的目光和感慨的言语，颇有点宠辱不惊的王者风范。当我站在庄上土楼中的山上，来不及感叹土楼中有山的非同寻常，就被目光所及的庄上土楼的气势给震住了。

庄上土楼前端为方形，转角抹圆，西南北三侧依山而建，层层叠筑，自东向西略成弧形，楼高三层，约9米高。知道这座土楼周长700多米，占地面积34650平方米，建筑总面积9000多平方米，楼内均用青砖干砌各间门户，有142开间，最高峰时居住1800人，这些不是枯燥的数字，而是在庄上这个区域，把某些原来只停留于文字和语言的虚化演变成可以触摸的存在。如今在土楼里，依然居住着不少人家，居民走动、小孩嬉戏、老人咳嗽等等声音，把庄上土楼的空间充盈得热闹非凡。土楼已经也就明白有些东西不是外在的撑架子能够挽回颜面的。

寻根溯源总是无法避免，300多年对于历史也许依然短暂，但对于房屋就有了老去的沧桑。清顺治至康熙年间只是个时间的概念，闪烁在土楼里的那个人影叶冲汉却清晰而富有生气。叶冲汉当年加入发源于平和大溪的"天地会"，与郑成功部将张耍（又叫万礼）结拜，这不仅仅是一次友谊的提升或者关系的巩固，更是一种机会的夯筑。张耍率部众数千人投奔郑成功后，屡建战功，后官封厦门水师提督，统管闽南各县，成为当时的风云人物，可谓权倾一方。当时官税很重，因有结交关系，张耍特别允许叶冲汉耕田免交田租，并任他为收租特派员。也许对于张耍来说，这不过仅仅是一次利用职权的"讲义气重感情"，甚至是云淡风轻的顺水人情，对于叶冲汉却是等来了发家致富的机会。当时许多佃农交不起沉重的官税，有了权力的撑腰和巨额利润的空间，叶冲汉捕捉住机会，出了一份告示：若佃农将田归我，一担给五块白银。田归还佃农耕作，收三石谷，佃农得二石，一石交田租，当面立田契。告示一出，远近佃农纷纷将田卖给叶冲汉，换回田契。于是，大溪境内的良田大部分归叶冲汉所有了，田多钱就多，叶冲汉顺利完成了资本积累，有了钱就开始筹建庄上土楼。

如今在庄上土楼，还有当年演练场的痕迹，尽管岁月冲淡了许多色彩，但在老人的指点之下，依稀可以想象当年的刀光剑影，兵丁齐走踢踏扬起的尘土厚厚沉积，荒芜了当年的小径。山包上荒草被铲除了，场地成为钩沉往事的媒介，在圈定的范围被指点叙说。那些鹅卵石上的沉积土层被剔除之后，露出鹅卵石当年的面貌，山包之下依然有当年17担白银的说法让其弥漫了神秘的色彩和气息，掩盖之下究竟留存什么无人能够说得清楚，不过无需遗憾，神秘更有吸引力，能够说得一清二楚也就无所谓内幕和谜团了。山坡之上，可以看到周边郁郁葱葱的果林，翠绿柔和了目光，让土楼多了许多生气，少了一点儿厚重的呆滞和刻板。土楼的正面有长年积水的月形大池塘，楼对面的灵通山掩映在水里，让水阳刚，让山妩媚，整座土楼有了波光粼粼的灵性，土楼和灵通山也就相映成景。庄上土楼原来的设计呈葫芦形，整体就像是一个巨大无比的"葫芦"，原旧寨楼作为葫芦顶，上弧下方依山而建，左右配建两座耳楼"漕洄楼"和"恒升楼"作为葫芦耳，再建一座连体楼"岳钟楼"，大楼依山而建，楼中有山，楼外有楼，而且岳钟楼没有北墙，它直接依靠在庄上土楼的南墙外，成为小楼依大楼的独特景观，所有这些在福建土楼史上绝无仅有。

庄上土楼也不仅仅是简单的大而已，随便走进任一住户，其3楼通廊总是相通的，属单元式与通廊式相结合的典型土楼民居建筑。大楼坐西向东，开五门，东为"紫阳迎曦"，北为"北阙承恩"，另有宗祠四座，水井四口，另有"葆真斋"，"毓秀堂"，"半天寮"和宫庙等公用建筑设施，公用设施之齐全，直到现在仍可享用，水井的水依然清凉可口，掬一捧入口，沉静平和顺喉而下，收获的岂止仅仅是清凉。从这些众多的建筑，可以想象当年土楼的热闹，尽管许多东西已经消失在烟尘之外，但那长满蜘蛛丝的"葆真斋"，"毓秀堂"，仿佛还传出土楼子弟的琅琅书声。行走在土楼的各个角落，可以看到为数不少的石木雕刻，石雕以高浮雕为主，木刻以立体镂空透雕为主，闪烁艺术的光芒，吸引了识货的目光。面对几座旗杆，"永思堂"静默无语，推开那厚重的木门，才发现那不仅仅是座祠堂，更可堪称"民间艺术小博物馆"，其门廊梁架斗，彩绘透雕，惟妙惟肖，栩栩如生，"太平景象"别具一格；前墙砖雕窗花"龙凤呈祥"、"双龙戏珠"、"双凤比翼"等,更是其他土楼少见艺术品;永思堂中布局合理,前厅、天井、通廊、大堂错落有致,别具特色;前厅与大堂梁架,彩绘透雕,金碧辉煌,就是那石柱也不是常见的圆形或者方形,而是梭形,隐含了许多玄机和说法。

小径复原了,尽管太过于干净也就少了历史的尘垢和气味,但行走之下,依然回荡当年岁月的声音。顺手推开一间小屋,居然就是保留完整的土楼当年房间,房门不高,高个子很容易就碰着上檐,狭窄的门后是别有洞天的一个世界。当年的人已经不在了,后人指指点点的猜测和讨论没有任何争议,就如威仪天下的王者不屑庶民讨论争吵。庄上土楼就如此以王者风范的宠辱不惊站立在自己的位置,让风吹过,让云飘过。

仰止书院

仰止书院在一个叫着斗山的山凹里,寂寞地站在山凹里凸出的一个制高点上。没有书声,书院是很久远的记忆,没有多少人记得了。问了几个人,都说存在很久,至于久远的细节,都淹没在岁月的深处模糊不清,连清楚一些的记忆都不复存在。野草也葳蕤茂盛地生长,站在书院的门口,很担心某种野生的小动物窜出来或者被我们惊吓得四处奔逃。

书院是闽南常见的瓦房土木结构,木栅栏倒是很有特色地让人站在门外就可以看到书院里的所有情形。四周的木柱子让人想起当年山里木料的丰富,可谓是就地取材,用不着花费太多的工夫。值得称道的是木柱子与地面之间的石墩,直径与木柱子吻合,高度在40厘米左右。不仅仅是点缀,重要的是隔开了地面的湿气,也让木柱子避免了白蚁的啮咬。岁月风雨的侵蚀，木柱子虽然还没有腐蚀，但表皮已经改变了颜色，有点儿近乎苍白了。书院不大，占地也就30多平方米的样子，正门的木柱子上题写着对联"仰善仰德著圣书，止恶止邪香贤院"。院内是几张破桌子，跟当年的书院无关，只是如今村民祭拜林太师时拜访供品之用，用途简单而且朴素。

仰止书院供祀着明万历年间的林偕春。林偕春（1537—1604），字孚元，号警庸，晚年自号云山居士，偕春自幼聪颖，随父亲习六艺、百家言，皆以其敏锐才思，胜出同窗。嘉靖乙丑科（1565）赴京试，中二甲进士。旋入选翰林院历任庶吉士、检讨、编修等职。他为官刚正不阿，"性坦直，无城府，亦不随俗低昂"。他履职知制诰之时，参与修纂《庄皇帝实录》等，因坚持实事求是，对当朝无论君臣之功过与言行，皆秉笔直书，不避不讳，辞法严谨，大有汉朝司马迁风范。因而获罪于权相张居正，并几遭报复，被外调为湖广按察司副使。他知识分子的傲骨上来了，怂然上书辞职还乡，以明素志，时年38岁，朝野人士仰其高风亮节，尊称他为"太史公"。

此后，里居9年期间，林公以其名望，关爱桑梓，多次代乡民据理上呈各级官府，缓解社会矛盾，申减江海航运与滩涂水产税赋，惠泽乡邑，万众感念殊深。可是，在长达9年的赋闲家居期间，初是"吾有二亲在，菽水可欢"。但时间一长，经济难免拮据，家中生活日见窘困。为此林偕春深虑"内迫于亲老，外迫于横逆"，喟然慨叹自身"出不能偕时，返不能安居"，"真无可奈何"。万不得已，他只好"万里携家"，欲赴京谋职，以求"聊窃升斗之禄，以为岁月之安"。路上他历经千辛万苦，但没有什么收获，只是等到万历十一年（1583），张居正殁后他的仕途生涯才"柳暗花明又一村"，时来运转派督两渐学政。万历十五年（1587），又以政绩擢升湖广布政司副使，旋任右参政职务。相传他于隆庆间（1567—1572年）曾侍读于太子，故民间又尊称其为"林太师公"。1587年他致仕归里，以诗文为乐，筑小斋悬匾"读书谈道"，绝口不论时政。当时上门求学请教者络绎不绝，为后学如黄道周等所仰慕。但若遇某些"缙绅"、"豪强"，无理逞横欺压乡民之事，他则秉性依然，当面严厉呵责，扶持正义。他毕生奉公克已，每履一事，必以国为重，以民为本，诚为经邦济世之伟才。因而在民众中威望日高，妇孺咸敬。他一生著述颇丰，文体有：表、疏、奏、议、诗、词、歌、赋等；亦不乏政治、军事、经济、文化论述名篇。后人为之汇纂为《云山居士集》，并入编于《明史.艺文志》；此外，其散佚遗作尚有《三国志摘》、《晋书北史抄略》等。清光绪九年（1883），邑人为追念林偕春的德泽，在云霄城关竹仔街择址兴建"云山书院"，主祀林偕春木雕神像，俗称"太师公庙"，后来在不少地方出现了分院。当时的林偕春可谓荣耀备至，但如今的书院却是冷清得很，只是一介知识分子达到民众祭拜的程度，已经是很不容易了。古往今来，能在历史的烟云里留下一个身影是多么不容易的事情。

林偕春是云霄县莆美镇前涂村人，这地方在明代时属于平和县新安里，所以从当时的意义是平和人，其祖籍却是葭洲（今云霄县东厦镇佳洲郭敦村）。如今在云霄，云山书院已是重点文物保护单位，但处于平和斗山的仰止书院却宠辱不惊地存在。当年的仰止书院是否有琅琅书声不得而知，或者仅仅是挂着书院的牌子却只是供祀林偕春之用。斗山在还没通公路之前，绝对是深山之处，在这样的地方缘何会建立这样一个书院没有能说清楚之人，至今没有明确的答案。是否因当年有受林偕春恩惠之人，还是林偕春的亲戚门生，抑或是崇敬他的乡亲，只能是猜测而已了。

仰止书院已经很老了，老的还有过去的岁月。

秀峰古道

　　古道湮没在杂草之中了，只留下若隐若现的痕迹。昔日的辉煌成为久远的故事在茶余饭后闲聊。古道连接秀峰和福塘两个村庄，从两个村庄近似直线距离的地方翻越山头而成，蜿蜒曲折，成了当时的交通要道。那地方原来只是一条从茅草丛中踏出来的小路，乡下到处可以看到的小路一般，人往来，各种牲畜也经过，没有什么神奇的地方。

　　古道有了历史的味道是因为明朝时秀峰村的游百万，这个从秀峰村走出去的从贩卖烟叶开始的生意人，因为聪慧和机缘凑巧，发财了。发财的游百万有了光宗耀祖的念头，就回秀峰村建了深庭大院，为了显示财大气粗的显赫，建造房子的石柱子是从当时的龙溪府购买而来，当时可没有船载车运，这些石柱子是用人工抬送到秀峰村的。曾经到游百万那豪宅寻探，只残余下几段石柱子，其他房子的踪迹了然无痕了。残余的石柱子寂寞地竖立在那里，成了哪家拴牛羊的工具了。当年为了抬送石柱子，游百万修了这条道路，也许是为了方便，也许出于公益事业心理，也许还是财大气粗的豪气，游百万在这条道路上全部铺上了条石，那时候，条石铺就的道路可和如今铺上水泥路面的道路一样，有着阔绰的舒适。路面不宽，也就两个人并排行走的宽度，可以想象当年十来个人抬着石柱子在这条道路上行走，还得稍微前后错身，把汗水和指挥节奏的号子声留在沿途的条石上。在山顶上，还修建了一个凉亭，小小的，但足以行路人在这里歇息片刻，有风雨的时刻，还可以在凉亭下看风雨被拒于几步之外，感受到免于风雨之苦的暖意。相信当时对游百万的赞誉之辞如山风一样随处飘荡。

站在山顶的古道上，可以清晰地看到两个村庄。田野里蓬勃生长的庄稼，炊烟袅袅的村庄，劳作的农人，行走奔跑的牲畜无不在视线之内。古道时而清晰地出现，时而隐没进道路两旁旺盛葳蕤的茅草之中，穿行在云层中的游龙一般。

古道在享尽盛大的光荣之后，因为道路的开通，逐渐行进历史的深处。人走得少了，在风雨的侵蚀下，古道坍塌的地方日益增多，野草荒长起来，把古道湮没了。有哪个农人开垦菜园子或者修建猪圈，也就就地取材，选择合用的条石搬了去。古道就时断时续地存在。有放羊的老人驱赶羊群经过，留下一声叹息，也很快就随风飘走了，宛如老人吐出的烟雾，很快没有留下什么痕迹。

因为偶尔成为故事的角色，古道才有了"古"的意蕴。提及古道的人越来越少了，也许很快就没有人再提起了，古道也就完全退隐出生活之外。经年之后，偶尔有探究历史习惯的人只能在故纸堆里的字里行间隐约看见古道的痕迹，而山上，野草随着季节黄绿变化，顾自行走着自己的生命节奏。

天湖堂

天湖堂其实就是一座庙，一座有段历史的庙。始建于宋嘉定十年（1217）的天湖堂在崎岭乡南湖村山冈上，成为信众心中的圣地。南湖村是个山谷中的平地，素有粮仓之称，天湖堂就在这块平地中最高的山陵上，颇有俯瞰众生的味道。天湖堂原名庵寨，群山环抱，景致清幽，寨前有一口大水塘。相传有位仙人游至此地，恰逢中秋，只见湖堂映月，水清如镜，秋风送爽，景色优美，仙人信口曰："真是天湖仙景也！"由此，当地居民把庵寨称为天湖。这样的传说确实很美好，让信众有每个变化都有说法的荣耀和归属感。

无论事实与否，但天湖堂的大水塘如今依旧，每每到有月光的晚上，夜深人静时分，天湖堂倒映在涟漪轻晃的水中，庙宇上的灯光在清水中闪烁，庙宇屋檐的风铃随风晃动的声音，庙内传出录音机播放的诵经声，在静谧的夜晚有种别样的韵味，在红尘中许多喧嚣远离的时刻，有种舒缓慢慢舒软了辛劳奔波的躯体，让心灵清净。

天湖堂原来只是一座马氏家庙，历经多次修葺扩建，终于成了颇具规模的庙宇，主体建筑为二进皇宫式庙宇，坐西朝东，整座庙宇用青砖砌就，颇具特色。因为有佛有道，佛道聚于一堂，才称天湖堂。庙宇里供奉各类神灵是自然的事情，60余尊佛像让天湖堂的故事繁多，其中保生大帝让天湖堂声名远扬。这位生于龙海乡村的吴夲吴真人，因为学医济世、浪迹江湖游医天下，驱邪却病，济世救人得到世人的景仰，民众塑像朝拜。

天湖堂中殿有4支大圆木柱、2支八角棱形大石柱和2支透空浮雕青龙献爪的大石柱，抚摸着这些从建寺开始的柱子，让人有触摸时光的感觉。数百年香火的缭绕让柱子有别样的厚重。上厅左侧之上天启年间用铁铸就的大钟依然高悬，重达200多公斤，历380多年之熏陶，颇显沧桑，右侧则是一法鼓，晨钟暮鼓，总是让人有净涤心灵之感。

琴上手弹处是个美丽的传说，那是在保生大帝殿位前一块2平方米左右的地面，历来铺砖总是不牢固，至今仍是这样。传说天湖堂地形宛如一只月琴，称之为"琴地圣迹"，铺砖不牢的地方便是琴上手弹处，自然无法宁静不动。美丽的传说让信众站立殿前有聆听美妙琴声的陶醉和肃穆。

每座庙宇都跟名人有关，天湖堂也不例外。天湖堂与黄道周的渊源来自黄道周的一次游历。明崇祯四年（1631），黄道周游历到此地，登堂朝拜，也许天湖堂旺盛的香火，也许天湖堂周边的秀丽景观，使黄道周写下了"月到风来"4 个大字。也许黄道周记住了，也许黄道周只是兴之所至的留言，是他周游各地无关紧要的一次书写，但天湖堂因此留下了一段段佳话，直到今天还让人津津乐道。

每个故事叠加了天湖堂的历史，让天湖堂从岁月的深处走来。

十二潭

十二潭在秀峰的村口，石壁之下的潭子，水面不宽，也就四五米的样子，长度也是近 10 米，深度倒是没有多少人能说清楚，曾经有人拿几根竹竿接起来，却插不到水底，也就作罢了，毕竟没有几个人有科学考证的热情。十二潭表面看跟任何河道里的水潭没有什么两样，却蕴藏着丰富的故事，流传到今天还是有许多人乐于提及。

既然是个有故事的地方，自然说法就有奇特的成分。事情缘起于那个叫游三爷的老头儿，他虽不太富裕，但生性善良，经常帮助别人，周济穷人，因此在周边地区他的口碑很好。那个晚上游三爷做了个很奇怪的梦，梦见一位老人要他第二天到村口解救被公差押送的 12 名犯人。梦就梦罢了，偏偏游三爷较真，等了半天没等到犯人，却从一个抓水鸡的人手里买了 12 只水鸡在潭里放生。水鸡一只只跳下水，又一起往上跳，像是给游三爷叩头，只见 11 只水鸡潜入水里，只有 1 只还浮在水面，无论游三爷怎样轰赶还是如此，这激起游三爷的好奇心"你不潜入水逃生，我偏偏要看着你下潜"。就这样，他蹲在潭边跟那只水鸡耗上了。过了不久，那 11 只水鸡托着一个黑色的破旧盘子浮上来，看着游三爷，游三爷就把盘子带回家，顺手扔到墙角，后来却发现这是装啥生啥的宝贝，破盘子成为了黑釉钵。

有了宝贝可不全是好事。游三爷老了，3个儿子却为了争黑釉钵毫不相让，游三爷只好把黑釉钵重新放回潭中，却偷偷告诉为人正直、富有同情心的老三，要他用粗糠绞绳把黑釉钵钓上来，不料这话也被正在隔壁的大儿子听到了。

第二天，游三爷就拿着黑釉钵来到村口的潭边放下去。黑釉钵沉下去，瞬时水面滚起水波，浮出12个龙飞凤舞的字飞到潭边的石壁上粘住了。游三爷认为是天意，称"如果有人认识这12个字，并能一口气念完，也可以得到黑釉钵"，因为当时这潭没有名字，人们也因此称它为"十二潭"。游三爷死后，大儿子和跟踪而来的二儿子用麦芽糕绞粗糠，绞成绳子钓了好几天，依然一无所获，老三眼看就要成功了，压制不住兴奋，低声叫了起来，也功亏一篑了。

黑釉钵的事很快就传开了，许多人争先恐后地想把黑釉钵钓起来，可是谁也不能把黑釉钵钓起来。也有去石壁上认字的，只是费尽心机，仔细揣摩，也没有人认得全这12个字。有个唱戏的人专程赶到十二潭边，把那12个字拓回去，琢磨了很久，居然让他给认出来了，是"军还军，民还民，××朔月望日"。他兴高采烈地奔到潭边，一字一字地念起来，可他是反着念的，刚要念到最后一个"军"字的时候，忽然潭边飞来一群蚊子，挡住他的视线，他用手哄开蚊群时，蚊群立即扑向那个字，等他再定睛一看，那"军"的顶部已多了一点，变成出头军字，他给弄糊涂了，一下子没念出来，这机会也就没了。只是十二潭边那最后一字也就从此在上面多出一点，直到现在。

故事也就是故事而已，十二潭石壁上的字依然模糊地存在，没有刻意的斧凿痕迹。也许是哪家祭拜祖宗的时候在石壁上顺手刻写的，也许是谁钓鱼的时候信手涂鸦，也许有更深厚的故事。

十二潭无言，宠辱不惊地存在。潭水悠悠，即使在枯水期，没有多少河水倾注其中，十二潭的水浅了，依然潭壁冷峻，没有多少人靠近。不知深浅总是令人敬而远之，距离感就产生了，十二潭就在故事中冷寂地存在。

拜谒陈政墓

有些寻访是不期而遇的。攀援平和县灵通山的狮子峰，就是想对陈政来一次顶礼膜拜，尽管陈政已经在唐朝就成为故事，成为历史。

陈政这个唐朝时代的光州固始人，如果不是因为闽南啸乱。也许他就在家乡光宗耀祖了。陈政的父亲陈克耕唐初就跟随唐太宗打天下，曾攻克临汾等郡。陈政以将门之子随军征战，屡建战功，官拜玉钤卫翊府左郎将归德将军，那时的他意气风发，颇有指点江山挥斥方遒的意蕴。唐高宗总章二年（669 年）泉潮之间土著造反，地方请求政府派兵平叛。唐高宗认定了陈政，认为他行事"刚果敢为"，而又"谋猷克慎"，就将他晋升为朝议大夫，统领岭南行军总管事，率领偏裨将许天正等 123 员，府兵 3600 人，进福建闽南平定啸乱，陈政，就如此转身而去，一路旌旗猎猎，从河南来到闽南。

醉卧沙场君莫笑，自古征战几人回。陈政在在闽南征战 8 年，戎马生涯的最终结局也是马革裹尸。屯驻梁山云霄镇的陈政因积劳成疾，于仪凤二年（677 年），不幸病逝。年方 21 岁的鹰扬将军陈元光继承父职，当时戎马倥偬，战事尚未全部平息，陈元光根本无暇替父亲选择一块风水宝地安葬，只将灵柩就近屯所，埋葬于将军山麓。

尽管是在异乡他地，但"日久他乡为故乡"，也许陈政就如此入土为安了。谁知道在陈政死后十几年，一个善于阿谀奉承的风水先生，为了讨好陈元光，登门说："恭喜将军慧眼善择宝地，归德将军的坟山有王者之气，后代子孙必有九五之尊，帝王之基业。"陈将军听了这大逆不道的反话，忙喝止道："休要造谣、放肆！给我滚出去！"风水先生想不到好心奉承反遭训斥，或者说没有得到自己期望的待遇。小人翻脸绝对是无情无义，风水先生到处散布"归德将军坟山出王气！"陈元光唯恐流言传到朝廷被诬谋反，不但有口难辩，还会招来灭门之祸。他左思右想，苦无良策，最后只有上书朝廷，准予迁墓，改葬于新安里（平和）大峰山的狮子峰上。将军山上的旧坟仪制尽行毁坏，以表明心志，避开嫌疑，杜绝流言。

在伴君如伴虎的年代，陈元光的举动可以说是唯一的明智选择。为了一句流言，陈政就如此在死后十几年，不得安宁，迁葬于灵通山的狮子峰。狮子峰却就如此阴差阳错地和陈政紧密相连。狮子峰只是灵通山数十个山峰的一个，却同样有诸多传说，姑且不说那些担心陈政迁葬影响自己聚集的蛔蜞精（即蚂蟥，水蛭），它们作怪把建墓材料推到山下，最终被陈元光用烟丝熏杀。单说陈政迁葬这天，灵通周围十分热闹，仪仗队庄严肃穆，哀乐齐奏，金鼓雷鸣，礼炮排轰，鞭炮繁响，沉睡千年的狮子被惊醒来，看到前所未见的热闹场景，兴奋地昂首天外，张口吼啸起来，原来只有几百米高的狮子峰，就因为一昂首就升高到1300米高了，此后，海外航船回唐山，在海平线上，最先望见的就是这座狮子峰了，此峰成为平安和近乡的标志。狮子峰还是只有灵性的母狮子，下了5个可爱的小狮子，3只依偎身旁，2只淘气跑开，刚好到狮子峰凭吊扫墓的陈元光忙从母狮身上拔下一束金丝草，哄2只小狮子回来。1只跑到安厚的狮子恋恋不舍回望，1只乖乖呆在壶嗣地界。美妙的传说让狮子峰的风光有了合理的想象和解释，多了诸多文化的元素和迷人的色彩。

历尽艰辛，在想象当年葬礼的过程中爬到狮子峰顶，还留有许多海水痕迹的风化岩石旁边，有古坟一冢。在荒草中，可以看到半边的墓圈，都是就地取材，用碎石垒就，大致圈定了一个范围。坟墓没有明显的模样，只是掩映隐身于荒草之中。没有什么石马石像，也没有辉煌大气。如果不是那块墓碑，坟墓要辨认都很艰难，也许一不小心，就被当成无人认领的孤坟了。也许当年不至于如此的草率，尽管当年的陈元光为了避嫌，不再大兴土木。据说陈政墓在"文革"中遭到破坏，墓碑被挖掉，遗骨收在金斗中，置之狮口里。这应该是比较符合事实的说法。但无论如何，这就是陈政的归宿之地，当年叱咤风云的归德将军，如今就在狮子峰上看云卷云舒，任雾绕草长。墓碑是10多年前补立的，"唐归德将军陈政之墓"，很简单的石碑就如某个门牌一般，只是标志而已。可是在当年，却有北雁年年衔土培墓之说。传说，每年的冬至日，就有阵阵大雁，排着"一"字形，或"人"字形，从河南颖川飞来，口衔家乡的泥土，千里迢迢地来给归德将军培墓。它们盘旋在狮峰之上，引吭长吟良久，才栖息在山下池沼之中。直至第二年清明节，雁儿们又衔水草、鱼鲜来祭奠，然后排成雁阵，飞回北方去了。如今的灵通山下有十几个村社，尽是陈氏子孙，每年到此季节仍望山拜祭。

青山处处埋忠骨。唐朝的风已经不再飘荡，陈政也在狮子峰上随遇而安。所有的风光或者辉煌只是在历史的字里行间闪现，陈政却和灵通山融为一体，成为狮子峰上的灵气，青山因为陈政更加妩媚。千年之后的我看着陈政的坟墓无言，千年之前的风光和葬礼留存今天的只是黄土一抔，千年之后，这一抔黄土是否还在无人知晓。只有历史的记忆还在，不朽的只有记忆和文字。

沧桑榜眼府

许多浮华过去就是沧桑。乾隆皇帝赐银 13300 两建造的府邸无法抵抗时间的侵蚀。1790 年的荣光在如今有了许多残败破落的沧桑，在平和霞寨的钟腾村留下那段历史的背影，吸引了一些游客把履痕留存，唤起点点当年的记忆。

榜眼府的存在是因为黄国梁（1756—1795）。这位让乡人引以为豪的武榜眼，也是漳州地区唯一的武榜眼。许多童年的故事在黄国梁声名远扬的时候被挖掘出来，口传声授：黄国梁放牧的鸭子，因为神明驱赶小溪里的鱼虾汇集，有了丰富的食物，每天超越常规地生下两个蛋；黄国梁帮助病重的村妇驱鬼，让村妇得以死里逃生；黄国梁惩治幻化为木板逆流而上，借以恐吓百姓、索取百姓供品的神灵等等，让黄国梁的身影有了神话一般的色彩。这位当年能够挥动 120 斤大刀、举起 340 斤巨石的大力士 19 岁中了秀才，21 岁中了举人，25 岁凭借殿试的魁星踢斗高中武榜眼而成为家族的骄傲。他一路高中的身影凝聚了许多乡人荣耀的目光和赞叹的话语。一品御前带刀侍卫郎也让他享尽殊荣，也就有了这么一座宫殿式的建筑。

面对海拔 1000 多米的的双峰山，占地 10 多亩的榜眼府在精雕细作中存在。榜眼府以砖木结构为主，以宫殿式的正厅大堂为主建筑，配以南北侧室，前为广场，围以院墙，院墙外三个方向各有一口面积一亩以上的大池塘，整座府第造型布局酷似一只稳伏在水中的巨大螃蟹。左右主次有致，前后逐落递高，格局完整，气势恢宏。北向门楼，"双峰耸秀"的题词在时光销蚀中依然存在，精致的长条石板、石基座、石门柱、石匾，用青砖拼成精致斜纹图案的砖墙，佐之以三层翘角绿瓦飞檐，可以见证榜眼府完好无损时的辉煌。"一门诗礼流长泽，千载香烟锁白云。"是一种描述，更是一种境界。

走进榜眼府，将近400平方米的府第广场堆满了要用来维修榜眼府的木料，在木料堆的空隙，可以看到场地四边石板条镶边，铺以红条砖。二进大堂矗立在那，登上大理石石阶，整座建筑石条为基，青砖为墙，精选优质木料为梁桷，木工架屋匠心独运，叠木转梁，未用一枚铁钉。屋顶的构架还在，可是除了一块"亚魁"牌匾还孤独地存在之外，那些当年高悬大厅之上象征荣光和威严的10多块牌匾和上厅中堂左右横列"回避"、"肃静"的告示牌以及一应排列着的刀、枪、矛、盾等古代兵器，还有下厅回廊摆放的齐人高的大鼓、爪哇铜钟等等，已都不复再现。即使是屋顶的木雕，也被偷去了部分，影响了金碧辉煌的整体效果。整个大厅有了空荡荡的感觉。

在主建筑两旁，分别建有形制完全对称的南、北两列横屋，石门上分别题"植桂"和"培阑"，隐隐流淌着文化的书香。横屋每列三间，各间之前廊左右有门可以互通，但内部均有独立的小门楼、天井与厅堂等，只要关闭前门与边门，每屋即可自成一体。横屋与主座之间以通道分隔，前有甬门，左右通道后方，各有一口圆井，寓意榜眼府"螃蟹"地形的两只眼睛。横屋的开合自如昭示了当年的开放和隐私保存格局，可谓匠心独运。如今这横屋青砖的墙壁依然显示旧有的格局，但屋顶和部分城墙已经坍塌许多，墙上的衰草在寒风中飘扬，让人无法不感慨岁月的无情。榜眼府的格局依旧，但当年的威严和辉煌只剩下依稀的影子。黄国梁高中之后，常侍乾隆皇帝左右，微服随访游察民情，尽职尽忠，功德昭彰。据传于乾隆壬子年（1792年），南陲边界骚乱，威胁南国安全，百姓遭殃。朝廷授命黄国梁赴云南任提督，他不辱使命，以威镇邦，迅速平息叛乱；又以和感召，图耕励治，致使边陲安宁，民泰乐居。树大招风是对黄国梁命运的诠释，也许是因为刚正不阿得罪人，也许因为他的正直堵住权臣争权夺利的道路，黄国梁在39岁时就英年早逝，有关他死因的数种版本，不仅仅是乾隆时代的疑云，也让霞寨榜眼府的辉煌存在突然断链，甚至黯淡不少。府第正厅大堂左右两主柱上："江夏分支光甲第，铜陵衍派振家声"的对联隐喻了许多希望，而黄国梁的早逝让这样的希望宛如遭遇休止符戛然而止。尽管黄国梁的早逝让乾隆悲痛不已，钦准其厚葬，由朝廷派大员护送其灵柩回乡，一路上奏哀乐、击响鼓、十八面爪哇铜钟齐鸣以示隆恩，但这样的热闹或者哀荣于事无补。这不仅仅是一个家族的伤痛，也是一个区域的伤痛。这样的伤痛让人看到沧桑榜眼府的时候就汹涌而来，让这个区域难得的荣光黯淡了不少，宛如电影的突然散场，不少人有了失手无措的惶恐。

一个人和三座土楼

朝阳楼、永平楼和余庆楼，平和县霞寨镇钟腾村的这三座土楼和清朝乾隆年间的武榜眼黄国梁紧密相连。从榜眼府往西行走，经过一座小小的石桥，流水在桥下以自己的韵律吟唱奔流。据说当年榜眼从京城带回来的木笔树就在小桥边，已有两百年多年的沧桑。

桥头边上是一段流淌幽远时光的小巷。鹅卵石的巷道很容易让人感受到时光的久远。简单但是洗尽铅华地存在，或许这样的简单在经历时光汰洗后更能保存原有的面貌。小巷左边是朝阳楼的基座，石壁是一种厚重和坚实，右边是一排青砖小屋，破旧但格局依旧，这间清朝时代的私塾旧址恍惚有琅琅书声传出，黄国梁特别响亮的读书声也是乡邻津津乐道他日后出息的预言。从私塾往南走不到百步远处，便是榜眼接待朝廷官员与四方宾客的总宾馆。当年建筑在小河边的二层楼房，每个房间雕梁画栋，总馆内的天井，桂花、兰花、五色茶花等名贵花卉散发醉人的芬芳，如今一切皆成往事。

沿古巷往北走上十几级台阶，我们便走进了清朝乾隆时期黄国梁的祖居地朝阳楼，也是日后黄国梁七兄弟接待宾客的分宾馆。这座建于明朝的土楼，繁衍生息了一代一代朴素的村民，到了黄国梁出生成名，突然增添了别样的风采。背靠巍峨峻秀的青山，下临蜿蜒清澈的小河，朝阳楼静寂地存在。鹅蛋石铺砌的场地上，竖立着四座石旗杆，分别记载着黄国梁考中榜眼和举人的荣耀。旗杆上的字迹虽然模糊了不少，但毕竟可以辨认。旗杆基座上的六角形石质浮雕却被撬得只剩下两面，用残缺钩沉当年的精美。楼门的大柱石显示一种大气，城墙不同于夯土筑成的普通的土楼，而是一色规格统一的青砖砌成，这样的青砖城墙让朝阳楼增多了更多历史的气息和厚重。朝阳楼分为内外两环，内环 12 间，外环 32 间，内外环之间有一条 3 米多宽的鹅卵石路面环形通道，自古以来称作"上街路"与"下街路"，紧靠外环大门两侧的通道称作"下街路"，上了石阶往里走便是"上街路"，内环居中是黄氏宗祠。内外环皆为上下两层的圆楼结构，远望，呈二环相套，所以朝阳楼也称为双叠楼、双套楼，朝阳楼也就以如此的罕见建构成为土楼中的特例。外大门上方嵌着一块署名奠邦题的"世大夫第"石匾；内楼大门上书"朝阳楼"三个大字。奠邦是何许人已经无从查阅，也许是当年的乡儒，也许是某个路过的墨客，由此可见文字远比记忆更为久远地存在。

永平楼位于朝阳楼和余庆楼中间，是三座土楼中历史最为悠久的，建筑年代已经没有人说得清楚了。民间传说建于宋朝，钟腾村一直以盛产铜而出名，从宋朝开始就有人在此炼铜了，据说如今永平楼的楼基处就是当年倾倒炼铜残渣的地方。审视永平楼古老的楼墙，可以看到炼铜残渣掺合其中。无论是否建于宋朝，但从那陈旧而残缺的泥土墙体中透露出的迹象，便可知道这座楼年代的久远。

余庆楼位于朝阳楼和永平楼的北面，沿着没有人说得清楚修建年代的鹅卵石驿道，我们走近了余庆楼。这座土楼位于如今还保存有1.2公里的驿道，和榜眼府同样是乾隆拨款13300两白银修筑的，让黄国梁的族亲后人居住，工程历时3年，于嘉庆元年竣工，这样的殊荣在当时绝对脍炙人口，即使今天，说起余庆楼，黄国梁的族人依然神采飞扬，荣光穿越历史存在。三层的余庆楼有大小两个楼门，从高处俯瞰，恰似一枚古代的大铜钱，外稍圆而内四方，让余庆楼有了别具一格的风采，聚敛钱财的愿望在土地上张扬地宣示。楼内的四方形场地全是由鹅卵石铺就。楼内每层均有36间房，第一层东、西、南、北方向各有4个独立的门户，而4个转角处又各有一个门户，每个门户往里走过天井后，又分成四个门户。从一楼到三楼都有一道环楼走廊，让楼内家家户户既便于互相沟通、上下联系，又增添了该楼整体结构的艺术美感，楼内房间的雕刻图案让余庆楼每扇门窗都流淌文化的芬芳和历史的韵味。可惜清朝末年的一场火灾，让余庆楼大部分房屋被烧毁，尽管后来重新修建，但正如毁容之后的整容，无论如何努力也不可能完全回到从前，余庆楼只好留有缺憾地存在。

如今黄国梁成为传说和过去了，只有3座土楼依然存在，即使残缺或者破旧，但当年的荣光多少有了可供凭寄的地方，让历史在缺憾和沧桑中延续，不至于突兀地没有着落。也许哪天，3座土楼也会化为尘埃，黄国梁和他的传说，以及这3座土楼就只能在字里行间寻觅传承。历史，总是如此无情地延续。

古镇老街

行走在古镇九峰，商贾的味道浓郁于其他普通的乡镇。喧嚣的叫卖声、来来往往的汽车声不时冲击耳膜。但是让我心醉的不是这样的热闹场景，而是不经意间的文化味道，也许就在一扇窗户，也许就在窗棂之间，也许就一堵墙或者一块石板，历史的味道不时飘忽出来。

作为从明正德十三年（1518）平和置县伊始就是县城的九峰镇，变化的不仅仅是从河头大洋陂到九峰这样名字的变化，在历史长河汹涌向前的时候，有些东西就此积淀下来，形成一个地方的气质。九峰诸山环抱，左有天马之驰逐，右有大峰之蜿蜒。碧溪浮月而东来，石潭绕绿而南注。从明万历年间，已在民间流传的双髻升曦、九峰返照、东郊春雨、西岭暮霞、天马晴烟、石潭秋月、笔山侵汉、壁水澄波诸一般的景色到九峰老街，从文庙到并不多见的在县城却以府级建制的城隍庙，从古镇双塔到石牌坊，九峰让人可以说道的地方很多，那一段短短的老街，就足以让人在时光的回旋里感慨岁月。

老街不长，也就1000来米，不过现在依然"容颜未改"的地方只剩下100来米了，许多时候变化是发展，而对某些文化来说，维持旧貌却是一种保护和传承。老街街道宽不过10来米，用青色条石铺就的路面，闪烁着有点凉意的光影。两旁是骑楼式的老房子，不加修饰的木板门。骑楼下的同道，大块大块的条石还雕刻着不同的内容，如此精美的石板却是被踩踏脚下，存在的感慨不是暴殄天物，而是阔绰。柱子旁或者门槛内外随意看到的石墩子或者小石臼，摆放到博物馆里可就是会赢得赞叹声的文物，在这里却是不经意的点缀。屋里大多光线幽暗，有历史的纵深感和某种神秘的气息。老街、老房子，一把上了年纪的椅子，脸上皱纹纵横交错的老人坐在门洞里打瞌睡，若有若无地摇扇着大蒲扇，也就有时光倒流的感觉了，恍然回到久远的从前。

二楼的外墙，木制的墙体上是有许多精美的雕刻的，那是对时光的雕刻。当年"破四旧"盛行的时候，有位慧眼之人，以装修为名，在雕刻外薄薄地粉刷了一层白石灰，然后写上当年盛行的标语，雕刻为此保存下来了。如今石灰脱落，雕刻隐隐约约地出现在视线之内。

在老街尽头，有座庙，挡住视线，让老街外面不一览无余，留存无限遐想。拐角处，却是一条石径，通往 10 多米外的河流，那是另外的风景了。

老街曾是旧县城最热闹的地方，如今曾经的热闹已经远离了，没有了人来人往的街道有点儿冷清，有几个老人在有点儿幽暗的门里好奇地看着前来参观的游客。在老人的叙述中，可以想象得到多少年来这里集散了大量的物资，现在只是成为一种故事温暖记忆。

老街不长，记忆却很长。

九峰城隍庙

城隍庙在平和县九峰镇，在省级历史文化名镇的库藏中，城隍庙应该是分量很重的一颗珍宝。

东门外的风经常吹过城隍庙的屋顶，抚摸历史触须一般掀起城隍庙的神秘。从明正德十四年（1519）到现在，已有近 500 年历史的城隍庙依然矗立在那观看沧海桑田，白云苍狗。城隍庙肯定会衰老的，青砖上的青苔就是它的老年斑。但城隍庙也如精神矍铄的老人一般，依然坚强地存在。从泛黄的故纸里，知道城隍庙曾于康熙三十六年（1679）、嘉庆辛酉年（1800）二度修建，这就宛如一个衰老的老人突然返老还童，重新焕发生机。几年前，城隍庙再度重修，又为其注入了生机与活力，也许，就在不断的修建中，有些东西得以保存下来，如果摈弃了修建，更多的东西就消失在时光深处，成为历史的烟尘。

城隍庙是奏请置平和县的王阳明建起的，不知道什么缘故，他在一个当时绝对是偏远县份的平和县却建成了府级建制的城隍庙，让后人凭空增添了不少荣光。无论当时他的用意何在，府级建制的城隍庙事实上存在了，给人"宏其旧制，广其幽邃，饰以金碧，稍具大观"的印象，雕刻精美的龙柱给人华美的感觉，光滑的青色条石泛出历史的幽远深邃。九峰城隍庙和我到过的不少老房子一样，神秘而略带清冷。恢弘高大的房子也许并没有太多值得欣慰的地方，毕竟这样的房子在不少地方可以见到身影。城隍庙令人叹为观止是其保存完好的壁画，精细飘逸的画风，简练清晰的线条昭示了当年绘画的技巧，二十四孝图、因果轮回在劝恶从善的时候闪烁着传统文化和累积的道德光芒。内容也许是在各地广为传诵的，有着放在哪儿都同样的功效，但同时佐以精巧的形式留存在九峰城隍庙的墙壁上，那么无论是今天的艺术价值还是当年教化民众的社会价值都极有意义，城隍庙那两堵墙壁注定成为人们目光停留和关注的地方。这种价值的放大跟"青山有幸埋忠骨，白铁无辜铸佞臣"有着异曲同工之妙。同样的东西因为负载的内容不同价值就有天壤之别。

九峰城隍庙主祀的主神被称城隍都尊神，是唐代的著名诗人王维。至今无法明白王维怎么会成为九峰城隍庙的城隍都尊神？在唐代，这里还没有平和县，绝对是"蛮荒之地"，是发配谪官贬吏之地。即使是王维在为官之时也被贬过，他在公元 737 年被贬为荆州长史，后来官职一路累迁，虽然在安史之乱之后被降职为太子中允，可后来又累迁至给事中，终尚书右丞。但史料没有记载，并且综上推断王维的履痕不可能留在当时的边远荒野的土地上。而数百年后，王阳明在建成九峰城隍庙之后，为什么把他奉为城隍都尊神确实让人费解，再说王阳明是浙江余姚人，而王维是山西祁县人。

无论如何，王维成为九峰城隍庙的城隍都尊神领受平和民众的香火已经近500年了，并且留下了不少美好的传说。其一就是"城隍妈"金身和秀峰乡的渊源。所谓的"有公就有婆，有称就有砣"，有了"城隍爷"，也就有"城隍妈"，当年的"城隍妈"金身如何没有明确的说法，也许是消失在岁月更迭的过程中。清朝年间，也就是100多年前，九峰信众要重雕"城隍妈"木质金身，但找了好多的木材，雕刻之后很快就腐烂了。信众说那是"城隍妈"不合意，最后找到离九峰20多公里的秀峰乡，找到一棵樟树，雕刻之后，金身愈发光洁。九峰信众就把秀峰乡当成"城隍妈"的娘家，每每有哪个地方到九峰城隍庙迎神出巡，都是"城隍爷"、"城隍妈"一起出动，并且要敲锣打鼓迎去送回，唯有秀峰乡可以在演社戏的时候可以单独迎接"城隍妈"，并且只要迎去，回来是不用管的，只要捎个哪天回来的信息，九峰的信众自会敲锣打鼓去迎回来。

如今的城隍庙在九峰镇依然很热闹地散发着历史文化的芬芳，依然有许多信众前往。观众以不同的心态前往，看到不同的内涵，所谓的"见山是山，见水是水；见山不是山，见水不是水；见山还是山，见水还是水"，各人仁者见仁，智者见智，无须统一的格式，而城隍庙，在那里宠辱不惊地经受岁月。

探访周碧初故居

因为和名人相连，有些房子就有了非同寻常的意味。

周碧初故居在平和县霞寨镇，掩藏在一片错落有致的房子中间，让寻找多了不少波折。多方打听之后才发现故居就在眼前不远处，甚至有个同行者说他就在故居前的猪肉摊买了若干年的猪肉，却不知道身后的老房子走出了著名油画艺术家、美术教育家、中国油画先驱者，被称为"中国现代油画拓荒者之一"的周碧初。艺术自然不如猪肉等有果腹功能，被忽略也就好像很正常。

从一个不起眼的小门走进去，才发现里面别有洞天，一座两层高的阁楼式四合院在 300 平方米的土地上存在，有了 500 平方米的建筑面积，故居建于清末，上世纪末重修，保存民国建筑风格。周碧初的祖上在当时是霞寨的有钱人家，所以有了这么一幢房子，1903 年，周碧初就在这里出生，和众多的兄弟一起成长，即使开始求学生涯，他也是居住此地，直到后来离开平和外出求学，但他仍然不时回来，在当年，这就是他的家，他能够获得温暖和支撑的地方，没有任何名人故居的先兆。

周碧初 1924 年厦门美专毕业后，翌年赴法国巴黎，入法国国立高等美术学校，与徐悲鸿、颜文樑、林风眠等为同窗好友，师承印象派的艺术方法。1930 年归国，1949 年侨居印尼，1959 年 6 月在雅加达举办大型画展，1960 年回国定居上海，潜心创作。周碧初在采用对比色并置和反衬的技法的同时，更注意细笔触和点簇的表现力与生动性。他又注意融入中国民间艺术夸饰的精华的文人画的点、线之法，使周碧初的油画别具中国的和他自己的艺术风格。在他生前，他常说："我从来没有像现在这么好的心境。"而尽心创作，留下了许多精美画作。

　　故居却没有留下太多先生的痕迹，四合院里，可以依稀看到当年阔绰的就是房梁窗户的那些雕刻了，构件的复杂，造型的变化，刀功的精细可以追溯当年建造房子的用功。房间里摆放一些床、桌椅等家具，没有名人故居的讲究，只是随意地摆放，家居生活的模样，好像主人随时要推门进来。让人却步的是那些桌椅上的灰尘和墙角的蜘蛛网，恍若提醒这些都是成为历史，勾起人星星点点的记忆。房门上对联已经褪色了，尽管字迹依然可辨，"喜无尘世气，籍有圣贤书"流露的是一种心境一种追求，"有容德乃大，无欺心自安"则是哲学的态度了。厅堂上的竹编椅子破了小小的洞，静寂地在角落里无言。院子中间的天井把天空直接承揽到家中，也许童年的周碧初曾经在这里观看天空，数星星看月亮听故事，如今却人去楼空，天井也寂寞寥落，剩下一长条石板，空荡荡的，过去的花草了无痕迹。天井边的角落里，倒是有棵小小的桂花树，也许过去只是点缀，不经意间却成为唯一的主角，承载了世事变幻的诠释。在故居的围墙上，有几棵草肆意生长，告诉我们这里人去屋空已经有了不少时日，先生的亲人大多旅居外地，这里只有那些慕先生之名而来的人才让老屋短时增添了不少人间气息。

　　走出故居，回首望去，"周碧初故居"那小小的牌匾挂在低矮门檐上，没有先生画作的浓墨重彩，好像遥看近若无的收笔，但因为先生，这里注定牵扯许多人的目光和脚步。

石晶水：平和第一泉

大凡被称为第一，无论是在何种区域，自有其理由。平和的石晶水也不例外。石晶水在平和县大协关峡谷之间的石晶宫后面。石晶宫建于清乾隆四十九年（1784），背靠峭岩，面对深谷，形势险要，寺庙面阔三间，进深二间，左右两侧各有护室，寺庙为抬梁式，小巧玲珑，风格独特，面积241平方米。宫内中堂奉祀南海观音菩萨，配祀伽蓝王土地神，宫内至今还保存着当年的石香炉一个，《鼎兴石晶宫碑记》一块，均为乾隆甲辰年物。

石晶水典出清道光版《平和县志·古迹志》。志载："石阴水，又名石晶水，在大协岭，水从石罅流出，六月如冰，和邑品泉，此为第一，谢德夫建亭其上，后圮，今建观音庙，名石晶宫。"能够"六月如冰"也许是文人笔下的夸张了，但足以想象它的清凉。曾喝过石晶水，那泉水从石缝中涓涓流出，没有任何的杂质污染，十分的干净，看了自然赏心悦目，掬一捧入口，清凉顺喉而下，游走在内腑之中。想当年，石晶宫前有条石磴道，曲径通幽，自古以来就是府城（漳州）通往旧县城（九峰）的要道，过往士农工商络绎不绝。而可称之为峻岭的大协关离县城九峰20公里，离小溪镇是25公里，并且那时交通不便，都是在蜿蜒的山道步行，即使坐轿也是颠簸辛苦。无论从何处出发，走到此地肯定是口干舌燥，大汗淋漓。停下来吹吹山风，喝一口泉水，清凉惬意无法言说。再加上石晶水位于峡谷之中，山谷清幽，谷中青松挺拔，松下古寺缭绕着多年的香火，拾级而上的石阶，巨大的石头等等，构成了美不胜收的风景，在赏景的同时有奇泉流淌，难怪当时的平和县尉谢德夫会评之为"和邑（平和县）品泉，此为第一"的感慨。

谢德夫的评点吸引了当时众多游客的眼睛，当时的龙溪（今龙海市）名士陈正学听说后大喜过望，次日，便带上上等茶叶和茶具，跑了100多里路，来寻平和第一泉。要知道，当时可不是如今的来往方便自如，陈正学的举动不愧为名士的"风流之举"。但就是因为他的这样一跑，石晶水更得以留存佳话。到了地方一看，幽谷、青松、古寺、石阶、奇石、清泉，不愧是平和一处名胜。陈正学未暇赏景，解装取出茶具，用石支鼎，敲火煮茶，自斟自饮。茶香隐隐，发出兰蕙般的芳香，旅途的疲倦，连同胸中的尘垢一下子便散失了。好景好茶，陈正学诗兴大发。于是，当夜寄宿宫中，彻夜无眠，写了一首《石晶泉歌》，"石晶之泉泉最清，宝珠岭上檀奇名。涓涓石罅出如注，酌之不竭常盈盈。我闻荆山之人玉抵鹊，傍石居者挹泉而漱瀹。旁檐篱落握山阿，谡谡松涛吹大壑。山行驱车已过之，闻泉却步立移时。洼仅容瓢澄可鉴，夏寒冬暖沁肝脾。解装试出笥中茗，涤杯敲火石支鼎。行人笑我太好奇，惠泉中冷徒尔为。此时更不烦水递，茶香隐隐为兰蕙。胸中尘垢悉遣去，顿觉云生欲轩翥。"次晨，把它往墙上一贴，便飘然而去。陈正学潇洒飘逸的转身已经湮没在历史的深处，但当年他的一时兴起，为石晶水留下了诗名。尽管在他之前也有人为石晶水题过词，但因为他这一名篇的传诵，更是有众多的名人为此吟诗题词，让石晶水逐渐芳名远播。

历史无言，也许当年的热闹都会有曲终人散的时候，也许是历史波峰浪谷的起伏传承。后来，从上个世纪50年代，因为改道公路绕寺后而过，无论是石晶宫还是石晶水都渐渐被冷落起来，如今，因再次改道，连寺后的公路也废弃不用，石晶宫更是藏在山谷之中了。尽管十几年来，有热心人士努力拓展，到石晶泉的路已经修通了，开辟了停车场，并在石晶泉边建了一座茶馆。游客是增多了，但那主要是去朝拜石晶宫供奉的各位尊神，石晶水是供奉之后的捎带，甚至被忽略了。

站在石晶宫的前面，可以看到在石晶宫后的石壁上，刻有"石晶圣泉"，那是平和霞寨的武榜眼黄国梁所题。石壁旁有数株天然的观音茶树。后山上，有一方巨大的"佛"字刻石。庙的左前方山上有一仰天大石，刻有寿字和龟寿万年。石晶宫前方是新建的芳名阁和戏台，但那已经是众多地方在"开发"名义下的举措了，没有丝毫历史的味道。石径也是用条石修建的，当年的石磴道已经了无痕迹。宫的左右山谷已经开发，种了平和琯溪蜜柚，没有了当年青松掩径，山谷清幽的意蕴。唯有芳名阁门前的那株古罗汉松，终年苍翠，提示着些许当年的痕迹。

已经没有人专程前来就是为了品尝一口泉水的闲情雅致，更别说品尝石晶水的吟诗填词的雅兴。也许陈正学会寂寞的，但石晶水依然从石罅流出，宠辱不惊。有些东西注定要湮没或者流失的，我们只能在历史书籍的字里行间寻找当年石晶水的意蕴。

寻找西山城

我行走在明朝的琯溪街道，没有熙熙攘攘的人群，我悠闲自得或者无所事事，信步在明朝的空气中围绕西山城漫步。

占地80亩的西山城雄踞在福建平和小溪的葫芦山东麓，10米高的城墙让观看西山城需要仰视，这样的角度注定多了仰慕的成分，让人无法平等地交流或者居高临下的审视。东西南北四座城门给了出入西山城的方便，正门南门那99块条石砌成的石拱门，明代书法家范允临的手迹"侯山玉璧"散逸着雄浑厚重，让西山城显得更为雄傲一方。门对溪南屏障天马山，气势极为雄伟。西山城里的李氏祖庙前门正对城门，前设下弦半圆照壁与城门构成圆孔，相传意做葫芦口，若将砖石碎瓦倾入门外农田移时不久即可化为沃土，也就是传说中的葫芦吐烟。城里则是另外的感觉，三街六巷，99个石门，99个柴门，72眼水井，大小宗祠9座，大厝数十座，这些不仅仅是简单的数字，更多透露西山城的规模和繁华。"丁几满百，量近半千"的李氏族人在西山城把日子过得悠然自得。三进厅堂，后设花园，屋顶瓷雕龙凤花卉。大厝多为一厅二房三进结构，并且都用条石为基，青砖为墙，红瓦为顶。大街小巷，均用精致花岗岩石板铺就。行走在西山城，富丽堂皇的感觉汹涌而至，而琉璃瓦屋顶的布政使府第更是在明朝的阳光下闪烁"领军"的光芒。

环绕西山城的护城河，水是流动的，咿呀作响的行船不仅仅是韵味，更让众人明了护城河和西山城的距离，凭借水，西山城多了一道屏障。两米宽的城墙是流动着的护城河屏障功能的固体延续。筑城两米宽不是为了显示阔绰，更多的是抵御外侵的信心保障。明正德五年，李氏族人焦虑万分，这样的焦虑不是兴之所至的萌生，已经淤积在他们心头多年了。从宋朝开始，李氏族人就世居西山，岁月迁移，族人的命运起伏兴衰，期间元朝年间族人李志甫率领农民起义遭到朝廷镇压，几乎给李氏族人带来灭顶之灾，"元季扰攘之秋，而生聚犹未繁也"。直到明朝，再次迎来"丁几满百，量近半千"人丁兴旺的局面，聚集而居的李氏族人的兴奋没能保持多久，"寇植邻攘无穷宁日"，强盗的盛行给平静的生活带来致命的隐忧，族人不得不再次"投之城弃坟墓，捐宗亲，漂泊十余载"，逃离家园，投亲靠友。

焦虑不仅仅是李氏族人，当时的督兵通府阮大人出了一招儿"西铭之地，三面据险，一方制敌，筑之以寨，堪图存也。"这是西山城最早的创意，这样的创意让得到阮大人面授机宜的李氏族人李廷淳高兴万分，也让李廷淳心里没底，毕竟当时所谓的西铭之地是他叔叔李世浩的住场，不知道他是否同意把其贡献出来与大家共有。事实证明，李廷淳的担心是多余的，当他忐忑地把来意说明之后，李世浩大喜，"昔范仲淹自做秀才时，以天下为己任。人言其宅为世产状元之地，即以其宅为苏州府学，而与苏人共焉。况族人于我，又非苏人之比乎！苟能有济，吾且不辞运瓦之劳矣。乌有不乐与众共之哉。"开阔的胸襟，血浓于水的亲情，李世浩做了一个睿智的选择，于是有了西山城："廷淳始而告之予，中而谋于族，终而与众协于成。"谋略得当，稳步推进，在李世浩的带领下，西山城历时10年在葫芦山东麓矗立起来，成为李氏族人抵御外侵的温馨家园。

时光老去，岁月迁移。许多存在成为故事，成为历史。历史会铭记一些片段：清朝同治三年，太平军侍王李世贤部进驻平和琯溪，以西山城为指挥部；同治四年，清将左宗棠部王德标率官兵攻入西山城，太平军退出，清兵入城后大量拆毁民房，在进退之间，战争让西山城负重生存，伤痕累累。1926年，国民党驻军督建中山公园，拆用了西山城大量石料，城墙自此面目全非。残碎的西山城在时光的侵蚀下逐渐坍塌消亡了。行走在西山城的遗址，昔日的西山城已经了无痕迹，即使连残墙断砖也无处可寻。学校、民房掩盖了过去的繁华与热闹。护城河已经成为狭窄的小水沟，水时断时续。当年小船的咿呀声音成为明朝的岁月掩卷而过。我很想停留在明朝正德年间，看着西山城矗立而起，看着李氏族人在西山城里那种拥有屏障之后的轻松惬意，然而明朝远去了，我只能在老人依稀的述说和李氏族谱的字里行间寻找西山城，对着已经被移到别处的"侯山玉璧"题词在历史的烟云中遥望西山城。

追忆王阳明

因为王阳明，才有了平和县。行走在平和的大街小巷，无论时光如何走进历史深处，也该把目光定格在王阳明的身上，即使是背影，也不该忽略。

从历史泛黄的故纸堆里，可以知道漳州府旧辖六县，平和是最后建县的。其实若追溯历史，平和建县的历史应该在元朝，只是当时不叫平和县。元至治年间（1321—1333）漳州府已在九围礬山之东（即今之平和县南胜乡）设县，当时析漳浦西部及龙溪、龙岩一些地方置南胜县。到了至元三年（1337），李志甫、黄二使倡乱，被陈君用设伏袭杀，于是迁县治到琯山之阳（即今之平和县城关乡旧县村），俗称"旧县"。至正十六年（1356）知县韩景晦因为"山地僻多瘴"，又徙县治于溪北八十里，（即今南靖县的靖城镇），改称南靖县了。其辖地包括现在的南靖与平和。上述的历史变迁勾勒了平和县建县的走势，只是当时的县与"平和县"这个名称无关，对于平和县来说，那是以前的事情，那是历史的中断或者抽空。平和县只跟王阳明有关，或者说是王阳明之后才有平和县，历史总是会跟某些人发生千丝万缕的关联，带着某些人的烙印发展。

王守仁（1472—1529），字伯安，因晚年居于阳明洞，世称阳明先生。他是明代最伟大的哲学家，而他的学说——王学（阳明学）——也是明代影响最大的哲学思想。王阳明在明弘治十二年（1499）考取进士，授兵部主事。他早期师承朱熹，明正德元年（1506），因反对刘瑾，被廷杖四十，谪贬贵州龙场（贵阳西北70里，修文县治）驿丞，就在这段时期写了

"训龙场诸生"，史称《龙场悟道》。但是王阳明跟平和县之所以无法割舍，跟他的哲学无关，而是他的军事行为催生了平和县。如果没有明正德间（1506—1520），詹师富、温火烧等聚众反明的事情发生，也许王阳明就跟闽南无关，也许中国县区的名称就不会有平和县。但是历史总是有太多的不可预见。因为詹师富、温火烧等聚众反明，朝廷派王阳明为都察院左佥都御史，巡抚南赣、汀漳等地，王阳明暂时搁置了他的哲学思考，踏上了猎猎征途。也许在他的心目中，"学得千般艺，货卖帝王家"的思想还是占据上风，或者说效忠朝廷才是正道。在征战的过程中，他带领部队镇压了詹师富等。当时他站在后来成为平和县的地盘上，他考虑的是如何巩固自己平定叛乱的成果，考虑的是长治久安。于是他在某个夜晚来到了耆民曾敦立的家里，他知道许多良策来自民间，来自对情况熟悉的当地人。对于曾敦立，能够被称之耆民自有其威望和理由。在寒夜客来茶当酒的时候，白芽奇兰茶的芳香足以让这场谈话温馨润滑。面对王阳明的垂询，曾敦立体现了他的睿智，他并没有直接回答，许多时候，直接回答显得太没有城府，也许还会让善于思考的王阳明看轻，也不能体现曾敦立耆民的老道。于是曾敦立体现了笑而不答，只是斟上满满的一杯茶，请王阳明趁热喝茶，当时应该有客气热情的话语。王阳明看着满满的一杯热茶犯难了，这怎么喝啊，不好端不说，一不小心就溢出去了。看到王阳明的犹豫和为难，曾敦立拿出一个空杯子，把茶一倒为二，递给王阳明。王阳明马上明白了，起身作揖感谢曾敦立，他们就像两个高手，在别人不经意之间已经过了招儿。王阳明知道曾敦立的建议，那就是"分而治之"。

　　夜访之后，生员张浩然、耆民曾敦立并山人洪钦顺等上书呈请设县，王阳明已经心中有数，他从内心上认可坚定了"不设县治贼无由息也"，这些人的上书某种意义上是为了更加体现"民意"而已，或者说王阳明的计划通过当地人的口先行说出，只是某种意义上的策划，王阳明趁势而上，遂于明正德十二年五月二十八日具本请旨，在《添设清平县治疏》中申说理由"呈乞添县治以控贼巢，建设学校以移易风俗，庶得久安长治。"并踏勘县治所于河头大洋陂（即今九峰镇），上书不久便得到明王朝恩准，于正德十三年（1518）三月置县。取寇平而民和之意义定县名为"平和"。遂割南靖县清宁、新安等里，漳浦二三等都，以界之。在踏勘县治的时候，还有个传说，说当时的河头大洋陂（即今九峰镇）和今天的秀峰坪回村在抢争县治所在，王阳明没有采取强制界定的方法，而是说要两地在某天各送同等容积的一瓶水，当众称重，重量大的为地头重，就是县治所在。当天的称量结果是河头大洋陂（即今九峰镇）的水比较重，所以县治就定在那里。而后来广为传说的是河头大洋陂（即今九峰镇）人在水中做了手脚，把一些食盐溶化在水里，导致水比重较大，胜了这县治之争。事实如何，谁也无法知晓，只是传说而已，历史的推进总有许多传说相伴，这也增添了历史诡秘幽深的无穷魅力。不过不论事实真假，倒是体现了王阳明曲径通幽的处世方法，他并没有如镇压聚众反明那样的雷厉风行，也许他知道民心跟叛乱不能相提并论，他需要的是以德服人。县治之争固定只能是平和县遥远历史的烟尘，在历史的隧道飘移，增添诸多神秘。能够清晰知道的是后来王阳明又因芦溪枋头坂，地势颇雄，宜立巡检司以为防御，就将小溪巡检司移建那里。平和县建县之后不久，王阳明又踏上成就他一生最大的功业——平南昌的宁王朱宸濠之乱的征途，也由此获得新建伯的爵位。

可以说，建立平和县在王阳明的军功中不占有显著的位置，但是平和县的平乱与建县，全赖王阳明一手促成。许多时候，一个人不重要的举措对于一个地方或者一个群体却是重要异常，甚至可以说成就了某个地方某个群体。时光已经过去了将近500年，许多人生老病死，许多生命烟消云散。即使是历史，也不能记住多少人。更多的生命和名字都消失在历史的深处，就是历史发展的痕迹也被历史的灰尘湮没了许多。但是王阳明，在他那些显赫的哲学成就和众多的政绩之外，建立平和县注定无法抹去，成为他众多人生履痕的一笔。作为平和人，应该记住王阳明，记住在明朝正德年间在平和土地上叱咤风云的这个将军和哲人。

侯山二李

历史总是会抛却和遗忘许多的人和事，过眼烟云昭示了要在纷杂的历史进程中留下些许的名和事是多么的不容易，无论这历史是恢弘大气的中华史或者精细局部的区域史。许多地方因人而名，让区域萌生了摇曳多姿的风采。侯山，就是这么一个地方。侯山，在如今平和县小溪镇西林村，平和琯溪蜜柚的原产地。明、清两朝，这个千把人口的村庄书风相袭，人才荟萃，居然出了"九举（人）七进士七十二生员（秀才）"。这在当时可谓是留下了赫赫声名了，颇有华盖云集的味道。不过，这些当官为吏的，尽管在当时威风十足，出行的时候也是有人在前面鸣锣开道，高举"肃静"、"回避"的牌子，把威严演绎得淋漓尽致，但他们留给历史的只是背影，早被人们所遗忘，偶尔有感兴趣的研究人员要查证他们的名字只能在故纸堆里艰难寻找，甚至连名字都被遗忘了，成为尘烟往事里曾经辉煌的传说，只有两个在文学艺术方面有所造诣的人被人记住了，有值得一提的冲动。

其一是李文察（约1493—1563），字廷谟，号楼云，所著名之《楼云乐典》，世称"楼云公"或"李楼云"，是明朝一位颇负盛名的音乐理论家。可惜，连《四库全书》的编辑也不知道他是何方人氏，只能留下模糊的记叙。《四库全书·总目》载，"文察里贯未详，明嘉靖官辽州同知进此书（指乐书十九卷）于朝，诏受太常寺典簿"。《福建艺文志》却有比较翔实的记载，记有"李氏乐书十九卷"事，作"平和李文察撰"，这段文字让研究人员省却了许多芳踪无处寻找的煎熬。所谓乐书十九卷，现在能够知道的有《典乐要论》三卷、《乐记补说》二卷、《律吕新书补注》一卷、《皇明青宫乐调（附图）》三卷。李文察在嘉靖四年（1525）以第一名考中贡生，先后任山西辽州同知、太常寺典簿、广东磁州牧（知州）。后调补晋州知州，嘉靖后期，年近七旬的李文察告老返乡，以"琴书自娱"，修明宗训，表率族人，闲暇时率诸子弟"习射教让"。也许李文察的为官之路并不能给人留下多少记忆，如果没有音乐上的成就，李文察也许早就湮没在生老病死的轮回之中了。李文察仕途上的荣光也有许多音乐的成分在推动，嘉靖五年（1526），李文察任山西辽州同知时。某日，因"奏进乐书乞兴政教表"，得世宗皇帝赞许，召为太常寺典簿，藏其书于秘阁，一时誉满天下。凡有祭祀大典，一定要令文察随从，一些典礼官员为世宗不欢，将获不测之罪时，只要文察在世宗面前解释一番，便可保得平安，可见他深得世宗信任。他可谓是一夜成名天下知，如果没有音乐，就不可能有如此的幸运。嘉靖二十四年（1545）李文察又"以续所撰次筦蹄与律吕二十六管"进呈御览。李文察之所以有如此的音乐成就是他面对从京师而来的许多音乐理论书籍，精心钻研，"审声候气，洞悉音律"，"益得古乐之要"。他因此先后写成《四圣图解》二卷、《乐记补说》二卷、《律吕新书补注》一卷、《兴乐要论》三卷、《古乐筦谛》九卷、《皇明青宫乐调》三卷等音乐论著，均收入《续修四库全书》。福建省图书馆今尚存有《兴乐论》一书。李文察还是一个乐器制作家，手制乐器，八音互用，音调和谐准确。他的从孙李光熙在《楼云公家传》说，公"手制乐器，八音互用，叶于神明，皆人间所未经见"。可惜，这"叶于神明"的乐器，现已失传，只能让人凭空揣测它的模样了。

李文察学识渊博，天赋极高，不仅在音乐方面有突出成就，而且其书法也极精湛，明王资尹（乐莘人）写的《读平和李廷谟刺史乐书》称：

"闽海通南极，钟英见异人。祥麟遊宇宙，云鹤驾风尘。乐律窥元定，书名逼右军。翼时徵不朽，霄汉寄经论。"认为李文察的音乐成就上窥南宋学者蔡元定，书法几近书圣王羲之。这样的赞誉对个人来说可谓是登峰造极了。李文察在音乐上的造诣已经成就了他的声名，书法的成就更是让他声名远播。

李文察致仕归田后，如果仅仅是编修"宗训"，为族人表率也就是普通退休官员的举措而已，但他还给平和人留下了一笔财富，那就是小溪枕头饼。平和小溪的枕头饼因形似长枕得名。枕头饼的发明有两种版本，一种是李文察告老还乡后，夫人得病久治不愈，只好张榜求医，有个衣裳褴褛、独眼跛脚的游方和尚带来了形似四方长枕的药饼治愈。后来声名传播皇帝知道了，钦命西山李氏将枕头饼作为贡品献上。李文察只好把药饼改制成茶点，聘请溪口著名的制饼师傅，用香柑、芝麻、花生仁做馅，面粉做皮，拌以猪油，精工制成枕头饼，贡奉给皇帝品尝，果然，此饼小巧精致，香甜酥脆，佐茶绝妙。上至天子，下至王公大臣，尝后莫不交口称赞，小溪枕头饼于是身价百倍了。这是美好的传说，无法也不必较真去分辨真伪，另外的说法则是李文察命厨师研制出来的茶点，这应该是比较可信的版本。民间，总是喜欢把某些东西赋予神奇的色彩。后来，西山李氏家道中落，他的后裔以出售枕头饼作为谋生之道，从此此饼的制法便流入民间。如今，小溪枕头饼已经成为平和的特产，当我们品尝香甜的枕头饼的时候，我们实在是应该记起李文察。明万历时，琯溪西山城立有跨路华表"太常典乐"和"三省大夫"等字，"文化大革命"初期拆毁，如今已了无痕迹了。

挽起历史的帷幔，我们可以看到侯山另一个名人，那就是明末清初之际的诗人李赞元，他比李文察慢出生 120 年。李赞元（1613—1699），字匡侯，号素园，世居平和之侯山（今小溪镇西林村），明崇祯八年（1635）进县学，清顺治四年（1647）中举人，出仕后，崇祯年间当过河北道参议之类小官。明亡仕清，也曾在河北"措置军务"。但他"为人敦厚无时宦气，其仕也以洁清自矢，于热宦中急流勇退"。晚年，李赞元洞察时弊，不愿混迹贪官污吏之间，于清康熙十四年（1675），毅然告老归田。时因福建兵乱未宁，他侨寓金陵（今南京），筑小小园名"遁园"于清凉山旁，直至去世，前后达25年。

李赞元为人处世，颇近陶渊明。"生平好客，喜与有道之士相结交，客至必剧饮纵谈，商定诗文，娓娓不倦。一日无客或客至不设杯酒，则忽忽不乐"（见熊赐履《李素园先生传》）。此间，他摒绝官场应酬，每天和当地名士饮酒赋诗，以著述为乐。赞元诗、文造诣皆深。著有《文钞集》、《出门吟》、《悔斋诗集》、《又新集》、《远游草》、《怡老篇》、《纪年稿》、《遁园草》、《悔斋集》、《集外录》等数十卷，这些著作大都是为表达自己立身处世之道而作。李赞元的诗，有咏史、怀古、纪游、酬唱、田园和杂诗等，无论古近体均有较高的造诣。李赞元的诗深受同时代人的称赞，被誉为集李白、杜甫、曾巩和王安石为一身的人，犹如王维、王浩然、高适，恬静俊逸，令人向往。明末清初，湖北黄冈人杜濬（1610—1686年），在《李匡侯出门吟序》一文中赞道："盖其于五言古诗，既争上流矣。……七言古诗，从鲍明远《行路难》诸乐府，一变而为高达夫之《峄山吟》乎？岑嘉州之《青门歌》乎？五言今体，王摩诘之精蕴、孟襄阳之自然矣。而李新乡、刘文房不能傲其七言律也。"

尽管李赞元的诗主要是在朋友之间传诵，尽管他经常往来的文友有30多个，但毕竟传播范围有限，而他又基本上就是在这些人之间流转，即使他的诗有数十卷，也注定他的诗散佚的肯定很多，如今能收到的只有数百首。可以想象，获得诸多赞誉的李赞元当年俊逸疏朗地写着自己的诗歌，如今却让后人只能凭借些许文字想象他当年的潇洒和文名。

但无论如何，身为闽南偏远山区，并且仅仅是一个村庄，能在出现不少官吏的同时，留下两个文人的身影，已经让侯山足以吸引众多关注的目光。

平和：龙艺闹元宵

　　龙艺闹元宵是平和县元宵节的保留节目，平和县的"龙艺队"在漳州算是最出名，也最为经典热门，其活动范围广泛，参与人员众多，历史久远，意义沉重，它注重的是地方民俗文化的熏陶和传播，更是现代人们丰收喜悦的表达。龙艺一般由"龙头"、"龙段"、"龙尾"三部分组成。龙头和龙尾的扎制、装饰以及舞蹈动作略同于传统"舞龙"。龙段由数十块"艺板"连接而成，每块木艺板称"节"。每节长约3米，宽约0.3米，木制。每节艺板由两位壮汉肩抬，称"扛艺"。艺板上用竹、木、纸、绢等材料扎成楼、阁、舟、车模样，并点缀花卉草虫鱼和彩灯，每块艺板上站一位5至8岁少女或少男，全部按戏曲人物打扮，称"艺旦"。现在的"龙艺队"一般还有彩灯队、彩旗队、彩车队、锣鼓队等配套，如今平和县的龙艺队在传统的装饰之后又各显神通地推陈出新，既是展现闽南独特的地方风俗传统文化，更是现代高科技文化和经济发展的展示舞台。龙艺的节数不一，有24节、36节、48节、72节多种。2007年的元宵节，平和县扎了一条118节400米长的龙艺闹元宵迎奥运，据了解，这条"龙"不仅是闽南历史上最长的——尾龙艺。也是目前全世界最长的龙艺。

　　在元宵节当天，平和县各村镇组建的龙艺队会聚县城，并按一定路程在县城的主要街道巡展，白天和晚上各巡展一次。高潮是在晚上，龙艺队所到之处，街旁的商家、居民燃放烟花鞭炮，把夜空渲染得分外美丽。观看者高达10多万人，有不少观众跟随龙艺队前行，场面十分壮观。

　　如今闹元宵的龙艺主要集中在小溪镇，小溪镇作为"中国民间文化艺术（龙艺）之乡"，是福建省唯一被命名为"中国龙艺之乡"的乡镇。每到元宵节，由侯山宫牵头组织的龙艺就巡演在平和县城的主街道上，晚上的龙艺一般在当天18：00前后上街巡演，延续到21：00左右结束。

平和彩楼：零落人间的琼楼玉宇

一种存在，能够不断地唤起记忆就不仅仅是风景，还有传承、底蕴等等的味道。结彩楼在平和县有着深远的历史，据新编《平和县志》载，平和结彩楼开始于明代，至今已有500多年的历史，清朝以来，结彩楼活动逐渐进入兴盛时期。尤其从清康熙年间至1946年，平和县当年的旧县城九峰镇、霞寨乡和小溪镇先后分别于1926年和1946年举办过结彩楼活动；新中国成立后，小溪西林、九峰城中、安厚马堂也都曾举办过结彩楼活动，让这富有独特色的综合性和多样性的大型文化艺术娱乐活动继续传承存在。结扎起来的彩楼辉煌壮观，尤其是在夜间，夜幕下彩楼金碧辉煌，就像零落人间的琼楼玉宇。

结彩楼主要建筑材料是杉木，也可以用大竹作为各层彩楼前面的龙柱、大柱。用大竹则要求纸扎艺人要有高超的本领，能用纸做出像用杉木的样式。龙柱是由当地的扎纸艺人通过一双灵巧的手，用传统的纸扎艺术扎制而成，现在还加入了许多彩灯科技，在纸的龙柱上闪烁不停。彩楼顶端用纸的麒麟踏步飞来，取意"麒麟献瑞"，吉祥无比。

结彩楼一般选择在秋收过后，本意为庆丰收、祈求平安，是一种集建筑彩塑、花灯、游艺、戏曲、书画、纸扎、雕刻和剪纸为一体的群众性大型文化艺术活动，是人们对风调雨顺、百业丰收、太平盛世和安居乐业美好生活的庆祝和追求。

民国十五年（1926），九峰镇一年就结了三座彩楼，三座彩楼由中间较高的主楼和左右两边略低的阁楼组成，中间的主楼为5层，高20米。在第二层楼前面筑有椭圆形的拜亭，宽12米。东西两边的阁楼为4层，高15米，比主楼略矮5米左右，三座彩楼并排而立，底部连成一体，整个楼的体形类似宝塔式的楼阁。结扎好的这三座技艺高超的彩楼，结构规整，错落有致，不仅气势宏伟，而且情景交融。它的体态耸构巍峨、高标、重檐翼舒、四闼霞敞。

当人们走近彩楼，可见彩楼上数十支大柱上分别镂嵌着不同体态的长龙和蛟龙栩栩如生、威风凛凛犹如腾云驾雾直升高空之势；有卧伏在山岗上的老虎，居高临下，虎视眈眈地施展着它的虎威之状。真是龙腾虎跃、生气勃然，整个工艺造型达到了以假乱真的水准。其他中小柱上和彩楼的两旁也分别装饰着由彩纸、彩塑扎成各种形态的狮子、麒麟、孔雀、鸳鸯、凤凰以及"双喜"、八卦图等吉祥的剪纸艺术。还有用彩塑和彩纸制成的各种花鸟、蝴蝶、虫鱼等飞禽走兽，其表现形式有鸳鸯双戏水，双凤朝太阳，凤凰穿牡丹，出水荷花，二龙抢珠和绣花鞋、帐眉花鸟等，想象丰富、含意隽永、形态逼真、活灵活现、造型奇特、工艺精巧、情调健康、富有生活美感。

在主楼第二层的拜亭中，供奉着当地民众最信仰和最虔诚的城隍神位，沿着彩楼拾级而上，人们可以尽情地观赏到各种高级的文化艺术品。这种活动的机会是很难得的，据《平和县志》记载："结彩楼极耗人力物力，故不易举办。如民国十五年，旧县城（九峰镇）民众在东门外接官亭结彩楼三座，竟筹备3年，耗银5万元。"可见结彩楼不是一件易举之事。

1926年至以后的20多年中，平和县其他一些乡镇也举办过这种大同小异的结彩楼活动。据史料记载："同年（1926）霞寨四乡（指霞寨、大坪、小坪、岩岭）民众集资，在文昌宫前结彩楼一座，楼高12层，同时还有演戏，游艺等活动，持续 12 昼夜。民国三十五年（1946）七月小溪镇民众集资，在中秋埔（今体育场）结彩楼两座，解放后停办。"2000 年 12 月 1 日至 6 日，在李西圃的故乡—平和县小溪镇西林村，植柚致富的村民，自筹资金 30 多万元，办庆典建彩楼，隆重纪念西圃公成功培育琯溪蜜柚 450 周年，感谢党的富民政策，进而怀念西圃公培育优良琯溪蜜柚的伟绩丰功。2005 年 10 月 13 日，平和安厚马堂张氏家庙修建落成，马堂张氏就自发结了一座彩楼以示庆祝。2006 年元宵佳节，平和县九峰镇群众又自发"结彩楼"，由当地民间艺人耗时一个月兴建，高 3 层半、13 米，底层直径 5.2 米，以此寓意社会和谐，风调雨顺，人们安居乐业，寄托对新一年的美好祝愿。

2008 年，位于琯溪蜜柚原产地西林村的侯山宫举行建宫 500 周年庆典，最受群众欢迎的是伴随庆典而举行的"结彩楼"这一巧夺天工的闽南绝艺。这次结彩楼共有八座，这八座彩楼呈宝塔形，用彩纸、彩绸、彩灯、彩塑等加以装饰的楼观在骄阳照耀下，宛如金碧辉煌的宫殿，熠熠生辉。一到夜里，彩灯闪烁，金碧辉煌，十分壮观。在这八座彩楼中，最引人注目的是一座七层高的主楼。彩楼上有数百个人物、动物、植物造型，全是纸做的，栩栩如生的纸扎造型题材多种多样，有《西游记》、《桃花姐过渡》等历史掌故和民间传说，也有琯溪蜜柚和各种动物造型以及平和历史文化底蕴展示等内容，并辅以五彩斑斓的灯光和电动旋转装置，把古代的技艺和现代技术应用起来，让各种造型能够转动，更加吸引眼球。

彩楼的历史正在继续，彩楼的文化正在不断完善，彩楼作为平和人喜闻乐见的一种民间文娱活动必将不断创新，不断发展，不断辉煌。

台湾交趾陶之父——叶王

　　在台湾，叶王可是赫赫有名，他是台湾交趾陶的开山宗师。其作品曾在世界博览会中引起艺坛的震惊，被誉为台湾绝技，后世尊为"台湾交趾陶之父"。其作品散见于嘉南一带各大庙宇，如今仅剩台南学甲"慈济宫"、佳里"震兴宫"及嘉义"城隍庙"等地保留较完整；其作品取材广泛，从人物、花鸟、景物，造型丰富、沉逸古拙，尤以人物栩栩如生，用色沉敛稳健，并独创胭脂红、翠绿颜色的釉料，后世更有"叶王交趾烧"之封誉，被称为台湾的交趾陶之父。

　　本名叶狮、字麟趾的叶王，清道光六年出生于嘉义县民雄乡、清光绪十三年死于嘉义市羊稠巷，享年62岁。叶王的父亲叶清岳原籍福建漳州府平和县，在清嘉庆十年来台湾嘉义定居，以制陶为业。叶王从小耳濡目染，小时候在乡野放牛，有一位广东建庙师傅经过那里，看见叶王独自在捏土塑人，生动传人，伶俐可爱，经过父母同意，收叶王为徒弟，带往台南，将交趾陶之蕴奥，籍烧制两广会馆所需陶器之便，悉数传授叶王，叶王与广东陶师学习塑造、施釉技术，认真努力进步非常快，加上对釉药的灵活运用，让叶王交趾陶作品属于台湾的风土特色，有别于广东交趾陶，遂成为嘉义交趾陶的开基者。

　　交趾陶在中国源远流长的历史中，它的发明可以上溯到汉代的"汉绿釉"，是我国汉代陶艺的重大成就，经历唐代唐三彩到宋代五彩传至清代的斗彩，演变到今天的多彩陶．其名称源于清朝道光年间，因发源于广东五岭以南（古名"交趾"），故名曰"交趾陶"，此一民俗工艺200多年前随着著先民拓垦，落脚台湾发展，台湾民间简称为"交趾"、"交趾尪仔"、"交趾仔"，一般庙宇中有許多交趾陶塑造人物，而"尪仔"在闽南语正是"人物"的意思。

交趾陶是一种低温多彩釉，是融合了软陶与广窑的一种陶艺，交趾陶的制作全凭巧夺天工的陶匠用双手及竹篾将陶土片片贴合、修饰，再以多彩釉细工着色使其绚丽，再经过多次烧制而成，集雕塑、色彩、烧陶之美于一身。其特点在于晶亮艳丽的宝石彩釉，呈现多元丰富的民俗风格，且包含了捏塑、绘画、烧陶等技艺及宗教文化的民俗工艺，堪称中华民间艺术之国宝。交趾陶清时随移民传入台湾。台湾的交趾陶主要作为庙宇或传统建筑中的装饰，多饰于庙宇建筑的屋顶、墙壁上的水车堵、身堵、墀头，而题材多半以教化人心的忠孝节义及吉祥献瑞等为主，其人物的身段、服饰则深受地方戏曲及歌仔戏的影响，不论人物或鸟兽、花卉的造型、用色，皆十分鲜艳生动而活泼。

粽香在舌尖舞蹈

第五辑
行走的风景

粽香在舌尖舞蹈

圣地三平

"师因山出道，山因师而名"，走进千年古刹三平寺，不用钟鼓齐鸣，只要站立在那儿，看香烟缭绕，一种别样的肃穆油然而生，庄严的景仰自然地流淌，圣地三平的感觉汹涌而来。卓锡于此，后又圆寂于此的唐代高僧广济大师，也就是三平祖师公让这座山因此成为信徒心目中的闽南佛教圣地，每年数十万人之多的海内外香客把三平的声名传递到许多地方。

遥想当年，祖师爷在毁寺汰僧的大气候下四处奔逃的时候，那时候的他只想天下之大能有他和同道的容身之处，于是他带着弟子直奔茂林修竹，悬泉飞瀑、群山环抱，清溪回映的三平而来，不过，那时候他首先考虑的不是风景，而是安全。所有的逸致都只有在闲情的基础上才存在可能，可当时他不要说闲情，甚至可以说惶惶不可终日，而"登者必历三险三平，乃至岩顶"、"岩谷深邃，结曲奇危"的三平自然也就成为理想的栖息之地。当然，看到流淌的河水上有樟花的时候，他明白有樟花的地方肯定是个好地方，因此直奔上游而去，可谓安全与优美的结合，可以说几近完美了。在建寺过程中，留下了许多优美的传说，自然，每个神奇的地方都有故事，否则也就没有神奇了。圣地三平的传说同样精彩，让光环逐渐聚拢，从此有了三平，祖师爷的赫赫威名也为万人传诵。

三平寺院建在大柏山两峰对峙一处昂起的蛇头上，叫做"下水蛇"，溪的下游处有一"上水龟"，龟蛇相对，颇具特色。三平寺在建筑上保持了原来的建筑风格，与一般寺庙的格局不同的是天王殿只建半殿，所以说只建"三殿半"，殿宇倚山而建，座北朝南，前低后高，群山环抱。那是"山鬼"（前人对土著的蔑称）与大师几番斗法都输了，心悦诚服地愿意为禅师架院建寺，恳求禅师慈悲为怀，闭目7日，让他们便于做工。义中禅师应允后，只闭目5天，因听见众"山鬼"凿石牵材，喊声甚苦，于心不忍，遂睁开双眼，神光照耀，众"山鬼"惊惶走散，故来不及建完天王殿了。其实当年义中禅师年届花甲，他带领一批僧尼，徒步循溪涧进入蛮荒之地，以坚持佛法禅宗。他们和这里的土著和睦相处，传授桑麻耕织技术，给他们治病，并将自己强身拿手的"太祖拳"和"少祖拳"毫无保留地传授给当地山民，借以健身防病，博得居家百姓的欢迎和赞赏，赢得了敬重。当朝廷恢复佛教的时候，他也被敕封为"广济大师"。及至广济大师圆寂后，门人弟子在三平寺后进修了祖殿，单檐、面宽三间，殿里塑广济大师全身，春秋祭祀，又奉大师遗骨及舍利子置于大瓮中，藏在山顶塔殿的石龛下。所以三平寺又是广济大师的庐冢。由于他一生为居家百姓做了许许多多的好事，后人尊称他为"三平祖师公"，把他当做慈善的神来敬奉。

创建距今1100多年的三平寺，历尽沧桑，屡毁屡建，每一次的毁和建都是历史沧桑的片段，留存有岁月的倒影。今天的三平寺，是清代重建的，在不断修葺的过程中，千年古寺自有别样的风韵。寺外原有的八大胜景，仙人亭、侍郎亭已废，毫无踪迹可寻了，只是成为文字的记载和熟悉三平的人口中的故事了。龟蛇峰、虎跑泉、和尚潭、毛氏洞、虎林、龙瑞瀑布等却依然散发无穷的魅力，吸引游客流连的脚步。三平广场和广场中汉白玉三平祖师公塑像是新的风景，吸纳游客景仰的目光和赞叹。历史也许就是如此地不断舍弃和增加，而无论如何，历史都不曾停留前行的脚步。

而无论寺庙如何地毁建或者修葺，只因为有三平祖师公，注定每个环节都是关注的焦点，注定三平永远是心中的圣地，大师已经成为某个区域的灵魂，左右着这个区域的走向和历史的轨迹。因为祖师公，三平注定是目光汇集的地方，永远无法走出视线之外。

水味灵通

灵通山以险、奇、峻、秀扬名天下，素有小黄山的美誉。灵通大佛、大帽峰、朝天寺以及"珠帘化雨"等灵通七峰十寺十八景，气势磅薄，变幻万千，给人以万种遐思。但是我最钟情的还是灵通山的水。灵通山的水是灵通的灵魂，让剽悍的灵通多了妩媚和温柔，灵性飘附，灵通山就有了无穷的魅力。

灵通的水有不少韵味。珠帘化雨之所以成为灵通一景是因为它的飘逸，丝丝缕缕的雨帘给灵通多了一道欲说还休的屏障，剽悍的灵通也就有了娇羞和朦胧。有阳光的日子，可以清晰地看到晶莹的雨滴串成雨帘，连贯但又有空隙，风吹过，仿佛整张帘子飘扬在山的腹部。

雾起的时候，从远处看，整座灵通山就被雾笼罩住了，宛如有谁拿了一张超大的铺盖遮天蔽地地把灵通山盖起来，感觉只有白茫茫的一片，灵通山只是其中的一处凸起。站在灵通山上，俯视可以看到雾气迅速地从山谷升起，翻腾挪移，很快就把原来清晰的树木石径蚕食了，留下的就是混沌模糊。仰望云雾也是快速地扩大地盘，让山峰犹抱琵琶地羞答无语。近处的云雾倒是可以比较清晰地看出那条条缕缕来，只是以很轻快的节奏整体推移，身处其中可以感受到水气拂脸的轻柔惬意，麻麻的，酥酥的。灵通山的云雾来得快，去得也快，往往是半个小时之后，云雾散了，灵通山又处于阳光灿烂之下。

有小雨的时候，灵通山可就是另外一种味道了，整座山就是个水灵灵的妹子，连眼角都是水汪汪的柔情，山没有了汉子的感觉，倒是柔情满怀，完全漾出秀的模样。细微的水在树叶上慢慢聚拢，形成一个水珠停留在叶尖上，树叶不堪重负般下垂，水珠顽强地站立叶尖坚持，忽地啪的一声落到草丛上，散了。雨稍大的时候，树林间就多了很有韵味的声音，滴答作响或者沙沙有声，灵通山多了女孩子般的悄悄话流淌。山涧里的水很清澈，登山累了，随意掬水入口，都能感觉到那份甘甜在肺腑之间游走。

大雨之后，灵通山可就是凸显清爽了。即使树叶上的尘土也被荡涤干净，显得格外青翠。山涧里的水哗然作响，不甘寂寞一般，再也不是舒缓柔情的夜曲，以另外一种姿势出现在世人面前，颇有点儿女战士不爱红装爱武装的飒爽英姿。

水让灵通山有了韵味，有了灵气。因为水，灵通山不再仅仅是巍峨高耸，很多时候也是千娇百媚地风情万种。

水让灵通灵动而富有魅力。

远望灵通

灵通山的无穷魅力在于远近皆宜。无论你身临其境或者远望灵通，总能把灵通山读出抑扬顿挫的不同篇章。而对于灵通大佛而言，距离绝对是一道风景。

在灵通山诸峰当中，小帽峰是很吸引眼球的，就因为灵通大佛。远眺灵通大佛，最佳的角度是从南面看小帽峰，所谓的"横看成岭侧成峰，远近高低各不同"道出了许多欣赏风景的真谛，可谓共同的准则了，颇有点儿"放之四海而皆准的"味道，不得不叹服古人的睿智。观赏灵通大佛也不能身处小帽峰，否则可能徒增"不识庐山真面目，只缘身在此山中"之类的感慨。再说了，美女能够赏心悦目，不仅仅因为"可远观而不可亵玩焉"的道德信条，相信保持一定距离也是审美需要，想想如果凑近了，美女脸上的雀斑或者青春痘都一览无余，那么美的感觉肯定打折扣甚至荡然无存了，说不定就此出现审美疲劳。欣赏灵通大佛，保持在一定的距离之外，就是聪明的选择了，所谓的朦胧美或者形似神似什么的都是深谙其中韵味的智者行为，否则，也许就是不再令人心潮澎湃的佛，而只是几块没有规则的石头的叠加而已。

灵通大佛其实就是灵通山的小帽峰，从山上至山麓数百米高的整座山峰，酷似一尊佛祖头像。在前往灵通山的盘山公路半山腰，有处观赏灵通大佛的最佳地点，在那儿，感受灵通山云雾缭绕，呼吸清新空气的时候，抬头远眺，世界最大天然景观大佛灵通大佛就哲人般横卧在那儿，额、眼、鼻、嘴、下巴、面颊俱全，可以很清楚地看到每个部位都恰到好处、线条清晰，比例准确，栩栩如生，造型完美。融天地造化之其妙，无丝毫人工斧凿痕迹，让你不得不感慨大自然鬼斧神工的神奇。

大佛仰视远方，妙相庄严，好像对白云苍狗的日子恬淡平和，不再喋喋不休地谈及苦难。从亿年前的白垩纪走到如今，当年的火山喷发造就了大佛，大佛已经阅尽岁月的沧桑，任何的苦难都云淡风轻，都会随风而去，如果大佛有生命，相信在大佛的记忆里，苦难并没有比云雾更有分量。

有阳光的日子，大佛很清晰地把自己展现在游客的面前，定力颇深地让众人的目光洗礼，接受游客或景仰或赞叹语言的抚慰。也许在世人的心目中，人生总有许多事情不容易想清楚或者如小葱豆腐般来个一青二白，总是是非对错互相交错纠缠在一起，所以生命才有那么多的困惑，日子也才有了阴霾和豁然开朗。而大佛却独自把红尘恩怨撇在一旁，气定心田地闪烁着禅的意韵。在云雾升腾或者雨天的时候，灵通大佛以另外一种风情出现，刚毅的外形有了许多娇媚，风姿绰约地增添了许多韵味。阴天的时候，也许天气的因素，灵通大佛也如剑客一般冷峻无语，让人对灵通山有了某种敬畏。

无论以何种风情出现，灵通大佛总是在一定的距离之外成为独特的风景，诉说着灵通山的语言，承载太多的传说和故事，成为灵通山的名片。

筋骨灵通

石是灵通山的筋骨。

在灵通山，放眼过去，石头以张扬的姿势存在。亿万年前白垩纪火山的熔岩已经没有流淌的烫人的热度，站立在那直刺苍穹。茅草或者树木是灵通山的外衣，掩饰了部分石头冷峻的外表，更多的是裸露的，没有任何掩饰地出现，展现健美肌肤和傲然筋骨的健美健儿一般，棱角分明。没有刀削斧凿的痕迹，像在哪个不经意间突然天外来物哗啦啦降落在眼前，突兀而又逼人地出现，让人明白了什么叫壁立千仞。

许多石头静默地站立，形成了灵通山的语言，冷峻而有硬度。石径那已经是浸透了人间烟火，给人白云深处有人家的感慨，行走之后有终点的抵达。灵通大佛的存在，昭示了大自然鬼斧神工的魅力，在不同角度，或者佛像尊严，或者慈眉善眼，横看成岭侧成峰的韵味如石缝间的清泉自然流淌。灵通大佛其实就是灵通山的小帽峰，从山上至山麓数百米高的整座山峰，酷似一尊佛祖头像。额、眼、鼻、嘴、下巴、面颊俱全，可以很清楚地看到每个部位都恰到好处、线条清晰，比例准确，栩栩如生，造形完美。灵通大佛赢得许多赞美之辞。站在青云宾馆楼顶，有块老妇倚杖眺望亲人的石头，老妇那因没有牙齿瘦瘪的嘴巴，久盼焦灼愁苦的神情，让人觉得就是在哪个村口树下看到一个老妇正等待丈夫或者儿女回家的情景，留下同情的感慨。

在半山腰，因为悬空的石头，景区稍加修整，凭借石壁的走势修成了宾馆。在这里走路，是不能昂首阔步的，地面上很可能突然凸出一道石棱，或者房顶突兀地下降。躺在床上，有石壁突然压顶的错觉，却也可以感受石壁恍然靠近肌肤的冷峻，夜半时分，有跟灵通山对话的曼妙。更多的石头是默默经历岁月的白云苍狗，随便看过去，几块石头蹲立在那儿都是自成风景。山涧之中，大小不一的石头造就了梦幻一般的变化，清泉流出，就有不同的韵律在灵通山之间回响。

在灵通山的背面，延续灵通山语言的是那个叫石寨的村庄，因为石头而成村寨，不是土山，石是村庄的主色调，大小各异的石头构成了村庄的语言，有跟灵通山同种地方方言的亲切。

石成了灵通山脉络分明的筋骨，因为筋骨的存在，灵通山就有了硬汉的风范，就傲然挺立在那经历岁月风雨。

雾漫灵通

雾让硬汉的灵通山充盈柔情。

灵通山的雾变幻莫测。往往是灵通山还清晰如画，可转眼之间，雾从山谷里升腾起来，开始是丝丝缕缕，后来就是成团成团的了，迅速地翻滚漂移，好像哪个武艺高强的武侠豪客刷的一声甩开了一件浩大无比的披风，把灵通山遮得"不识真面目"。

在灵通山之外，可以看到雾气笼罩下的淡淡的轮廓。站在山中，却是可以看到雾气从身边快速地移动，几米之外就是白茫茫的了，留下的是雾气侵蚀之后的潮湿，头发、衣服都很快湿了，真的是"一头雾水"了。在雾气中，受阻的不仅仅是视线，还有声音。感觉呼叫的声音有什么东西"隔"了一下似的，没有了平时的欢畅淋漓。

还没等游客气定心田，雾又很快淡了下去，山景出现了朦朦胧胧的景致，逐渐清晰下来，宛如哪个国画大师在纸上大写意泼墨，淹没了宣纸，然后用笔迅捷勾勒，模样便慢慢清晰。山是山，水是水了。雾气淡了，也升高了，也像山尖之上有人慢慢地把覆盖山体的什么遮盖物揭起，山腰上什么痕迹也没有留下，显得特别的鲜亮，光线明暗过渡有特别清晰的层次感，整个灵通山像巨幅山水画张挂在天际一般。

山顶的云雾还没完全远去，山谷的雾又升了起来了。不少时候，游客在山腰上看风景，头顶上是逐渐远去的云雾，脚底是雾气升腾翻滚，人就进入脚踏祥云的境界，颇有神仙的滋味了。看着山脚之下的世界第一大土楼庄上土楼和纵横交错的阡陌，可就有了俯视众生的韵味了，瞬间有远离红尘的清静感。

晚上住宿在灵通山，雾气弥漫在宾馆的四周，近距离地和游客接触。伸出手去，雾有了质感，触摸松握皆随手可得。脸上或者手上的皮肤可以感受到雾气刷刷漂移而过的流动感，皮肤上有凉飕飕的感觉，还有某种压迫的分量，手很快湿了。张开嘴巴，雾气就顺喉咙而下，清新的感觉直抵丹田。

睡着了，尽管紧闭门窗，雾气还是从各种缝隙钻了进来，因为行进路线和空间的逼仄，雾气没有办法长驱直入，感觉就是成片，成条、成丝、成缕地进来，在房间里缠绵，呼吸也就有了灵通山的韵味，梦也许就充盈着似水的柔情。

有了雾的灵通山，即使是冷峻的山体，也是更有男子汉风格的刚强，而不是不识人间烟火不解风情的硬邦邦冷漠，灵通山也就有了"怜子如何不丈夫"的人性温情。

平和土楼

平和的土楼散落在村野之间。或者在山凹之间，或者在村落的制高点，有封闭型的，还有准封闭的和半封闭型的，封闭型的有圆形、椭圆形、方形、长方形等等。土楼有大有小，从房间来看多至百来间，少的仅五六间。

安稳与封闭同在，沧桑和厚重并存。每座土楼都有一段传奇，都有一段故事，承载着岁月的烟云。或者是大户人家为了守住家业，或者是苦尽甘来过上期待已久的富裕生活，于是大兴土木兴建土楼，城墙大部分是用加上糯米和红糖的三合土夯筑而成，有的还加上竹片，类似于今天的钢筋了。城墙都有一定宽度，有的甚至可以在城墙上绕圈摆上一张方桌四把椅子喝酒品茗，不少楼门厚达数寸，楼内防水、防火设施健全，楼门一关就是独立世界，把动荡抵御于厚厚的城墙之外。穿过漫漫重关，我们既可以看到土楼先民富足的面容，还可以看到他们窥探着城外的动荡烟云惊恐担忧的神情。

每座土楼都隐约飘动着地理先生的身影，他们或飘然欲仙地选定宝地，或者是穷困潦倒得到援助之后的知恩报德的诚惶诚恐。土楼就在他们的走动之后圈定了范围，完成选址。在他们的指定之下，土楼开始兴建，或者数年，或者长达数十年，土楼完工了。山野之间多了一座土楼，多了一群聚族而居的先民。

　　始建年代不迟于明中叶的平和土楼目前还有 476 座，其余的已经消失在历史的深处，或者成为飞尘，落定在历史的拐弯处。在现有的土楼之中，建于明万历十一年（1583）的小溪镇新桥村的延安楼为平和迄今已发现的最早的土楼，正方形的三层楼，只有 18 间房间，边长 40 米墙厚 1. 5 米的延安楼无论从精美程度还是规模，在平和土楼里都不算什么，唯有时间，因为是第一座，延安楼注定在平和土楼序列中独立鳌头。最精美的当属绳武楼，这座在平和偏远乡镇的土楼以其 600 多处各式各样的雕刻赢得关注的目光和赞誉之辞。最大的土楼在平和可是数易其主，楼外径长 77.6 米的芦溪镇芦丰村的丰厥楼曾享有"世界之最"的美誉，丰厥楼的"世界之最"纪录很快被打破了，有人发现霞寨镇西安村的西爽楼长度竟达 96.8 米，丰阙楼只好屈居第二，最大的桂冠同样没有停留在西爽楼，内围直径达 220 多米的大溪镇庄上土楼因为大获得了庄上城的称呼，被学术界广泛认可，被认定为国家级重点文物保护单位。最大桂冠的更迭，不仅仅是各领风骚三五年，更为重要的是历史的不断发现。楼中楼结构、地处黄井村的整座都是青砖砌成的土楼、崎岭乡下石村四层的土楼都是平和土楼延伸的特色让人关注的目光久久停留。更多的土楼是在自己的地盘上传承故事。

　　土楼曾经是热闹的，如今的土楼却是冷清的了。许多土楼已经不再有尘世的烟火，只是静默地在那里成为故事的主角，而讲故事的人已经在土楼之外。

　　平和土楼在曾经的风光之后，有的土楼已经破损了，或者部分坍塌，或者即将坍塌，它们已经逐步退出生活，也许若干年之后，它们也将退出目光之中的故事成为记忆，被越来越少的人提及。留存的土楼弥足珍贵，不再是生活的场所，而是需要保护的研究对象。任何事物，提升到保护的层面，离消亡也就不太遥远了。

十里窑烟平和瓷

如果不是"克拉克"号这艘葡萄牙商船，也许平和窑青花瓷留给我们的是另外一种背影。但历史没有如果，历史只承认存在。远在明朝万历三十年（1602年），荷兰东印度公司截获了一艘商船，这也许仅仅是商业竞争的行为，历史的真相已经被埋在厚厚的尘埃后面。无论如何，这样的截获很容易被淹没在历史的长河里，不会泛起多少的涟漪。但因为船上那近10万件的青花瓷器，这艘意思为"葡萄牙战船"的商船"克拉克号"被烙上历史的印痕，在时光的河流中沉浮。偶然之间，"克拉克"号让我们窥探了某种真实，其实能够留下身影的历史片段很多纯粹就是偶然。

行走在南胜、五寨的平和窑古窑址，窸窣的声音是数百年前的平和瓷碎片在今人的步履之下发出存在的信息，间或出现的半堵窑墙，紫褐色是烈火焚烧的结局，窑墙上那瘤状突起被称为窑汗，透露出当年高温炙烤的信息。有一段时间，已经湮没在荒草之中的平和窑和岂止是千里之外的阿姆斯特丹可以说是风马牛不相及。当年寻找不到产地的青花瓷在随意的无奈之下被称之为克拉克瓷，在岁月中逐渐它声名远播的历程。1603年的拍卖让克拉克瓷一鸣惊人，直到上个世纪那场"晚到了400年的中国瓷器来了"的大型拍卖会，阿姆斯特丹成为克拉克瓷的福地，平和窑在这里晃亮了西方人的眼睛，以它温润骄人的青花身影。

曾经相当长的岁月，平和瓷在平和窑寂寞地躺着，而在外声名鹊起的青花瓷因为无法对接来自平和的家乡生命密码不得不流落他乡，以汕头器"、"吴须手"、"吴须赤绘"、"交趾香合"等等名字漂泊江湖。宛如流落他乡的流浪艺人，在不同的区域总是留下不同的容颜，耳边突然回响起"你可知MACAU不是我真姓"的歌声，歌声之后的辛酸和无奈随附在平和瓷回荡在不同的角落。流浪注定是要回家的，平和瓷的回家之路尽管艰辛漫长，但没有中断过。学术界的努力，考古工作者的劳动，平和人对沉睡山野之间窑址的发现，平和瓷生命密码的对接尽管错乱或者艰辛，但上个世纪90年代，流浪江湖400年的克拉克瓷终于找到了自己的出生地——福建平和。也许对大多数人来说这仅仅是考古的一个发现，没有太多实质性的触动，只有同业中人，才理解日本考古界专家跪倒在平和窑窑口的痛哭流涕。

依山临水的100多座窑口不仅仅是数字的概念，也不仅仅是阶梯式夯筑的风景。因为松脂量足而劈啪作响的青松枝在炉膛里挥霍自己，火力正旺的平和十里窑场升腾起的十里窑烟从历史的深处腾空而起，在平和的上空飘荡弥漫。窑烟、瓷器、忙碌的窑工，挥洒的汗水，变幻的画面钩沉起平和窑当年的繁荣身影，给人留下许多遐想的空间。再遥想当年的十里窑烟，我们没有办法不把目光定格在王阳明，这位明朝的都察院佥都御史王阳明，当年的他奉旨平乱。平定寇乱后，颐指气使的他行走在崇山峻岭之中，回望的目光有了若隐若现的忧虑，正德十三年（1518）三月，平和县置县，"寇平而民和"的寓意是王阳明的良好愿望，跟平和窑相关的是，王阳明为了"久安长治"，在军队中挑选了一些兵丁留在平和，没有跟随他远上平叛的征途，这些充役于县治衙门等的兵卒，还有首任县令是江西人，以及自明正德十三年到崇祯六年（1633），共有13位县令是江西人，这些让江西景德镇烧瓷工艺传入平和成为水到渠成，如今平和旧县城的九峰镇，依然留存的"江西墓"昭映历史的那一段。平和瓷也就在历史文献的字里行间闪烁它的娇容："瓷器精者出南胜官寮、粗者赤草埔山隔"（明嘉靖《平和县志》）。"瓷器出南胜者，殊胜它邑，不胜工巧，然犹可玩也。"（万历元年《漳州府志》卷二十七）。

当年的十里窑烟，从平和旧县城到南胜五寨的袅袅升空，也许跟地域有关。在交通基本靠水运的年代，从南胜出发的船只可以沿花山溪顺流而下直达月港。回望明朝，月港取代了泉州港，成为"闽南一大都会"，在朝廷对海上贸易严格控制的背景下，原来偏安一隅的月港被朝廷的目光忽略，超越福州港，甚至广东港，早就了"市镇繁华甲一方，古称月港小苏杭"。仅仅是交通便捷是不够的，平和窑的异军突起不能不牵扯到景德镇。明万历（1573—1620）年间出现的原料危机，让景德镇的官窑曾两度停烧，民窑也因横征暴敛，一再受阻乃至被扼杀，矛盾的冲突，窑工的抗争，还有朝代更迭的动荡，景德镇的窑烟几近停歇，而当时外销市场的强劲需求，这给了平和窑千载难逢的机会。历史总是这样，危机可以是生机，一些人的绝望却是另外一些人的希望，平和窑的窑烟升腾得更有生机和活力。

如果没有清政府的"海禁"，也许月港依然繁华，也许平和窑的十里窑烟依然是今天的风景。但"海禁"实行了，朝廷的稳固肯定是清朝统治者的首选，何况当年他们的目光也许根本就没有在平和的十里窑烟停留过。一条政策足以改变许多，月港衰落了，平和窑的十里窑烟也熄灭了，就像一首歌曲，突然戛然而止，成为逐渐消失的背影，在历史的巷道中渐行渐远。

平和瓷峰回路转是"克拉克"号，它复活了一种传说，在平和窑青花瓷靓丽的身影回旋在不同场合的时候，南澳一号让这种传说更为厚重、充实。上万件瓷器是何等的冲击力，平和窑青花瓷缕缕从专家学者、播音员的口中出现，冲击我们的耳膜。无论是电视画面，或者在平和观看实物，平和窑青花瓷那温润的质感，典雅的色调不仅仅是古、雅、趣的感觉，更是心灵平静，心境平和的催化剂，总能在面对的时候意境悠远。而曾经的十里窑烟，只能是故事传说一般，回旋在记忆里。

柚香奇兰

　　琯溪蜜柚在明朝的时候叫平和抛，清代学者施鸿葆《闽杂记》一书说"品闽中诸果，荔枝为美人，福橘为名士，若平和抛则侠客也。"颇给人浩然正气的感觉，只是这侠客也有落寞的时候，如果不是那场大雨之后侯山第八世祖西圃公的偶然发现，也许这谓之侠客的名果就消失在历史的深处，宛如行走江湖的侠客哪天从江湖消失，不知道其踪迹，只留下满纸张的向往和那一声叹息。

　　但命运时常在绝境拐弯，也才有柳暗花明又一村的千年感慨。出生于明嘉靖7年（1528年）的西圃公在那场大雨引发的山洪爆发，果园全部被洪水冲毁之后，伤感地行走在满目苍痍的果园，黯然神伤的他看到果园唯独留下一株柚树，他马上把树扶起来，并用土把它培好。也许他的动作缘于对种植果树的热爱或者对自家果树敝帚自珍式的爱怜，并没有赋予多少神圣的感觉，但就是他的这一"举手之劳"，挽救了一种水果的存在，也让后人从书卷的字里行间看到当年他在风雨之后的行走。秋天的时候，这树上只剩下的几个果实果大如斗果皮金黄，西圃公将这柚子剥开试吃，发现里面没籽，果实金黄，果肉透亮如玉，吃起来像蜜一样甜，所以叫蜜柚，后来，西圃公发现树枝培土的地方长出新根，来不及感慨，他把蜜柚分植培育，终于让名果留存。因为旁边的那条名叫琯溪的溪流，琯溪蜜柚也就成为名果的名字流传岁月风雨。

　　偶然的机会乾隆皇帝吃到琯溪蜜柚，龙心大悦，就降旨侯山李氏每年要进贡百粒蜜柚到朝廷。到了同治皇帝又赐"西圃信记"印章一枚及青龙旗一面作为商标和禁令。琯溪蜜柚也就有了盛大的光荣。一种名果的命运总是在岁月中沉浮，琯溪蜜柚从那个溪流边的果园蓬勃生长，生长在平和的田间地头，成为全县共同的梦想和希望，让日子丰硕充盈。

白芽奇兰茶则以另外一种姿态深入生活，唇齿留香的日子让人沉醉在久远的传说之中，文化许多时候不是点缀，而是经历风雨汰洗的支撑。没有文化，许多辉煌将瘦弱成不堪风雨的存在，最后如灰尘般在微风中了无痕迹。和琯溪蜜柚几近相同的发展轨迹，白芽奇兰茶在许多茶杯中曼妙的舞姿让人惬意地吮吸独特的奇兰香味，琯溪蜜柚是豪情冲天的侠客，白芽奇兰茶则是千娇百媚的美女了，就在举杯之间，白芽奇兰茶的万种风情陶醉了几多喜欢品茗人。但没有谁料到，有一天它们会互相交融，彼此拥有。把柚花融入白芽奇兰茶生产的流程之中，绝对无法水过无痕了。白芽奇兰茶在柚香类似霸道的侵入中留下了独特的味道，白芽奇兰和柚花两种不尽相同的清香不仅仅造就一种新的产品，尤为重要的是两种品牌的强强联合。它们走到一起是一种幸运，幸运的是它们，还有它们存在之外的人类。

没有谁能够说这是简单的 1 + 1，很多时候这无关数字的简单叠加，而是创意。因为创意，有了前无古人的发明，而不是仅仅意外惊喜的发现。

第五辑　行走的风景

浮　坪

浮坪是个让我记忆深刻的字眼，因为我出生在那里，那是我生命的摇篮，也是我梦想起航的地方。所谓山路为岭，山间局部平地为"坪"，而我的家乡崎岭乡给人的感觉是"岭"又是崎岖的，也就有了"崎岭无平路"的说法。至于我的村庄浮坪村则是那崎岖山岭中的另外一种韵味，在夹击而出的山麓之间狭长的平地散乱地堆置着一些房舍人家，即使是局部平地，也是依着山势而上，一个"浮"字让村庄动感十足。在感慨先人命名贴切的同时也感受着那份一波三折，韵味好像山路，蜿蜒曲折而又充满神秘感。

浮坪给了我最初的欢乐，许多过往的日子留下童年的美好和无法走出视线的牵挂，故乡总是温馨和愉悦自己的记忆。浮坪在海拔数百米的石翁山脚下，在幼小的时候，石翁山就属于巍峨高耸了，总想有朝一日能够站立山峰。10岁那年，跟随哥哥姐姐去山上找寻石竹笋，大多是手指头大小的野生石竹笋炖咸菜可是下饭的好菜，那时候找寻石竹笋无关风雅和对野生环保无污染感兴趣，只是对物质匮乏的补充，尽管对于童年的我们这也是充满了欢乐，但无法改变背后的艰辛。就在那年，我登上了石翁山山顶那块30多平方米的大石头，眼光所极之处远处的山峰、公路、村庄都让我们一惊一乍地感慨，颇有开眼了的惊叹。半山腰的旭山岩同样令我着迷，几间小房子站在那让半山充满人间烟火，沿30多米的石径而上，有棵百年桂花树时常绽放清香，一座很小的庙宇在突出的岩石下有点儿憋屈地建成，屋顶就是那大岩石了，只可容三个人并排站立，香火倒还可以，常有学子到此上香，庙后简单的石洞也时常有了欢笑和惊呼。在远离村落的地方，解放前这里曾是土匪的据点，从我自然村寨仔和屋后山岭寨尾的名称可以想象得出当年盘踞山上土匪的活动路线。

在老人舒缓的述说中，浮坪曾经是个树木成林的地方，父亲说50年代的时候整个村庄还笼罩在树林之下，屋后就有许多合抱粗的松树。爷爷更是无限怀念地说起我们家族的祖先下葬时，老虎到屋后树林中听丧事鼓乐发出的长啸，可如今除了琯溪蜜柚之外，很少有其他树木了，山上最大的野生动物恐怕就是野猪了。大多的树林成了50年代末大炼钢铁的灰烬了，记忆中最后一块树林在上世纪80年代初被哄砍一空，长时间的落叶堆积让那土地黝黑肥沃，琯溪蜜柚在那土地上旺盛生长。

在浮坪村，触目可及的就是琯溪蜜柚那充满希望的树冠。相信在浮坪人的心中，没有哪种绿如此赏心悦目，柚中之王的称呼不仅仅是种自豪感，更多的日子的甘甜。浮坪属于种植琯溪蜜柚比较早的村落，尽管规模是阶梯发展的，但现在每年仅琯溪蜜柚收成数万元家庭已经不是少数，甚至上10万元的家庭也逐渐增加了。浮坪人的眉梢也就常挂着欢笑。

走在铺设了水泥路面的村道，故乡的记忆毛细血管一样纷纭繁杂，温馨慰贴着每寸皮肤，愉悦着细微的末梢神经。

茗香名人

茶与文人墨客紧密相连。

最早闻到茶香的应该是神农氏，称"茶圣"的陆羽在《茶经》中说："茶之为饮，发乎神农氏，闻于鲁周公。"而西晋左思的《娇女》诗也许是中国最早的茶诗了，"心为茶荈剧。吹嘘对鼎"。写的左思的两位娇女，因急着要品香茗，就用嘴对着烧水的"鼎"吹气。从唐代开始，则涌现了大批以茶为题材的诗篇，白居易第一个把茶酒结合得淋漓尽致，白居易、李白、元稹、杜牧、颜真卿等文人墨客的身影在茶香中晃动，品茗之后的诗歌造就了盛唐时期茶诗的繁荣，在历史的隧道中沉浮吟诵。

平和的白芽奇兰茶飘香在历史的进程之中。清乾隆年间，崎岭乡彭溪村水井边那株茶树走进记忆也许是个偶然，茶人在采制茶叶的过程中，发现这株茶树的茶叶背部白毫显，做出来的茶叶有奇兰香味，在惊喜之余把其命名为白芽奇兰茶，从此才有了飘逸动人的称呼。也许这仅仅是个点缀风情的名称，但在白芽奇兰茶兴衰的波峰浪谷，平和茶却与几个名人有关，在这几个文人捧杯品茗的优雅之中，平和茶增添了不少斯文气息。

从历史深处追寻他们远去的背影，首先要提到的是王阳明，明代最伟大的哲学家。但是王阳明跟平和县之所以无法割舍，跟他的哲学无关，而是他的军事行为催生了平和县。如果没有明正德间（1506—1520），詹师富、温火烧等聚众反明的事情发生，也许王阳明就跟闽南无关，也许中国县区的名称就不会有平和县。但是历史总是有太多的不可预见。当王阳明奉命踏上了猎猎征途，镇压了詹师富等，站在后来成为平和县的地盘上，他考虑的是如何巩固自己平定叛乱的成果，考虑的是长治久安。这时候，平和茶犹如隐藏在深闺的妙女走上前台。王阳明在某个夜晚来到了耆民曾敦立的家里，他知道无论如何，许多良策来自民间，来自对情况熟悉的当地人。在寒夜客来茶当酒的时候，白芽奇兰茶的芳香足以让这场谈话温馨润滑。面对王阳明的垂询，曾敦立体现了他的睿智，笑而不答，只是斟上满满的一杯茶，请王阳明趁热喝茶。王阳明看着满满的一杯热茶犯难了，这怎么喝啊，不好端不说，一不小心就溢出去了。看到王阳明的犹豫和为难，曾敦立拿出一个空杯子，把茶一倒为二，递给王阳明。王阳明马上明白了，起身作揖感谢曾敦立，他们就像两个高手，在别人不经意之间已经过招结束。王阳明知道曾敦立的建议，那就是"分而治之"，于是他上疏得到明王朝恩准，于正德十三年（1518）三月增设了平和县。平和茶在挥手之间充当了重要角色，醇厚得让人回味无穷。

黄道周与平和茶渊源之所以留下美名，也和王阳明有关。明朝天启年间，平和九峰的民众为答谢王守仁建置平和县之功，在东郊修一座堂宇甚壮的"王文成公祠"供奉他，这或许是当时民众感恩的普遍方式。只是这个祠堂落成的时候，恰逢翰林院编修黄道周（石斋先生）来九峰讲学，演绎一段美谈就无法避免了。平和县教谕蓝光奎请石斋先生写一篇碑记，以载盛事，颇有今天请名人题词一般，属于互为生辉的文化雅举了。黄道周先生是个"茶仙"，当他答应当夜完成碑记的时候，蓝教谕把他安置在文庙泮池旁边一间清静的住所，并派一名童子为他煎茶。是夜，月白风清，石斋先生临窗凭几，望天边一弯凉月，听窗边几处虫声，心旷神怡。他一手提笔，一手拿着茶杯，呷一口，写下几行字，所饮之茶，滋味醇厚，齿颊生香，令先生文思如泉涌，未到四更，洋洋数千言的《王文成祠碑记》便一挥而就了。次日。他拒绝了蓝教谕300两银子的润笔，只是追问："昨夜所饮何茶?"，获知让他入齿难忘的是："（九）峰茶。"石斋先生拱手道："送我两斤峰茶，做为润笔之资，足矣!"也许对于文人来说，钱财是身外之物，但是当他拒绝了钱财之外，又索取了两斤峰茶（平和茶），可见这茶叶对于有"茶仙"之誉的黄道周来说该有何等的吸引力。

茶的故事不断演绎，在水汽升腾，茶香弥漫中。"如果有一只茶壶，中国人到哪里都是快乐的"，"捧着一把茶壶，中国人把人生煎熬到最本质的精髓"，出生于平和坂仔的世界文化大师林语堂一手托着烟斗，一手端着茶杯，满脸洋溢着他标志一样的闲适、平和笑容向我们走来。用他淡定的语气和我们说"茶须静品，而酒则须热闹"，交流品茗的十个环节。"我以为从人类文化和快乐的观点论起来，人类历史中的杰出新发明，其能直接有力的有助于我们的享受空闲、友谊、社交和谈天者，莫过于吸烟、饮酒、饮茶的发明。"茶这时候已经不是纯粹的某种解渴的饮料，品茗于他就是必不可缺少的文雅之举。"茶是凡间纯洁的象征，在采制烹煮的手续中，都须十分清洁。"林语堂以为茶和烟、酒应该是同属于一个文化氛围的，唯有在神清气爽，心气平静，知己满前的境地中，方真能领略到茶的滋味。对于亲自烹茶，林语堂又是颇有讲究，炭火、装茶叶的锡壶，"三滚"的水等等家乡泡闽南功夫茶的过程让林语堂有了"茶在第二泡时最妙。第一泡譬如一个十二三岁的幼女，第二泡为年龄恰当的十六女郎，而第三泡则已是少妇了。"这样著名的"三泡说"。不知道因为有了讲究闲适才爱上功夫茶，或者因为闽南功夫茶的悠闲助长了他的闲适生活，只是在细酌慢饮之中，闲适、平和的纯粹人生态度和文化格调在从历史深处款款走来，笼罩在林语堂睿智的身影上，茶作为东方文化深入林语堂的骨髓之中。

平和白芽奇兰茶如今已经香飘万里，茗香留存不仅仅在唇齿之间，也在文人雅士举杯品茗的优雅身影，在历史故纸的字里行间。

柚子花开

一

三月，蜜柚花开。

行走在平和，有股香味直往鼻孔里钻，无论是俯首还是抬头，或者转身，香味无处不在，好像巨大的披风，把平和笼罩住，莫名地就想起如来佛的五指山，让人无处遁逃。这股香味就是蜜柚花香。

蜜柚花香清香怡人，没有浑浊感。香味袭来，清新的感觉就在肺腑中行走，宛如面临清澈流水直视河底的鹅卵石，不会有浊水泥汤的暧昧朦胧。蜜柚花香是流动的，即使没有风，也感受到缓缓流动的质感，风只是增加了加速度，让香味更汪洋恣肆。整个平和笼罩在蜜柚花香里，颇像一个巨大的香团，日夜散逸香气，和平和的空气浸染糅合，无需选择方向或者角度，柚香时刻造访嗅觉。花香并非平铺直叙，而有着分明的层次感。或者浓烈，或者淡雅，有清香扑鼻，也有暗香浮动，无处不在，却香得风生水起，颇像水墨画中的焦墨、淡墨、浓墨等不同笔法，以田野山陵为纸，在天地之间把香味挥洒、拖、顿。

蜜柚花不和其他春花争奇斗艳，直到人间三月芳菲快尽时，才姗姗来迟，压轴一般。春天来临之时，蜜柚花骨朵或者先于绿叶领略先机而出，或者与绿叶联袂出场，或者在绿叶刚要舒展叶片的时候才探头探脑地藏身于绿叶之间，不同风格的演出一般。花骨朵汲取营养，慢慢鼓胀。绿色花骨朵前段显露乳白，让原来包裹的绿色外衣退隐江湖一样在后半段蛰伏，白色的前端逐渐张扬闪现，把原来散落绿叶之间的行踪自我泄露。蜜柚花偶尔有个把单朵出现，大多不会是散兵游勇，一棵蜜柚树的花朵总能让人有繁多的感慨。花一串串，一嘟噜一嘟噜地在枝干下、绿叶间闪现，甚至张扬地在没有绿叶的枝条上聚集出现。小指头大小的花骨朵让即将盛开的喜悦撑得饱满异常。

二

柚花开了，乳白色的花瓣依次登场一般，逐渐绽开，白皙而狭长的花瓣中，一支鹅黄色的花蕊傲然挺立，花蕊顶端挺立着一粒缀满绒毛的细珠，湿漉漉的很是娇嫩。在花瓣的簇拥下，未来的蜜柚果若隐若现，那种淡淡萌生的希望很近又很远，挠得人心痒痒的酥酥的。刚刚盛开的柚花，出浴的美女一般很是吸引眼球，没有羞答答的神情，信心十足的美女一般，艳丽张扬地展示自己的天生丽质。朵朵素白在绿叶之间没有规则地散布或者集群出现枝头叶间，极目之处，柚花争先恐后地进入视线之内。

白色的柚花是对视觉效果的冲击，花香，却是豪不隐晦地飘扬，沁人心脾，很是对嗅觉攻城掠地一般，不容置疑地进入，有种霸道的王者风范。蜜柚花不是整齐划一地开放或者凋落，即使同一串花，也有不同的绽放时光，有的凋落，有的绽放，就有了早花、晚花之分，你方唱罢我登场让蜜柚花的开放不是昙花一现的过眼烟云，柚花就开放得很热闹，花期就很绵长，流淌的香味足以让人在不觉晓的春眠中清晰醒来。70万亩的蜜柚树有多少花在开放或者凋落，是无法统计的概念，只是凝聚的香气让平和整块大地日夜飘香，吸引了众多的游客追香而来。柚花张扬地开放，蜜柚果就在花瓣凋零的过程中逐渐清晰了。花瓣"化作春泥更护花"是它无法逾越的宿命，蜜柚果以别样的容颜挥洒柚花香味。

红色记忆

有些记忆是有色彩的。在错陈的色彩中，有条记忆的链接以红色的耀目直达平和长乐，这打响八闽第一枪的革命老区。当年的枪声在岁月深处清脆响起，时间定格在 1928 年 3 月 8 日。赤脚或者穿着草鞋，衣衫破旧的农哥商议之后，在信念的支撑下打响了平和暴动这一枪，改写了福建革命的历史。枪响之前，也许没有多少人预料到，福建革命的历史会和平和长乐这偏远山村联系在一起。

站在平和暴动纪念碑前，有时候无需使用语言，那种直刺苍穹的姿势就足以让人庄严肃立。纪念碑是为了后人唤醒和提示红色记忆而存在，当年从长乐攻向县城，在平和革命史上牺牲的烈士没有任何人在生前会想到立碑写传，他们只是用行动诠释自己的信念，用鲜血写就后人的记忆。碑立在公路之上的半山腰，从不同方向的台阶拾级而上，可以听到走向历史走向神圣的心跳。风雨汰洗，碑存在的历史只有从碑身上的汉字追寻，只是觉得无需关注具体年份，那只是时间的概念而已。唯有碑身上历史的记载让人回到当年的年代，朱积垒、朱思、陈彩芹、罗则化等等不仅仅是花名册上的汉字，那些以名字方式显示存在的生命在战争年代挥洒青春和热血。那些生命起止的数字让人心疼，青春消失和生命的短暂不是对月的感慨，是直达心灵深处的痛，那两个数字之间短短的破折号代表了生死两个世界，代表了前赴后继的信念张扬，代表了抛头颅洒热血的英雄气概。

　　走进与纪念碑相隔数百米的平和暴动纪念馆，庄严肃穆被随和亲切代替了。好像走进了乡下某户人家或者某条小巷，追寻记忆。纪念馆这当年的家庙宗祠，或者因为是公共场所，或者是因为场地宽敞，当年的革命者选择这里聚合商议，选择了从这里集结出发，机缘巧合让长长的记忆之线从这里开始。无需关注规模和构造，走进的是过去的时光和岁月，走进历史的气息当中。各类文字说明是历史的注脚，让人停留在那些历史的片段，转承连接。目光更多的是停留在那些历史文物之上，锄头、扁担、砍刀、梭镖、鸟铳，这些简单的工具，书写了岁月的辉煌。原来的农具，至多是对付野猪飞鸟的打猎工具，在历史的拐弯处却成为重要工具，叱咤风云，纵横奔突，让原来仅仅是深入土地的农耕用具弥漫硝烟。不知道沉浸了多少血和汗，经历了生与死的角力，经历了生存和消失的历练，有的散落山野村落找不到丝毫痕迹，有的传承下来，即使锈迹斑斑，也用红色绒布衬托，享受从未有过的高度和殊荣，承载传递历史的信息。看着这些历史的文物，有种气息呼啸而来。

　　走出纪念馆，随便行走。红色的记忆不时闪烁。桥头的古榕树如今依然生机勃勃，随意垂落的气根提醒它久远的存在。当年的斧凿火烧，或者没有痕迹，或者痕迹逐渐淡薄了，但记忆依旧，存在老人的悠悠诉说。刀光枪声已远，诉说中没有了凌厉的杀气，满脸皱痕的老人从当年的氛围中抽身而出，讲得舒缓从容，但距离之外的沧桑和凝重依然在言语中流淌闪现。看着周边起伏的山峰，目光越过老屋的房顶，哪个山头曾经发生激战，哪个山头曾有鲜血流淌，哪个山洞曾经是游击队活动之地，哪座老屋曾经是伤员藏身之处。随处可以拥有故事的场所把记忆从岁月深处拉扯得越发清晰，如同蒙上灰尘的器皿，擦拭之后晶莹着自己的光芒。

　　夜居山村，山风吹过，恍然间有当年传递信号的海螺声响起。记忆在黑夜之中清晰如昨，染上逼人眼球的红色，充盈了所有的目光。

休闲柚都

　　几棵老树在风中舒展枝叶，虬枝凸显苍劲的骨节，有老的树叶飘零而下。几个老人在树下或者假寐、或者闲淡地谈点什么，有小孩子的欢跑嬉闹环绕着老人，惊动了老树上的小鸟，惊惶地飞上更高的枝头，后来发现是自己"杞人忧天"，又把鸣叫声从树叶的缝隙中间倾泻而下。不远处，有淡淡的炊烟从哪家的屋顶上袅袅升起。

　　炊烟是乡村的胎记。如果没有炊烟，很容易让人恍然置身于某个城市公园的角落。炊烟唤醒感觉，颇有"一缕惊醒梦中人"的意蕴。那份休闲和欢乐就从城市里平移到了乡村。公园在很长一段时间只是城里人的专利，离乡村很远，甚至成为偶尔提及的概念而已。乡村里唯有"面朝黄土背朝天"的辛勤劳作，土地、粮食、农活是他们生活的全部，抽一棵烟或者夜晚时分小酌两杯自酿的米酒就是最好的休闲了，坐下闲谈就是连雨天也不常见，毕竟雨天也有雨天的活儿。就是没有急切的农活，到田地里走走也是勤劳的标志，那时候，农民没有休闲的概念，无所事事地闲逛让农民很瞧不起，是懒惰的代名词。房前屋后的空地也都种上果树或者开垦成菜地种上瓜点上豆，就是有泡尿也憋着回到家或到自家地里，才有"肥水不流外人田"的说法。农民把乡村切割成各不相同的两块，许多时候泾渭分明，偶尔把目光投向城市，也是羡慕的成分居多，还有就是人家命好的一声叹息。"认真学习，长大后做个城里人"就成为农家鼓励孩子读书的不二法宝。

　　一个地方，大凡被称之为"都"，那就是一种高度一种豪华了，比如

"瓷都"、"陶都"等等，平和这个原来默默无闻的江南小县，因为琯溪蜜柚，因为那占了全国柚类将近三分之一的产量，拥有了"中国柚都"的殊荣。"柚都"让农民把对城市羡慕的目光转化为一种延伸一种融合，进城的脚步在乡村道路上不时响起，但更多的目光停留在房前屋后，停留在村头路口那些老树。那些树已经有一些年纪了，就像老去的岁月，还有那些老人、老屋。让乡下人也有城里人的休闲公园，这是一种理念，一种生活的需求，于是许多的劳动就不再仅仅是在自家的果园和田地进行。把零零星星散落各家的荒地连成片，把老树下的杂草铲除铺上草皮种上花，把房前屋后的清理干净，铺上鹅卵石的小道，再搭个草棚或者修个小木屋，添置一些石磴，把岁月侵蚀在风中飘摇的老屋拆了。休闲公园靓丽的身姿就在村庄出现，好像摩登时髦的姑娘来到古朴的乡村，后来才发现是村里谁家走出山外的妹子。

休闲公园里有了一些建设的痕迹，那是文明的注入。更多的是顺其自然，没有扭曲没有故作姿态的夸张和豪华。小孩子来了，欢快的笑声无邪天真；老人来了，把在自家房前的凳子搬来了，只是闭目养神打瞌睡的日子在闲聊中增添了许多生机，因为缺牙而呵呵的笑声舒展在老树下。劳作的农人也来了，让风吹干额上的汗水，聊聊家常或者闭目，感受那份惬意清凉，发现乡村的风也和城里一样宜人，更为清新，风中有蜜柚花的香味，或者柚果膨胀柚枝拔节的声音。

一个一个休闲公园的出现，把各家各户的界限模糊了，逐渐消融。笑声不再是单一的，很容易就成群响起。城里乡村的那条分界线也如年代久远的书籍，上面的眉批添注逐渐淡化消失，也许到了哪天，只有影影绰绰的痕迹了。城市生长，乡村也不再是土里土气，以跟进时代的清纯吸引越来越多城里人向往的目光。

走进太鲁阁

太鲁阁在台湾花莲，以高山和峡谷为主要地形特色，其中中横公路太鲁阁到天祥的立雾溪河谷，两岸都是由大理石岩层构成，所以有大理石峡谷之称。太鲁阁大峡谷是从当地原住民的泰雅语中演化而来，"鲁阁"的意思就是"桶"，太鲁阁的意思也就是"大桶"，用桶来形容峡谷也就是说这样的峡谷四周都是高耸的峭壁，把峡谷封闭得幽深严实。而太鲁阁，也就是这样的大峡谷的缺口，游客从这个缺口进入，开始领略峡谷中的俊俏风光。

我们只是走了太鲁阁峡谷的一段，这样的一段有一斑而窥全身的妙用。峡谷没有规则，大理石岩层或者裸露在外，或者被浅浅的植被掩藏。接近峡谷底部的流水处，自然是一览无余。看到数十米高的石壁，只能用鬼斧神工来赞叹，让我们想用太多辞藻修饰的念头戛然而止，只剩下敬畏的心理，屏息观看。立雾溪流水的冲刷，让大理石的石壁上形成了天然的岩画，只是自然的神来之笔，没有任何人工修饰的成分，线条清晰、意韵十足。岩石的颜色或者白得晶莹，或者黑得墨润，或者灰得丰富，让太鲁阁成为连绵不绝的画卷。无需解释什么，只要走过去，这样的岩画足以让你明白自然的魅力和神奇。形象只是你内心的外化，随意你想象成什么，那岩画就幻化成你心目中的形象，与你对话神交。一幅幅画卷看下去，就有一段段故事在你的脑海中风生水起，让你目不暇接感受到曲折丰富。

流水、岁月，至柔的东西却把刚硬如大理石者雕琢得光滑温润。顺着九曲洞，光线的明明暗暗只是角度的变化。时光的更迭，坚硬的岩石也有

178

了松动的理由，从一走上步行道，导游就要求戴上安全帽，担心哪块石头不经意之间脱离集体，在某个点上留下砸落的印记。面对如此的坚硬，我们没有办法泰然处之或者无动于衷，有时候存在的某种危险更为提高了欣赏的敬畏，这样的心理适合参观太鲁阁，不松散随意。行走中，那整块石头惟妙惟肖地幻化为逆水而上的鲤鱼，把那奋力一跃的姿势留存在天地之间，让我们明白什么叫"天然去雕饰"。

峡谷底部的流水因为大理石的成分，灰白浑浊，与山体上留下的清水交汇成泾渭分明。偶尔在山体之中，有地下山穿越山体的某个缺口喷涌而出，俨如山体中安设了管道，让水凌空奔泻。两种不同的水质融合在一起，潺潺向前，吟唱着不变的韵调。把造物的神奇继续延续。

前行的脚步在燕子口驻足，燕子口是崖壁上被流水冲蚀出来的孔凹。据说当年有许多燕子就把这些孔凹当做栖身之地。可以想象群燕飞舞，燕语啁啾的情景肯定充满生机和诗情画意。只是如今燕子都不知何处去了，只剩下那些孔凹依然在经历风雨，剩下燕子口这样诗意的名称让人浮想联翩，考验游人的想象能力。

长春祠是因为中横公路才存在的。当年太鲁阁是悬崖峭壁，大自然的冷峻让一群人用手凿肩挑撕裂了一道缺口，参差不齐的公路两边诉说当年开凿的艰难，但因为这条路，让台湾贯通了。不仅仅是挥汗如雨，这条路留下了两万多条生命。于是就有了长春祠，这是生者对死者的悼念，更是对付出的怀念和生命的敬畏。如今的长春祠，挂在青山绿水间成为一道风景，长春祠下的流水有了别样的韵味，也就有了沙滩演奏会在这里上演。11 月中旬，有音乐家到此，不用布景，也不用音响设备，借助长春祠下的河滩，应和着立雾溪水的韵律，把音乐在太鲁阁中奏响。

野柳之旅

　　到台湾，野柳岬是不可缺少的景点。在台湾北海岸众多的名胜景点中，野柳岬宛如天生丽质的美女一般，很是吸引大众的眼球和旅客的脚步。一下车，就可以看到众多的观光车聚集，游客却是急不可耐地往景点奔走了，似乎和心仪女孩约会迟到了一样，急急前往弥补过失。

　　在海岸观光游览，浪涛声就是很好的导游。寻着涛声，野柳岬很是突兀地出现在眼前，震住了我的目光。野柳岬并非是树木的世界，却是各种奇岩怪石聚集的地方。细长的野柳岬在阳光照耀下突出于东海之中，海浪拍打，整个野柳岬在浪花飞溅中安然浮卧在海水中，宠辱不惊，任游客惊叹欢呼。野柳岬长达 3 公里，而宽仅 200 米，最狭处的中段，不足 50 米。如果在涨潮的时候，中段就会被海水淹没，此时遥看野柳岬的顶端，好像一块显眼的礁石，从基隆遥望野柳岬，颇像一个巨大的海龟蹒跚离岸，所以就有了"野柳龟"的别名，好像小孩子的绰号一般。

　　野柳岬由砂岩堆积而成，由于岩层软硬不同，形成斜岭地形。富含石灰质砂岩层的野柳岬，内含有许多球形及不规则形的石灰质结核，它们的抗蚀力较强，在风、雨、海流和海浪等不同的自然力长期侵蚀作用下，发生了缓慢但注定要发生的变化，因为受侵蚀部位和角度各不相同，受侵蚀岩体的抗蚀力有强有弱，久而久之，就形成了各种不同的奇形岩体。是岁月，造就了野柳岬美丽的容颜。

　　行走在野柳岬上，形态不一的奇岩怪石以强大的视觉冲击效果映入眼帘，蕈状石、烛状石、拱状石是从专业角度的分类，并且有着非常专业的分析，但此时我们无意把太多的目光用来探究野柳岬的前世今生或者做科学分析。我们的目光被那些奇岩怪石吸引住了，"女王头"、"仙女鞋"、"乳房石"、"梅花石"、"松茸石"等等让我们目不暇接。野柳岬的岩层在海浪、海风和雨水冲刷之下，展示了不同的身姿，留下我们对大自然神奇魅力的叹服。外形像蘑菇一般是蕈状石，通常是细长的石柱上托着粗大的球状岩石，让人惊服海浪、海风和海水是如何地"铁杵磨成针"，用看似柔弱的方式把坚硬的岩石加工打磨成如此的千姿百态，也隐隐留下那石柱是否能够支撑住那粗大石柱的担心。近百个蕈状石把野柳点缀蔚为壮观。最为著名的是"女王头"，细长的脖子上顶着雍容高贵的头颅，头上的珠花和蓬松的发髻细微精致，远望的目光把所有的风景收入眼底。女王不语，任游客在她身边留影，把自己的形象楔进梦境，留下众多津津乐道或者成为履痕的佐证。据说女王头的脖子已经日渐缩小，可能 20 年后就将折断，届时，女王头就成为美丽的过去，留存在文字的记忆和游人的言语诉说之中。与蕈状石不太相同的是烛状石，烛状石呈半圆锥状，柱顶中央有石灰质结核，结核边缘绕以环形沟槽，整个岩体形同蜡烛台，顶端的结核恰如蜡烛火焰。又因其形状很像乳头，所以也有人更为形象直观地称之为乳石。环形沟槽也许开始时并不明显，只是浅浅的凹痕，夹裹海砂的海水冲上去，在凹痕里慢慢打磨，形成了沟槽，也造就了奇观，让这些烛状石拥有了"全世界的海蚀地形景观中都是极为罕见"的殊荣，让野柳岬有了梦幻般的色彩。拱状石则是一种中空的奇岩，它的上部岩石坚硬，因此，在下部岩石被侵蚀以后，还能保存，成为古城堡似的拱状。因为不同的奇岩怪石，野柳岬声名远扬，成为游人追逐的目标，让许多人把足迹印在野柳岬的身躯之上。

所有的目光都是流动的，只有野柳岬在波涛声中留存，即使在海浪和风雨的侵蚀之下，野柳岬的容颜将会以细微的方式缓慢改变，但我们离开的脚步注定更快，野柳岬就成为记忆成为过去。我们曾经来过不仅仅是宣示我们的脚步曾经在哪里停留，更重要的是我们曾经用心灵拥抱了野柳岬，野柳岬的迷人风韵就足以让我们的回忆有了迷人的色彩。

韵味阁老楼

阁老楼在南靖县丰田镇古楼村，这是一座土楼，楼是四方弧角的，不是很大，只有两层，这座楼原来是三层的，只是后来因为岁月的汰洗，有部分毁坏了，就改成两层的。在楼里的居民，现任中共平和县委常委、宣传部长、教育工委书记林群明先生的引导下，可以从部分残留的楼墙看到当年三层土楼的痕迹。楼属于外廊式，二楼始开窗户，楼墙是三合土夯筑的，在楼里可以见到一些木雕，石刻。在楼的正门有两块石碑，林钎故居和"阁老楼"几个字赫然在目，石碑后的保护碑文载：阁老楼为明代东阁大学士林钎故居，因忤魏忠贤，称病弃官，避居于此。时与黄道周过从甚密，该楼始建在明崇祯年间，修葺在清康熙年代，原为三层，属土木结构弧角方楼，造型美观，墙体为三合土混河石夯筑，部分砖砌建筑，占地面积15亩零6分，尚宝卿林公家祠座落其中。1932年中央红军东征漳州时，曾为临时指挥部，具有历史、科研价值。楼的正门是条石石拱，鸿江吴钟题写的匾额"淡宁馀休"四个字遒劲有力。两边的对联上联为：前人何休祗此淡泊宁静中正和平八字；下联为：今日所务实惟勤俭恭恕睦姻孝友二言。在土楼中间，有座家祠，"尚宝卿林公家祠"经历了岁月风雨，林氏后裔经过数次修葺，如今留存当年的风骨，文魁、武魁、探花等牌匾印证当年的风光。楼的侧门上有石刻篆刻小字"乘颖"两字，侧门经历风雨，只有部分残存，那显现沧桑的青苔传递岁月久远的气息，诉说当年的生动与鲜活。

　　站在土楼中间，感受到一种韵味，让阁老楼从众多的土楼里别有一番风采。这样的韵味是一种气节，刚正不阿的气节。每一座土楼都有故事，故事总会有人物，而阁老楼的故事主角就是明朝东阁大学士林钎，正是林钎让阁老楼出现，并且让阁老楼有了这样的气节。林钎，字实甫，号鹤胎。林钎，这个后来的明朝东阁大学士，原来是龙溪人（今龙文区蓝田镇蓝田村洞口社人），他后来移居南靖中埔总（今南靖县丰田镇古楼村），在永丰溪畔择地兴建"阁老楼"。之所以修建了阁老楼，是因为时任国子祭酒的他触犯了魏忠贤，弃官回家。在众多的顺从和阿谀奉承的声音之中，林钎的抗议和反对有着掷地有声的质感，在一片鞠躬和跪伏的背影中，林钎傲然而立的身影让众多男人汗颜。他把背影留给恼羞成怒的陆万龄和魏忠贤等等，在他们的怒骂声中飘然而去。回到龙溪的林钎做出了一个决定：移居南靖。这样的迁移在当时既是一种惹不起躲得起的明智，也是一种保存气节的方式。因为他的迁移，才有了阁老楼，才有了林钎在南靖的履痕。阁老楼就弥漫着刚武不屈的气节，就连其四方弧角也可以解读成刚毅又不失明智。

　　不仅仅是气节，阁老楼的韵味还有知己的书香。与其紧密相连的名字是黄道周。当林钎挂冠后，居住于古楼期间，那时，黄道周亦因避魏党势炎而归里隐逸，两人结为知己。也许他们的开始有知交半零落的感慨，有生不逢时的愁闷，有同是天涯沦落人的悲情，但所有的愁绪在两个人惺惺相惜或者志同道合之中烟消云散，换之的执手论道的欣喜和抵足而眠的快慰。黄道周爱慕林钎的学问和为人，经常上门拜访，议论时事，"时林钎自龙溪移寓邑之中埔，道周尝数四往来其家，谈论古今时事，夜不寝。"能够畅谈通宵的人不是寻常所得，喜逢知己的快乐足以让他们心存感念。如今的阁老楼，已经无法印证当年他们在哪个角落或者哪个房间彻夜长谈，只有那种知己难得的感觉从楼墙的缝隙携裹历史的味道飘逸而出。

也许是酒逢知己千杯少，也许是寒夜客来茶当酒。在南靖的阁老楼，留下履痕的人士中，无法忽略徐霞客。这个明朝的著名旅行家，他把自己的脚步印在许多大明皇朝的土地上，包括南靖。他在南靖停留，更多的是因为林釬。明天启四年（1624），徐霞客的母亲做80大寿，徐霞客得悉林釬在南靖，欣喜异常，便专程到中埔拜访，同时为其母王孺人《秋圃晨机图》向林釬索诗求字。也许是互相仰慕，也许是林釬的达观，具体细节无从考究，留下的只有林釬为徐霞客母亲留下的祝寿诗：北堂有高树，郁郁凌霜露。延陵有贤母，殷殷勤作苦。夙有林下风，繁华罕所务。疏植一顷豆，野香生秋圃。秋飘豆叶飞，秋白豆花吐。秋实豆累累，采撷自成趣。凌晨效纺织，日昃不遑度。轧轧发轻声，寂寂鸣幽索。仲氏好游仙，每与青鸾遇。手持蟠花枝，归来为母具。长跪着调斑，起作回风舞。胜气繁华堂，彩幄悬春缕。阶头硗硗生兰玉，彩眉亦应换新绿。这样的诗句如今以仿制品的姿势留存阁老楼，挽留一段历史，唤醒曾经的记忆。

阁老楼不仅仅有气节，更有知己的喜悦和书香，这样的韵味让阁老楼散发别样的魅力。岁月更迭，阁老楼老去的楼墙和记忆，尚宝卿林公家祠在林釬的后裔林群明等人的重新装修之后有了刷新历史的味道，那些明朝的青砖和木雕让久远的故事在一天一天的日子中不断延续，后裔子孙的光荣和景仰镶嵌在林公家祠的瓦缝彩绘之间，让阁老楼的韵味更为悠远绵长。

行走的风景

在香港，印象深刻的是香港人的快节奏，走路真的是风风火火，频率比正常的快了许多，完全没有悠哉闲哉的味道。街道上，从行走的速度就可以很明显地区别是香港人还是外地的游客。除了个把老人，香港人没有人把时间花费在散步上，他们宁愿走路快点，也要争取多挤出 5 分钟休息，这体现了与时间赛跑的况味。

香港人的工作和生活压力很大，快节奏已经是生活使然，就像陀螺，加速度旋转，也就很难停下来了。对于某些人，也许不容易理解，但只要置身其中，过一段时间之后，想要全身而退却成为不可能，就像有些东西，融入了某种"场"，也就受感染了。有不少内地人刚到香港的时候，适应不了香港的快节奏，生活一段时间后，回到内地，又适应不了内地的有条不紊和慢条斯理，恍如外地旅游的人经历了时差的变化，一时分不清哪跟哪了。

除了行走的快节奏，被我认为香港行走的风景是香港人看报的积极性。早上时分，穿行在香港的街道上，放眼过去，匆匆行走的人流里，很多人或手拿或者用个塑料袋提着的是当天的报纸。拥有 700 多万人口的香港，有（《都市日报》、《香港商报》、《大公报》、《文汇报》等报纸十来家，销量都不错，最大的报业集团《东方日报》，年利润达 4 亿元，可见其覆盖面之广。

上了公共巴士或者地铁，不管有没有座位，他们都打开报纸，浏览当天的新闻，即使是刚上小学的学生，也是颇为认真地翻阅报纸。这不是香港人无聊或者为了打发时光，昭示的是他们对信息的渴望。香港的报纸内容可谓五花八门，从世界上的大事到哪里车祸哪里有便宜的东西卖哪里有什么活动，不一而足，最多的一份报纸有 64 张之多，真正称得上杂志了，信息量非常丰富庞杂，在香港不是很大的空间里，发生什么事迅速被广为人知也就不奇怪了。香港不少人上下班要坐很久的地铁或者公共巴士，因为到办公室要忙工作到家后或忙家务或休息，上下班时间就是摄取信息的最好时间了，因此阅读报纸也就成了行走过程中流动的风景。即使是在公园中锻炼的老人，也是买了报纸趁休息的空当儿翻阅浏览，当天的事情也尽收脑里，闲聊的时候各种时鲜的消息很是自然地倾诉，拉近了距离，不再给人远离尘世之感。

　　回到内地，看到街道上悠闲甚至可以说是慢吞吞的行人，听到报刊亭老板关于一天卖不了多少报刊的感慨，脑海中总是浮现香港那快节奏的行走和手上晃动的报纸、地铁上认真读报的身影，觉得那是很美的风景，突然就有时差错乱的感觉。

第六辑

平和林语堂

粽香在舌尖舞蹈

平和林语堂

对于林语堂，也许用平和两个字最为恰当，他是出生在平和县的世界级文化大师，但平和两个字不仅仅是区域的概念，更是深入到林语堂骨髓深处的性格特点和人格标志。托着一只烟斗，笑容可掬地出现在众人面前，也许成为林语堂特有的标签了。幽默、闲适、平和是林语堂名片上的几个头衔，却又是别人赋予他的诠释。林语堂不争不辩，任由所有的说辞随风飘扬，只是让他的笑容在每一个角落灿烂。

林语堂的父亲是个牧师。1880 年他从芗城五里沙前往平和的一次出发，多少基督教的虔诚另当别论，更多的是一个谋生地点的转移，颇像今天的民工如候鸟一样迁徙在不同的城市。但是林语堂的父亲在坂仔的传教活动延续下来了，传教活动的不断延伸让他的子女一个一个出生，1895 年 10 月 10 日，坂仔镇的天空红霞满天，这个时候，林语堂出生了。

林语堂在平和坂仔生活、长大，直到 10 岁，离开平和坂仔前往厦门读书，尽管在读书期间，林语堂还不时回来过，但不容置疑，随着年龄的增长，林语堂离开平和的脚步越来越远，从上海圣约翰大学到清华、北大，从外出留学到前往美国写作，以至后来的台北定居，从 10 岁那年开始，林语堂跨出离开坂仔的那步起，林语堂就开始了自己漂泊的生涯。平和县是林语堂生命的源头，厦门是他生命的驿站，上海则是林语堂激情飞扬的码头，美国是林语堂人生的拐弯，台港则是他生命的终点。

岁月不断老去，林语堂的名气却越来越响亮，成为"两脚踏东西文化，一心评宇宙文章"的世界文化大师。他一生写了8部长篇小说和1000篇散文，有60本书，在世界上出版各种不同版本的林语堂著作近800种，中文版和外文版各300多种。翻译成21种文字，几乎包括世界上所有的主要语种。他曾担任国际笔会副会长，数次获得诺贝尔文学奖的提名。此外，他还编译了肖伯纳的《卖花女》、马乐腾的《励志文钞》等诸多文章，是颇有名气的翻译家。他提倡"幽默"，"两脚踏东西文化，一心评宇宙文章"，向世界介绍中华传统文化，让世界了解中国，也向中国人介绍西方文化。他提倡使用简化汉字，发明中文打字机，特别是编写了中国有史以来第一部由中国学者编写的最完美的汉英字典《当代汉英词典》。简略的叙述，让林语堂的形象如他赞誉的坂仔青山，巍峨高耸。

可是无论走得多远，我们都可以发现家乡已经成为大师无法磨灭的烙印，在林语堂的成长过程中，家乡不仅仅是他物质和区域的记忆，更是他精神和文化的滋润。在他众多文章里面，多次提到坂仔和在坂仔度过的快乐童年时光："如果我有一些健全的观念和简朴的思想，那完全得之于闽南坂仔之秀美的山陵……"、"我是漳州府平和县人……"、"我们家居平和县坂仔之乡，父亲是长老会牧师。""坂仔村位于肥沃的山谷之中，四周皆山，本地称之为东湖。"家乡的一山一水都成为他记忆和生命中重要的一部分，也就难怪他说"我的家乡是天底下最美的地方"。家乡已经成为他内心和性格最为基础和翔实的一部分，如日夜流淌的西溪水一样。"影响于我最深的，一是我的父亲，二是我的二姐，三是漳洲的西溪的山水。最深的还是西溪的山水。"家乡对于林语堂而言，不仅仅是一种美好的记忆。坂仔的自然风光、文化传统、地方方言，东湖峻峭的山、西溪秀美的水，童年纯真的梦、家乡难忘的情，都浸透到林语堂先生文化修养的深处，进而影响了他的作品风格，形成了他幽默性灵、平和闲适的精神境界。

在林语堂的《四十自叙》中有这样的诗句："我本龙溪村家子，环山接天号东湖，十尖石起时入梦，为学养性全在兹。""东湖"为坂仔的别称，"十尖"与"石起"便是坂仔村前村后高山的名字，林语堂说，他的为学养性全部在这儿形成，一个地方不再仅仅是表面的印象而上升到潜移默化的影响，那就值得称道和关注了。最值得关注的是家乡的青山形成了林语堂的高地人生观。林语堂在40岁之后，在追溯他之所以成为今日之林语堂时，首推福建平和坂仔的故乡，那片层峦叠嶂的青山在林语堂的叙述中，我们可以感受到在山的面前，一切都变得渺小与悲戚。青山不再是某种现实的存在，而成为一种哲学的意蕴渗透到他的心灵深处。据说，童年的林语堂曾登高山，站在山巅俯瞰山下的村庄，村庄的农人，如蚂蚁般在山下移动，这个发现令林语堂目瞪口呆，幼小的心灵受到强烈的振撼！他曾以孩童的目光，无数次地仰视过大人，觉得他们高大，而高山令其如此渺小？坂仔青山的伟岸，使他开始形成一种高地人生观，长年在与高山静默的对望与斯守中，逐渐地感觉那山进入了血液，成为生命的一部分，没有什么比它更高贵，没有什么能与之抗衡，也没有什么可以成为打击它的力量。在高山面前，一切都只不过为过眼烟云烟的芸芸众生，基督教影响下的林语堂，默默地将上帝的位置让给了青山，以山峰作为衡量一切的标准。"山逼得你谦逊恭敬！"这时候，平和的心态就体现出来，成为他生命中的亮点。故乡的青山，已经脱离了山的具象，成为一种精神的高度！这样的高度，支撑了林语堂一生并进而影响了他的创作，最后影响了众多林语堂作品的读者。

家乡在林语堂的生命中有着无可替代的位置，成为他创作的源泉，家乡的记忆，在林语堂笔下描述了许多，就在对家乡的这些描述之中，流露出林语堂对家乡深深的眷恋。在许多散文里，他都是把家乡做为自己写作的意象和内心的观照。就是在他的小说中，自传体小说《赖柏英》更是以家乡的人和事做为描写叙述的对象，他笔下的众多人物都能在家乡坂仔找到对应的人。还有他众多的作品里，以家乡的情境做为背景或者家乡情结的散发更是难于准确统计，很难想象，如果没有家乡，没有家乡的青山影响他的高地人生观，林语堂的作品还能如此之多，如此幽默性灵平和吗？不仅仅是家乡的山、水和人对林语堂极具诱惑力，其实就是几句乡音也足以引起他的共鸣，他曾经为了听几句乡音闽南话，不仅仅不以半夜听到隔壁妇人用闽南话骂小孩子为不堪其忧，还列为快事之一。

林语堂与茶

　　林语堂以闲适、幽默、性灵、平和著称，在他的生活之中，他喜欢喝茶，也喜欢咖啡。想象林语堂在阳台上，夹着烟，或者喝茶，或者咖啡，这样源于东西方不同文化背景的饮料是否仅仅是某种嗜好的巧合，也许是他"两脚踏东西文化"融合的有力注脚。在林语堂的生命之中，咖啡是后来才进入生活的，而关于茶的记忆，应该从他小时候就开始的，在他笔下的"东湖"这个平和坂仔的乡村，他的父母经常招呼过往的樵夫喝茶、聊天。那时候，作为交往的介质也好，作为体现热情的方式也好，林语堂对父母的泡茶、喝茶已经有了无法磨灭的深刻印象。

　　但这仅仅是孩童的某种记忆而已，林语堂对茶的真正感悟是他成人之后，"我以为从人类文化和快乐的观点论起来，人类历史中的杰出新发明，其能直接有力的有助于我们的享受空闲、友谊、社交和谈天者，莫过于吸烟、饮酒、饮茶的发明。"于林语堂来说，茶这时候已经不是纯粹的某种解渴的饮料，饮茶已经成为社交上一种不可少的制度。至于

"只要有一只茶壶，中国人到哪儿都是快乐的"和"捧着一把茶壶，中国人把人生煎熬到最本质的精髓"这样的感受，则是上升到某种很高的境界了，品茗于他就是必不可缺少的文雅之举。

林语堂以为茶和烟、酒应该是同属于一个文化氛围的，他认为它们都有3个共同点：一是有助于人类社会；二是都不至于一吃就饱，可以随时吸饮，在吸饮同时聊天谈心；三是都是可凭嗅觉来享受的东西。由于有了这样的感受，林语堂就有了对品茗的讲究，他认为享受这3件东西也如享受雪月花草一般，须有适当的同伴，还须去找寻适当的环境，喝茶友伴不可多，环境宜静。"茶需静品，而酒则须热闹。茶之为物，性能引导我们进入一个默想人生的世界。""如果此时身边时而有儿童在旁哭闹，或粗蠢妇人在旁大声说话，或自命通人者在旁高谈国事，即十分败兴，也正如在雨天或阴天去采茶一般的糟糕。"并且他认为"茶是凡间纯洁的象征，在采制烹煮的手续中，都须十分清洁。采摘烘焙，烹煮取饮之时，手上或杯壶中略有油腻不洁，便会使它丧失美味。所以也只有在眼前和心中毫无富丽繁华的景象和念头时，方能真正的享受它。"唯有在这种神清气爽，心气平静，知己满前的境地中，方真能领略到茶的滋味。他还近乎苛刻地认为"采茶必须天气清明的清早，当山上的空气极为清新，露水的芬芳尚留于叶上时，所采的茶叶方称上品。"

林语堂认为"只有富于交友心，择友极慎，天然喜爱闲适生活的人士，方有圆满享受烟酒茶的机会。"自从宋代以来，一般喝茶的鉴赏家认为一杯淡茶才是最好的东西，由此可见"君子之交淡如水"并非容易的事情。

真正鉴赏家常以亲自烹茶为一种殊乐。林语堂也不例外，是个注重过程的人。"烹茶之乐和饮茶之乐各居其半，正如吃西瓜子，用牙齿咬开瓜子壳之乐和吃瓜子肉之乐实各居其半。"

"茶炉大都置在窗前，用硬炭生火。主人很郑重地扇着炉火，注视着水壶中的热气。他用一个茶盘，很整齐地装着一个小泥茶壶和四个比咖啡杯小一些的茶杯。再将贮茶叶的锡罐安放在茶盘的旁边，等水已有热汽从壶口喷出来，谓为将届'三滚'，壶水已经沸透之时，主人就提起水壶，将小泥壶里外一浇，赶紧将茶叶加入泥壶，泡出茶来。"这样的茶就可以喝了。这一道茶已将壶水用尽，于是再灌入凉水，放到炉上去煮，以供第二泡之用。"以上所述是我本乡中一种泡茶方法的实际素描。"林语堂对家乡泡闽南功夫茶的过程做了详尽的描述，才有了"茶在第二泡时最妙。第一泡譬如一个十二三岁的幼女，第二泡为年龄恰当的十六女郎，而第三泡则已是少妇了。"这便是著名的"三泡说"。这样的泡茶方式林语堂也明白是指鉴赏家的饮茶，而不是像店辅中的以茶奉客。这种雅举不是普通人所能办到，也不是人来人往，论碗解渴的地方所能办到。这样的品茗方式和林语堂讲究闲适的生活息息相关，不知道因为有了讲究闲适才爱上功夫茶，或者因为闽南功夫茶的悠闲助长了他的闲适生活，只是在细酌慢饮之中，闲适、平和的纯粹人生态度和文化格调才从历史深处款款走来，笼罩在林语堂睿智的身影上。以至于他罗列了茶的享受技术包括 10 个环节，甚至感觉凡真正爱茶者，单是摩挲茶具，已经自有其乐趣，有了"好茶必有回味"、"一切可以混杂真味的香料，须一概摒弃"等深得茶艺真谛的语句。

越过林语堂有关喝茶的论述，目光向历史纵深跨越，从林语堂关于喝茶的妙论，自然就想起了苏东坡这个林语堂最为喜欢的人。在苏东坡存世的诗文及书法作品中，"茶"字多次出现。苏东坡爱酒，也嗜茶。爱酒，就是热爱世俗生活，热爱世俗中的喧嚣聒噪谓为入世；嗜茶，就是喜欢追求精神自由，喜欢红尘外的寂静空灵，谓为出世。既热爱世俗生活、又追求精神自由，苏东坡这种入世和出世相互交融的生存方式，彰显了千年以来中国文人骨子里的共性。苏东坡骨子里的特性是否影响了挚爱他的林语堂，也许没有真切的答案了，但不容讳言，林语堂关于喝茶"三泡"论的审美趣味多少承着苏东坡"从来佳茗似佳人"一句的思路。也许是历史的传承，也许是巧合，但世事如烟，许多人物已经成为过去，茶却留了下来，茗香留存不仅仅在唇齿之间，也在历史故纸的字里行间。

林语堂与烟斗

托着烟斗，脸上挂着平和的笑容，已经成为林语堂经典的标签。他如数家珍，说了许多吸烟的好处，"谁都知道，作文者必精力美满，意到神飞，胸襟豁达，绎发豁流，方有好文出现。读书亦必有会神会意，胸中三天窒碍，神游其间，方算是读，此种心境，不吸烟岂可办到？"在林语堂作品的字里行间，无不包围着缭绕的烟雾。"只要清醒不眠时，他就抽烟不止，而且宣称他的散文都是由尼古丁构成的。他知道他的书哪一页尼古丁最浓"。"饭后一支烟，赛过活神仙"就是出自林语堂之口。他还为自己戒了三星期的烟后悔不已，认为是干了一件最愚蠢的事情。他甚至把为妻者允许丈夫在床上吸烟视为婚姻具有圆满结果的重要原因，他很爱妻子廖翠凤的一个重要理由也是"她允许我在床上吸烟"。烟斗，也就以不容置疑的姿态在林语堂的生命中占据了重要的位置。"口含烟斗的人都是快乐的，而快乐终是一切道德效能中之最大者。"这样的高度可不是信口说说而已。有时，林语堂放下他的烟斗，忘了放在什么地方，他便不做事，满屋乱跑，嘴里唠叨着："我的烟斗！我的烟斗在哪里？烟斗啊！烟斗！"缺乏握烟斗在手，他就觉得自己两手空空的，觉得他双手空虚而懒散，以致写不出文章来。烟斗已经不是抽烟的需要，而是成为他身体的一部分。

"口含烟斗者是最合我意的人，这种人都较为和蔼，较为坦白，又大都善于谈天。我总觉得我和这般人必能彼此结交相亲。"烟斗成为林语堂判断亲疏远近的重要依据，并且林语堂对萨克雷所说的话极表同情，"烟斗从哲学家的口袋引出智慧，也封闭愚拙者的口，使他缄默，它能产生一种沉思，富有意思的、仁慈的和无虚饰的谈天风格"。林语堂还推崇烟斗具有平缓夫妻纷争的作用，"因为口含烟（卷）斗的人，同时决不能高声叫骂"，因此认为聪明的妻子看见丈夫快要发怒的时候，应该赶紧把烟斗塞在丈夫的口中，"因为烟味是如此的和润悦性，以致他所贮着的怒气早已在无意间，跟着一口一口喷出来的烟消逝了。""为妻者或许不能平抑丈夫的发怒，但烟（卷）斗是从不失败的。"对自己所持的烟斗，林语堂还赋予许多功用，用烟斗含在嘴里的那端指使东西，指使人们，或者用来敲椅子上的钉子，圆端放烟叶的地方却用来擦鼻子。烟叶常在燃烧，这端也就是常是热的，这温暖的烟斗在鼻子上擦着很适宜，所以林语堂常用来擦鼻子，烟斗也就揩了林语堂鼻子上的油腻，而林语堂的鼻子也常常微微发红。

因为对烟、对烟斗的热爱，林语堂就成为一个烟斗收藏家，所藏烟斗五花八门，令人眼花缭乱，除少数是他的亲朋好友赠送之外，绝大多数是他自己从世界各地搜集来的。他常年与烟斗为伴，玩赏不已，其乐融融。遇到心情不好的时候，林语堂就会用软布细心地擦拭他的烟斗，心情也就和缓了。林语堂曾收藏了一只虬龙烟斗，这是林语堂有次外出采风时，差点儿被一根枯萎的树根绊倒，这树根表面长满了奇形怪状的疙瘩，外形像一条飞腾的虬龙。林语堂找村民借来锄头，将它挖出来，请木匠将这只古树根制作成了一只造型奇特的烟斗。这只烟斗伴随了他很多年。看书时，书页被风吹乱，林语堂就用它来当镇纸；困了，就塞一把烟丝，点燃，继续阅读。这只烟斗成了他的心肝宝贝，后来在一次搬家时丢失，成为林语堂的遗憾，事过很多年，他还经常跟他的朋友提起他的这只烟斗。他还很喜欢清朝大学士纪晓岚的那只持大的烟斗，"能藏纪晓岚的那只大烟斗，此生幸哉！余生足矣！"

永远的琅琅书声

在众多的教室当中，有一间不起眼的简陋教室，注定将吸引追寻的目光，让人有不同寻常的回忆，甚至可以追溯耳闻到100多年前的琅琅书声，那就是铭新小学教室，而所有这一切只因为一个人——林语堂。

铭新小学教室在平和县坂仔镇林语堂故居旁边，和故居主体相连。当年林语堂的父亲林至诚在坂仔镇传教，用教义播撒爱心启发教徒心智的时候，这个没有读过多少书的牧师把目光定格在小孩子身上。1900年的偏远山村坂仔，能上得起学对于相当部分的孩子是很阔绰的事情，更多的孩子是做游戏疯玩干农活，读书学知识离他们很遥远，甚至在梦里都很少出现过。于是林至诚决定创办一所小学，铭新小学就此诞生了。就在小阁楼旁边，1900年创办的这所小学吸收了教徒的子弟为学生，教师由林至诚自己担任，全部免费。在这些学生当中，有个6岁的儿童，那就是林语堂。

岁月风雨，当年的教室已经倒塌，我们看到的只是根据照片和当地老人描述复原的教室，历史不可复制，但也许可以用某种方式唤起历史片段的记忆。走廊上的木柱子漆黑老旧，从民间收集回来当年教堂原物石墩子都在无言地传递历史沧桑的味道。教室不大，12平方米左右，几张简陋的学生课桌，一张褪色严重，色彩有点儿斑驳的木制讲台桌重现了当年的室内布置。讲台桌是原物，当年教堂拆迁的时候，学校有个老师把讲台桌搬到学校杂物间的角落。没有什么特别的意思，当时他并没有意味着自己的举动其实是在挽留某些记忆，因此搬过之后他就忘记了，这张讲台桌就在学校的杂物间寂寞了30多年，直到铭新小学教室复原，他才恍然想起，把讲台桌从蒙尘的角落找了出来，还原一份真实。

当年的林至诚就站在这张讲台前开始他"传道、授业、解惑"的教师生涯，为了让学生听得懂，他普通话和闽南话掺杂着一起上。"我是我"（后一个我是用闽南话念的），"人之初，性本善，习相远"，琅琅的读书声就在坂仔的上空飘扬，因为年龄参差不同，读书声就像多声部的合唱。

林语堂就在这间简陋的教室开始他的启蒙教育生涯，直到10岁离开这里前往厦门鼓浪屿读书，渐行渐远。而铭新小学继续，学生一茬茬，教师也一茬茬，直到1950年，铭新小学和只有一墙之隔的官办宝野小学合并，成为宝南小学延续至今。

徘徊在铭新小学教室，现实中逼仄的空间却把记忆拉扯得悠远漫长。可以想象，这间简陋的教室给调皮聪明的幼年林语堂打开一个全新的世界，成为他了解观望外界的神奇窗口。据说第二排靠右是当年林语堂读书时坐的位置，前去的人一个个轮流坐一会儿，想感染大师的灵气，像和大师进行超越时空的对话。

走进教室，我们在触摸一段历史，教室无言，但当年琅琅的书声却在耳际回响。

乐观的父亲

"我的父亲是个无可救药的乐天派"，林语堂的父亲林至诚给林语堂留下了这样的性格烙印。作为漳州天宝镇五里沙的一个村民，林至诚在24岁之前是个走街串巷的小贩，24岁了，在当时的环境中，应该是一个家庭的顶梁柱了，事实上也是如此，林至诚已经承担起家庭重任，如果不是乐观的成分驱动，他可能讲究的是多卖几样东西多赚几个小钱维持家庭生活，但他选择了上神学院，就是这样的选择，造就他的命运出现拐点，才有可能在神学院学习之后被派到也许他原来陌生的坂仔传教，才有了林语堂在平和坂仔的出生和接受启蒙教育，坂仔才和一个世界闻名的大师有了脐带一样的血脉相连，换一个角度，也许可以说因为在坂仔，才孕育了林语堂这样的大师。

在坂仔传教的时候，林至诚第七个孩子出生了，那就是林语堂，在8个孩子中最为出类拔萃的孩子。当时的坂仔，绝对是个偏远的乡村。林至诚刚到坂仔传教的时候，坂仔的礼拜堂建设还是个空白，他在当地拓展教徒的时候获得支持，把河边滩涂的荒地划给他作为建设教堂的用地。就在那块荒地上，他先建起了五间同字形的小平房，其中有一间还有个小小的阁楼，作为自己和家人的栖身之地，也是教堂的最初雏形。在以后的日子，教堂逐渐扩建，直到1907年，占地数百平方米的教堂建成了，在当时坂仔，这是个浩大的工程，也是不多的标志性建筑之一，如果没有乐观的心态支撑，坂仔的礼拜堂不可能如此的富丽堂皇。

林至诚不同于世俗的人还在于他的目光。他没有安逸于乡村牧师的生活，他把希望的目光延系在子女身上。他每天早上 8 时摇铃让子女起床集中，各人派定古诗诵读，父亲自为教师，子女们还要承担一定的家务活。在 1900 年，他就创办了教会的免费学校铭新小学，吸纳教徒及其他们的子女学习文化。在当时，他订了"上海基督教文学会"发行的周报《通问报》，把山村生活和外界联系打通一扇窗口。他知道了世界上最好的大学的牛津大学、剑桥大学等等，期待自己的孩子上这样的大学，这给林语堂留下了深刻的印象，产生巨大的影响。于是，林语堂的兄弟姐妹都上学，尽管后来因为经济原因，林美宫不得不中断学业，但在当时，女孩子能读到高中毕业已经相当不容易了。而林语堂，在 10 岁的时候就和他的兄弟一起离开家乡，到 100 多里外的厦门就读，在接受中国传统文化教育的同时还学习英语，这不能不叹服林至诚的目光远大和他的乐观。那种时刻存在理想的乐观，让他超越自己的能力，把子女送到更好的环境接受教育，也因此才造就培养了林语堂。

林至诚是浪漫乐观的。他在月夜之下，奔走于坂仔的各个不同角落传道，为教徒送上"上帝的福音"。在教堂的河对面村落，林至诚知道那里晚上经常有村民聚集聊天。于是他顺着简易木桥而过，到那里传教。因为匆忙奔走，有一次他回到家没有及时换衣服，也没有把汗擦干，因此染上肺炎，差点儿死去。我们可以想象这个乡村牧师在月夜下匆忙行走的身影，恐怕这不仅仅因为敬业，而是和他浪漫乐观的情怀有关。

林至诚还是豪爽潇洒的。他曾经为了一个卖柴的农夫，挺身而出，和漫天收税的包柴税乡绅大闹，并说要告到县里去，乡绅才销声匿迹而去。在他心目中，不能存在这样的欺诈现象，而是买卖公平，税收合理的理想状态。乐观的他不能容忍这样的不公行为，导致年逾花甲的他挺身而出。

林至诚爱笑，他也教他的孩子们要多笑，兄弟姐妹之间不能吵架。林至诚笑的教育很成功，笑成了是林家人的标志，笑使得这个多子女的大家庭一团和气。林至诚把身上最真最纯最美好的一面交给了林语堂。林语堂也成了林至诚式的林语堂。林至诚以一个中国乡村牧师的睿智、父亲的慈爱成就了一个享誉东西半球的世界级作家。在林语堂最著名的著作之一《生活的艺术》中,我们还时时可以看见这位乡村牧师的影子。林语堂的闲适、平和、幽默和快乐的人生观,不能说没有林至诚的影响。因此,林语堂在归纳他的人生成就的时候,把他父亲、坂仔西溪的山水和二姐列为三个主要因素。

忧郁的二姐

与林语堂的幽默、闲适、平和以及快乐人生相比,林语堂的二姐林美宫是忧郁的。从林语堂故居墙上的林美宫照片可以看出,她的神情忧郁而且愁苦,那份忧郁从照片每个方向散发出来,让看了照片的人有一种压抑的悲凉。

在林语堂所有的兄弟姐妹中,林语堂和二姐感情最为深厚,而且志趣相投。他们相差4岁,经常在一起玩耍,经常在一起编鬼神的故事来吓唬母亲杨顺命,看谁编的鬼神故事更为精彩,更有恐怖效果。小时候林语堂喜欢在水井里打水,但兴趣过后,他就偷懒了,把打水的任务推给二姐。他和二姐调皮起来的时候,撒娇地在地上打滚,让负有洗衣服之责的二姐有事情做,这样的亲密让林语堂和二姐感情拉得很近。

在林语堂的笔下,他的二姐是"欢快如雀,美如桃花"、"二姐有一双灵活的眼睛和一口晶莹的贝齿。在同学中她算是美人儿",林美宫曾就读于鼓浪屿毓德中学,被同学们称誉为校花,她不仅仅漂亮,还很聪明，在学校里读书成绩很好，并且林美宫是个志向高远的女孩，渴望走出乡村，到大城市去读书，追求更大的进步。可以说，那时候的林美宫，充满热情和希望。

但是这样的希望最后破灭了，林语堂的父亲林至诚仅仅是个乡村牧师，并且生育有8个子女，当时他能够让林美宫读到毓德中学已经是很目光远大了。贫困的家庭无法再让林美宫继续学业，单是送林语堂读大学他还欠了别人100个银元，最后还是找他曾经关照过的学生借钱才解决问题。何况当时他不可避免地存在着的重男轻女的倾向，让他在无奈之下只能选择牺牲女儿。林美宫继续上学的希望就这样破灭了，也许从那时候起，忧郁跟随林美宫，成为她最为明显的性格特点，一直到她生命终结。

林美宫回家之后等待婚嫁，父亲为她找了一个商人的婆家，拖到22岁，林美宫在求学之路彻底堵绝之后出嫁了。林语堂和她同船，半路上，要下船的二姐拿出4个银毫，拉起林语堂的手，放到他的掌心"和乐，你要去上大学了。要好好读书，要做个好人，做个有用的人，做个有名气的人。这是姐姐对你的愿望。我是没希望了。"这样的嘱咐既是姐弟情深，也是让林语堂独挑重担的沉重。可以想象，当时的气氛是沉重和悲伤的，面对二姐要林语堂从学校回来就来看她的要求，相信林语堂唯有答应。二姐的"我是没有希望了"那份绝望注定让忧郁与二姐如影相随，直至终身。在她心目中，把自己的希望转移到弟弟身上，只是希望他回来的时候来看看她，也许她渴望在林语堂的成功中慰藉自己没有实现的梦想。

但是林美宫没有看到林语堂成功的那天。婚后10个月，婆家闹鼠疫，林美宫回到坂仔避疫，但死神没有放过她，林美宫最后还是死在娘家，肚子里还有个7个月的孩子。她最终埋葬在坂仔南山基督教徒的墓地。无论二姐出嫁还是去世之后，二姐忧郁的身影一直无法淡出林语堂的记忆和目光之外，一直陪伴着林语堂从坂仔到上海圣约翰大学，陪伴着他从清华到厦门，从美国到台湾，一生的行程二姐一直伴随着林语堂，成为林语堂永远的牵挂，以至"我青年时代所流的泪，多是为二姐而流的"，甚至林语堂到了80高龄的时候，还在担忧"东南敞亮处，家兄家姐俱葬于斯，不知他们的坟墓是否还在。"

如今大师林语堂也已去世多年，不知道他们姐弟在另一个世界是否相遇，忧郁的二姐林美宫是否恢复为"欢快如雀"的性格。但在林语堂故居的墙上，林美宫依然忧郁地看着前来参观的游人，她性格的标记已经深深地烙进人们的记忆。

残　墙

残墙是会说话的历史。寂寞注定是许多残墙的命运。残墙往往独自在风中站立成一道无人解读的风景，墙头上长草了或者草黄起伏没有人关注，小鸟在上面拉屎就是寂寞日子里可以激动的关注。偶尔有人提及残墙，在许多时候是大人把其当成危险的隐患警告孩子们远离。残墙的倒塌往往无人关注，即使发现也是隐患消除的松一口气。个把残墙能够摆脱常规的命运是因为其特殊的烙印，在平和坂仔镇中心小学的那堵残墙就因为林语堂不再经历寂寞，成为眼光汇集的地方。

墙老了。墙壁上许多纵横交错的印痕让人们明白了什么是沧海桑田，物是人非。墙不长，当年的教堂以某种气势存在的时候，这堵墙很可能不会特别吸引关注的目光，只因为教堂的光芒隐退历史风云的帷幔之后，残墙才被委以召回历史的重任。墙上没有什么修饰，有一些瓦片随意地搭盖在墙头上，勉强遮挡了一些风雨。墙头上有些缺口，很是张扬地诉说着岁月的沧桑。有丝瓜的藤蔓顺墙壁攀援而上，绿色盎然地在墙壁上铺陈，在为生机欢欣鼓舞的时候可以看到去年藤蔓枯萎地搭拉在墙壁上，恍然知道这样的生机也是某种片段，残墙最终还是洗尽铅华地存在。

忽然就想到大师，想到他的闲适、平和。想到残墙的静默宛如他当年衔着烟斗，悠闲地看着烟雾袅袅升腾，云淡风轻地宠辱不惊。在残墙的话语中，超越某种目光，听到的却是孩童奔跑嬉戏。孩童时代的大师可没有什么哲人的风范，他热衷的是和同伴玩石子，随便在什么地方挖个坑，人站在一定距离的横线后，看谁能把石子扔到坑里，残墙当年也许就是慈爱地观看了他们的游戏。他们当年或许爬到墙头上，骑坐在墙身上，把欢乐的笑声随意挥洒。有时候也会坐在墙头上，把目光投向云雾缭绕或者清晰高耸的十尖山石缺峰，或者跟随流淌的西溪水极目远方，让青山绿水直达内心深处，成为自己终身携带的行囊远走天涯，残墙在当时就成为大师观看外界的台阶和阶梯。

残墙当年没有预料到自己的命运会以骑在自己身上嬉戏的小孩相连。当关注的目光停留在残墙之上时，残墙依然如昨。残墙知道，所有的光环仅仅是自己还存在，即使残缺不堪，但毕竟自己能给记忆一个触点。

残墙也许有一天会倒塌的，在某个清晨或者黄昏。倒塌是残墙的命运，不同的只是时间问题，但即使残墙倒塌了，毕竟它也挽留了一段历史。或许有人会重修一堵墙，但那已经不是残墙了，只不过是道具而已。

曼妙的西溪航道

西溪航道一直存活在林语堂的记忆之中。这条从平和坂仔到厦门的航道可以说是林语堂走向世界的通道。当年他从这条航道走出平和，走向厦门，走向世界。在林语堂的记忆之中，当年这条航道并非有什么庄重或者慷慨激昂的激情，而是曼妙，是给了他快乐和充满诗情画意的航行。

当年偏远的小山村——平和坂仔，联系外界的是依靠水路。这条水路从坂仔到厦门，顺水两天两夜，逆水回家就要三天三夜了。这样的航行应该给许多人是寂寞无聊的感觉，但林语堂却觉得"沿途风景如画，满具诗意"，从中解读出许多的欢乐。

乌篷船在航道里航行，"两岸看不绝山景、禾田，与乎村落农家"，那是流动的山水画，让幼年的林语堂丝毫不疲倦地欣赏。即使船停泊了，也是停泊在岸边竹林之下，那时候，船和竹林很靠近，竹叶飘飘打在船篷上。也许不经意之间，这是被忽略的细节，但躺在船上，盖着一条毯子的林语堂，却感受到竹叶摇曳的婀娜多姿，感受到那美的韵律。这时候，在他遐想之时，劳累了一天的船家，在那凉夜之中坐在船尾放心休息，口衔烟管，吞吐自如。

这样的环境适合让思绪飞扬，幼年的林语堂感受到"其时沉沉夜色，远景晦冥，隐若可辨，宛如一幅绝美绝妙的图画。对岸船上高悬纸灯，水上灯光，掩映可见，而喧闹人声亦一一可闻。时则有人吹起箫来，箫声随着水上的微波乘风送至，如怨如诉，悲凉欲绝，但奇怪得很，却令人神宁意恬"。而船家，不再自己枯坐船尾，正在津津有味地讲慈禧太后幼年的故事。

无论是竹叶，或者船家的故事，对岸船上的灯光等等，都给林语堂以曼妙的感觉，所有旅途的寂寞远去了，以至于他对自己说："我在这一幅天然图画之中，年方十二三岁，对着如此美景，如此良夜；将来在年长之时回忆此时，岂不充满美感么？"这样的预言最后成真了，林语堂在离开平和坂仔多年以后，回忆起这样的航程依然声情并茂，充满无限快乐。

不仅仅这些，西溪航道还给林语堂诸多记忆。从坂仔到小溪，只能行走小船，尤其在离开坂仔五六英里的地方，河道特别浅，被称之为"濑"的地方，应该就是今天的五村河段了。船夫和他的女儿跳到水中，把船扛过去或者"肩扶逆水而上"，然后继续前行。这样的航行经历让林语堂记住了船夫和他女儿卷起裤腿，跳进仅及膝盖的河水中推船的情形。乘坐这样的小船到小溪，才换大船直抵厦门，而从厦门回来的时候，到小溪就必须换小船了。

林语堂记住自己往返厦门坂仔时欣赏沿途山景和月色的时候，还记住自己的快乐。当船回到坂仔还没靠岸的时候，他的心已经激动不已。不等船停稳，他就跳下船，一路飞奔，边跑边高声呼叫"阿母，阿母，我回来了，我回来了。"从10岁开始，林语堂就到100多里外的厦门就读，一年或者半年才能回家一次，漂泊的孩子怎能不激动万分地投进母亲的怀抱，感受那一份温情呢？

在这条河道上，林语堂还送别了和自己特别投缘的二姐，那时候她出嫁。一年后回家，还特意到姐姐家看她，但因为行程匆忙，只能匆匆话别，而告别之后不久，二姐就因患鼠疫去世了。这条河道，"在给林语堂欢乐和诗意之时"，无可避免地夹杂上酸涩和愁苦。

但尽管有这样的酸涩和愁苦，林语堂还是无法忘怀西溪航道，以至他多次在文章中写到这条航道，写到那份曼妙的感觉，至于在他头脑之中多少次浮现西溪航道的情形，根本无人知晓了。我们只是感觉，能让大师不时诉诸笔端的记忆，注定是他生命中浓墨重彩的一笔。

哀伤的南山

"如果我有一些健全的观念和简朴的思想，那完全得之于闽南坂仔秀美的山陵……"在林语堂深情的述说中，形成林语堂高地人生观的坂仔青山鲜活异常。但并非所有的青山都给林语堂快乐的遐想和厚重的感觉，至少有一座山给林语堂予哀伤的记忆，以至他在 80 高龄的时候还牵挂地写到"东南敞亮处，家兄家姐俱葬于斯，不知他们的坟墓是否还在。"这座山就是南山，也就是番仔山，即林语堂笔下的"西山墓地"。

这座山在坂仔镇，位于现在新的坂仔礼拜堂附近，处于通往国强乡、安厚镇和省级地质公园灵通山的公路旁边，距离林语堂故居 1 公里多一点儿，站在林语堂故居高处，可以看到南山宛如一道横梁横在那儿，因为山处上坡的地方，容易产生特别光亮的感觉，所以林语堂有"敞亮处"之说。山是南方常见的，并不巍峨高耸，只是丘陵地带的一个耸起，山上是生机勃勃的琯溪蜜柚等果树，翠绿和充满希望。这座山引人注目，也许就是因为林语堂的描述，否则就和闽南的其他山包没有什么两样。

南山是当地人对该座山基于地理方位的称谓，这座山的另一个名字番仔山则是带有浓郁的基督教色彩。1880 年林语堂的父亲林至诚到坂仔传教之后，当地的教徒基于信仰的纯粹，不与信仰其他宗教的人埋葬在一处，于是教堂就买了这块山地，作为基督教徒死后的墓地。林语堂的二姐林美宫出嫁之后，因为婆家闹鼠疫回到娘家避疫，没有躲过死神的她死后被埋葬在基督教徒的墓地也就顺理成章。而在此之前，林语堂那夭折的四哥已经被埋葬在那里了。

多年过去了，林至诚后来回到天宝五里沙，安眠在香蕉林中。林语堂家族散居各地，四哥毕竟是夭折，二姐也是出嫁不久即去世，没有留下后代的他们，再加上历史的原因，他们的墓地也就乏人祭扫。当林语堂在海峡那边牵挂其姐姐和哥哥墓地是否还在的时候，南山上的两座坟茔也许在荒草丛中逐渐荒芜消解，逐渐了无痕迹了。岁月更迭，后来山地开发种果，他们的墓地更是"只在此山中，消融不知处"了，没有办法明确确定的方位，更别说留存明晰的墓地。如今南山之上，果树长势良好。那两座坟茔只是成为文人阅读林语堂文章掩卷之后的想象，无处寻找踪迹。

多年行走异乡，故乡成为行囊中的牵挂，清晰但很遥远了。身在他乡即故乡毕竟无法取代烙进生命深处的记忆，故乡还是一个让人想起容易感伤流泪的字眼。当林语堂暮年的时候，想起故乡的林林总总，这座山也就无法避免地走进他的记忆。因为他和二姐林美宫特别投缘，也就格外怀念起埋葬在南山上的二姐，哀伤也就顺其自然地无法避免，这座山在林语堂回忆历史的那一段，注定让哀伤环绕。

记忆青山

坂仔的青山在林语堂的记忆里永远巍峨高耸。"如果我有一些健全的观念和简朴的思想，那完全是得之于闽南坂仔之秀美的山陵。"在这里，青山已经成为林语堂文学创作和人格修养的根，我们可以从大师平静舒缓的叙述中看到故乡的青山在大师头脑中清晰的倒影。不仅仅是岁月留痕，故乡的青山在大师的记忆中被尊奉到至高无上的地位："那些青山，如果没有其他影响，至少曾令我远离政治，这已经是其功不小了。""如果我会爱真、爱美，那就是因为我爱那些青山的缘故了。如果我能够向着社会上一般士绅阶级之孤立无助、依赖成性、和不诚不实而微笑，也是因为那些青山。如果我能够窃笑踞居高位之愚妄和学院讨论之笨拙，都是因为那些青山。如果我自觉我自己能与我的祖先同信农村生活之美满和简朴，又如果我读中国诗歌而得有本能的感应，又如果我憎恶各种形式的骗子，而相信简朴的生活与高尚的思想，总是因为那些青山的缘故。"许多时候，堆砌并不是为了卖弄或者抖书袋，只是觉得任何语言都无法言说大师对青山的挚爱。坂仔四面环山，因此有东湖之说。而被大师念念不忘的是十尖山和石缺峰，这在坂仔南北相对的山峰注定将因为林语堂从野外走进历史的风云，留下书墨清香。十尖山和石缺峰给人有犬牙交错的感觉。有阳光的日子，山清晰地站立，层次分明，光线让青山阴暗很有质感地过渡延伸或者区别，整座青山就是绝佳的山水画，酣畅淋漓，很是张扬地悬挂在天地之间。也并非都是如此地一览无余，许多时候，云雾在山腰环绕，在山峰缭绕，山峰也就不再透明，朦胧如女孩的心事，欲说还休。

可以想象，林语堂对青山的感觉很可能并没有一开始就聪锐地感受到禅的味道，更多的是在他孩童目光的张望中青山逐渐走进记忆深处，成为他日后行走的行囊中无法割舍和放弃的行李。青山是逐渐在林语堂的情怀中长大的，当初润物细无声的对视，青山已经走进林语堂的记忆和灵魂深处，渗透在每根毛细血管，永远无法忘怀。当林语堂行走在别人的城市，看到所谓的高楼大厦和高山，家乡青山的记忆就汹涌而出，纵横奔突。他知道，家乡的青山已经镌刻在生命深处，从此"不再以别的山峰为高"。"山逼得你谦—逊—恭—敬。柏英和我都在高地长大。那高地就是我的山，也是柏英的山。我认为那山从来没有离开我们——以后也不会……"高地人生观是家乡青山在林语堂性格和灵魂的倒影，让林语堂明白，多少年前，当自己还是懵懂小孩的时刻，与家乡青山的对视其实已经是灵魂的洗礼和升华。无论日子如何悠远漫长，无论行走的脚步离家乡多么遥远，家乡的青山让他的生命再也无法走出这记忆之外。家乡的青山，温暖漂泊的灵魂，陪伴大师安静地入眠。

钟声永远悠扬

有一口钟是永远存在的，那就是曾经悬挂在坂仔教堂的那口钟，钟不会不朽，不朽的是林语堂的述说。悠扬的钟声因为记忆而存在。

钟如今悬挂在坂仔新教堂，当年林至诚牧师在坂仔传教的时候，因为信徒众多，而坂仔没有教堂，就多方奔走盖了教堂。教堂落成之后，同为教徒的美国人范礼文博士在某个日子前来拜访，看到教堂没有钟，就捐献了一口，架势很像如今兄弟单位恭贺乔迁的贺礼，于是教堂就有了一口钟。至于这口钟是来自美国或者英国，如今还存在不同的说法，钟身上因为岁月的磨洗而损耗模糊的字母无法成为某种印记证明存在，钟的来历注定将模糊而各有说法。

钟很大，生铁铸成，有400来斤，想象得出这沉重的大钟当时很是吻合教堂的气派。礼拜天的时候，钟声一响，信徒就从各个方向前来教堂，开始他们心灵的祈祷。穿越岁月的风云，可以感受到当年钟声的悠扬。孩提时代的林语堂对这口钟自然缺少这份虔诚，钟于他们兄弟姐妹而言，更多的是大件的玩具。因此，他们的父亲把撞钟的权利当成对他们兄弟姐妹表现的奖赏，促使他们为了撞钟不得不收敛自己孩子的淘气，尽力表现自己，多做一些好事。钟具有促人进步阶梯作用的同时，也成为孩子们展示意气风发的工具，当时有个穷秀才，对教堂的存在颇有看法，每每教堂的钟声响起，他就在教堂不远处的寺庙击鼓，颇有一试高低的感觉。秀才的所为激怒了林语堂兄弟姐妹，于是秀才击鼓的时候，林语堂他们就轮番上阵，让清越的钟声响在东湖的上空，直到秀才败下阵来。那时候，孩提的林语堂绝对是扬眉吐气。

尽管钟声依然悠扬，但如今的钟也已经显现出历史的灰尘。斑斑锈迹宛如老人脸上的老年斑，昭示时间的久远和岁月的无情。两边的钟耳也不知去向了，钟身上有个缺口，那是在大炼钢铁的时代，有人想把钟砸碎化成铁水，但费尽力气也只是砸了个缺口，最后只好放弃了，钟才得以保存下来。

如果没有林语堂，这口钟只是做为教堂的点缀存在，即使依然保存，也只是成为回溯教堂存在的佐证，在特定的空间流传，并且将逐渐失去光华，最后淡出人们的记忆。但就是因为林语堂，这口钟成为历史的片段，将永远流传。历史的存在并非物质本身，而是附加其上的精神，物质可以消失，精神却将永存。精神可以穿透历史，因为林语堂，这口钟成为某些人心目中的图腾，有许多人慕名前来，就为了聆听这曾经在 100 多年前被林语堂撞响的钟声，为的就是亲手敲响这大师为之欢乐的钟声。钟声，已经不仅仅在礼拜天才响起，当坂仔的上空有清越的钟声响起，许多人知道又有人前来追寻大师的足迹，他们笑笑，不以为胡乱敲钟的莽撞，一如大师的宽容和平和。

钟声也不仅仅响在坂仔的上空，在许多钟情于林语堂的人心目中，钟声已经是记忆的一部分，超越时空，蛰伏在脑海之中。这钟声永远悠扬，在某个静夜呼啸而至，感动了心中最为柔软的部分。

梦乡水井

"我们家里有一眼井，每日下午，当姐姐们由屋后空地拿进来洗净的衣服分放在各箱子时，我们便出去从井中汲水，倾在一小沟而流到菜园小地中，藉以灌溉菜蔬。"在大师舒缓的叙述中，坂仔这口井就从幽深的岁月之中灵动地出现，充盈了我们的目光。

井不大，井沿直径只有 80 厘米，让人有小巧玲珑的感觉，不过也符合当时教堂的实际情况，毕竟是一个乡村的教堂，无论从财力或者实际需要都不可能有太大的水井，否则就如一个浑身长满虱子的乞丐穿了一件豪华的袍子，整个儿不相称。井壁是鹅卵石砌成的，大小不一，没有什么讲究，可以看出当年是就近取材，毕竟教堂离河边只有三四十米，河边的鹅卵石就是现成的建筑材料。井沿倒是用水泥涂抹了，这不关美观，关键是实用。如果任由鹅卵石的高低不平，放置水桶是很麻烦的事情，尤其桶里的水很可能因为井沿的不平倾倒出去，灌到井里，把井壁的三合土冲洗到井水，影响井水的清洁。

井口到水面 3 米。"把水桶系下井去，到了底下时，让桶慢慢倾斜，这种技巧我们很快就学会了。水井口上有边缘，虽然一整桶水够沉的，但是我很快就发觉打水满有趣，只是厨房里用的那个水缸，能装十二桶水，我不久就把倒水推给二姐做。"可以想象，当初大师跟姐妹在一起打水的时候，是很以自己能够把一桶水打满为自豪的。用木桶打水，是要讲究技巧的，要掌握好手劲，在桶放到水面的时候，恰到好处地把手腕一抖，刚好水桶倾斜地进入水里，然后在水满了三分之二多时把桶绳拉直，让水桶立起来，正那当儿让水把剩余的水桶空间占据了，刚好能打上满满的一桶水上来。如果火候拿捏不准，水桶是不能盛满的，补救的措施是把水桶提离水面，使劲往水里砸，可能的情况是能把水装满，但如果桶里的水不够，分量太轻，不仅仅不能装满，还可能让桶里的水溅出来，最后只能无奈地接受，在没有满负荷的情况下把水提上来。

让大师引以自豪地是他很快地掌握了技巧，因此即使一桶水很沉，桶绳可能勒疼了他们的手掌，但他们还是"发觉打水满有趣"，他们把水倒在小沟让水流进菜园，然后灌溉菜蔬，把劳动当成快乐的享受，在嬉笑中就把劳动任务完成了。看到河边青绿的菜园，仿佛看到大师当年在菜园里快乐的奔走，甚至很有成就感地看着菜蔬，检阅三军仪仗队一般。

浇菜之后，他们另一个主要的工作是把厨房里的水缸装满水。厨房在水井的旁边，但如果提着水到厨房，是要绕着走一段路的。因此在水井旁边靠近厨房的墙上，就在水缸的上方，开了一个小小的口子，用几块砖头做了一个小水池。他们把水打上来，倾倒在小水池里，就直接流进水缸了，可以减少许多劳动量。不知道他们当年是否为自己的发明得意了一回。

青春年少，有些事再有趣，也可能腻烦，转移注意力。尽管打水给了他许多的快乐，但他还是厌烦了，何况厨房里的水缸是足够大了。"只是厨房里用的那个水缸，能装十二桶水，我不久就把倒水推给二姐做。"不知道少年的大师使出了什么招数，把打水的任务推了。

不管当年大师是如何为自己的聪明得意，但水井只是静默地接受这一切。直到如今，井水依然清冽，学校里的教师还把井水当成饮用水。水井无言，云淡风轻地接受所有的光荣和遐想，一如大师的闲适平和。倒是水井，在许多年前就成为大师神牵梦萦的记忆，在大师笔下焕发岁月的光泽，常常走进大师的梦乡，充盈着大师的梦境。

张望的窗口

在林语堂故居的阁楼上，面临西溪那面墙上，有个小小的窗口，30厘米见方，高度比宽度略长一点儿，窗框是木头做的，中间是两条竖立的窗棂，黑色，颇有日子苍老的味道，闪现历史的古远和厚重。

如果忽略这是林语堂故居，那么这扇窗口也许就平淡无奇，或者说很容易就被忽视。但有些时候，历史事实无法被忽略或者绕过，否则就都是波澜不惊的池塘死水，很多精彩就消失遁形了。因为林语堂，这扇窗口就有了别样的韵味。小时候，林语堂经常在这扇窗口往外张望，也许是行人，也许是窗外西溪的流水，也许是一阵风或者是因风飞扬的尘土，填充了儿童时代林语堂许多寂寞无聊的日子。

但比填充无聊时光更重要的是，林语堂通过这扇窗口，经常凝望斜对面的坂仔青山，那称之为"十尖石起时入梦"的"十尖山"，就因为孩童时代的张望，才有了远离故乡漂泊时候的"时入梦"，故乡青山在他的张望中慢慢走进他的心灵，逐渐累积之后，终于成就了林语堂的"高地人生观"。

在张望青山的时候，林语堂也在这里关注西溪的流水。那时候，晴雨天气变幻的西溪流水，让林语堂感受到不同的风景。当后来他顺着这条河流到厦门读书，躺在乌篷船上感受"竹叶飘飘打在船篷上"美妙的时候，也许西溪流水就慢慢地流进他的脑海，勾起他时常在这条河流里抓虾做游戏的无限眷念和不舍。当年他或许正无聊地在窗口张望，发现河流里小伙伴出现的身影，无限欣欣地雀跃而去，加入玩乐的行列。

这扇窗口也许还是林语堂等待的窗口。林语堂笔下的赖柏英家原来就住在林语堂故居对面的村落里，每到集日，赖柏英就会到教堂找林语堂玩耍做游戏，林语堂就有了等待的理由。我们可以想象，当年林语堂不时在这窗口张望，或者干脆拿个小凳子垫脚，双手托着下巴，手肘支在窗台上，看流水，看青山，看行人，看飞扬的尘土。直到赖柏英小小的身影在那村道上出现，林语堂才飞奔下楼，等在西溪的岸边，和赖柏英把简单的游戏玩得花样百出兴趣盎然，直到他在 1963 年出版的自传体小说《赖柏英》的时候，还写出"她蹲下去，让蝴蝶停留在头上，然后悄悄站起来，慢慢往前走，看走多远蝴蝶还不会飞走"。如此唯美的描述倾动了多少热恋中的少男少女。

　　小小的窗口，给了张望的林语堂许多快乐和遐想。如今斯人已逝，但窗口还在。依然存在的窗口默默诉说往昔的故事，让我们在追寻大师的时候，能够穿越时空，让目光和记忆定格在历史的那一段。

后　记

当年在师范学校热衷于参加文学社活动，毕业分配到偏远山区当小学教师埋头苦写的时候，不敢奢望自己哪天能够出书。只是生命发展的轨迹不完全是自己能够想象和预知的，2005 年我出了一本小小说集，那是我第一本书。2007 年出了一本散文集之后，我知道自己还会出书的，只是无法明确是什么时候，是散文还是小说。

从当年的面对稿纸奋笔疾书到后来的敲击键盘，文学创作总是能让我的生活纯粹平静，即使在创作过程中会随着作品的转换挪腾心情悲欢起伏，不过文章完成之后，静静地品味着那份喜悦的同时，内心却从容淡定，那是我最大的收获。当写作成为内心的一种需要的时候，我觉得许多焦躁或者尘世的功利就可以远离，就能让自己的文字更为澄净。平和是块美丽的土地，我觉得为之付出再多的辛劳，创作再多的文章都是应该也是值得的。

感谢张海军先生，是他延续了我出书的进程，让我的第三本书能够问世。他在北京，我在福建平和，时空的距离使我们至今没有谋面，但这并不妨碍我们的合作。也许，有些东西是能够超越时空的，比如文字，比如友谊，等等。感谢知识出版社，感谢本书的责任编辑。感谢黄劲武、林群明、赖育民、苏衍宗等师友。还要感谢我的父母、老婆、儿子及兄弟姐妹，文学创作是个性化的独立创作活动，但独立并非是孤立，大家的关心、支持和帮助是我在这条路上越走越远的信心和力量。

感谢阅读这本书的所有读者，文字的价值因为你们的阅读而闪烁。